절대검해 ⑫

한성수 신무협 장편소설

ORIENTAL FANTASY STORY & ADVENTURE

dream books
드림북스

절대검해 12
사랑을 위하여!

초판 1쇄 인쇄 / 2012년 11월 6일
초판 1쇄 발행 / 2012년 11월 9일

지은이 / 한성수

발행인 / 오영배
편집팀장 / 권용범
책임편집 / 편집부
펴낸 곳 / (주)삼양출판사 · 드림북스

주소 / 서울특별시 강북구 송천동 322-10호
대표 전화 / 02-980-2112 팩스 / 02-983-0660
편집부 전화 / 02-980-2116 팩스 / 02-983-8201
블로그 / blog.naver.com/dreambookss

등록번호 / 제9-00046호
등록일자 / 1999년 3월 11일

ⓒ 한성수, 2012

값 8,000원

(주)삼양출판사 · 드림북스의 서면 허락 없이는 어떠한
형태나 수단으로도 이 책의 내용을 이용하지 못합니다.

ISBN 978-89-542-4910-2 (04810) / ISBN 978-89-542-4130-4 (세트)

* 지은이와 협의하에 인지는 생략합니다.
* 잘못된 책은 구입한 곳에서 바꾸어 드립니다.

한성수 신무협 장편소설
ORIENTAL FANTASY STORY & ADVENTURE

12

사랑을 위하여!

절대검해

dream books
드림북스

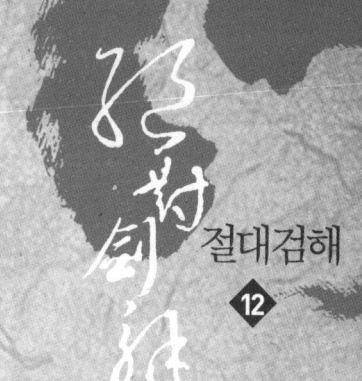

절대검해 ⑫

목차

111장 평소처럼…… 언제나와 마찬가지로…… 그렇게 이기적이 되기로…… | 007
112장 신마좌 쟁탈전 시작! | 039
113장 마신마체(魔神魔體) 발동! | 071
114장 신마대제는 천마대조와 싸우고, 태상마군은 드디어 움직이려 한다 | 101
115장 담판(談判) | 133
116장 신마비천광(神魔飛天光) 직후에 벌어진 일들 | 163
117장 사랑을 위하여! | 195
118장 운룡정(雲龍頂)에서의 만남 | 227
119장 양비론? 평화주의자! | 259
120장 만류귀종(萬流歸宗) | 291

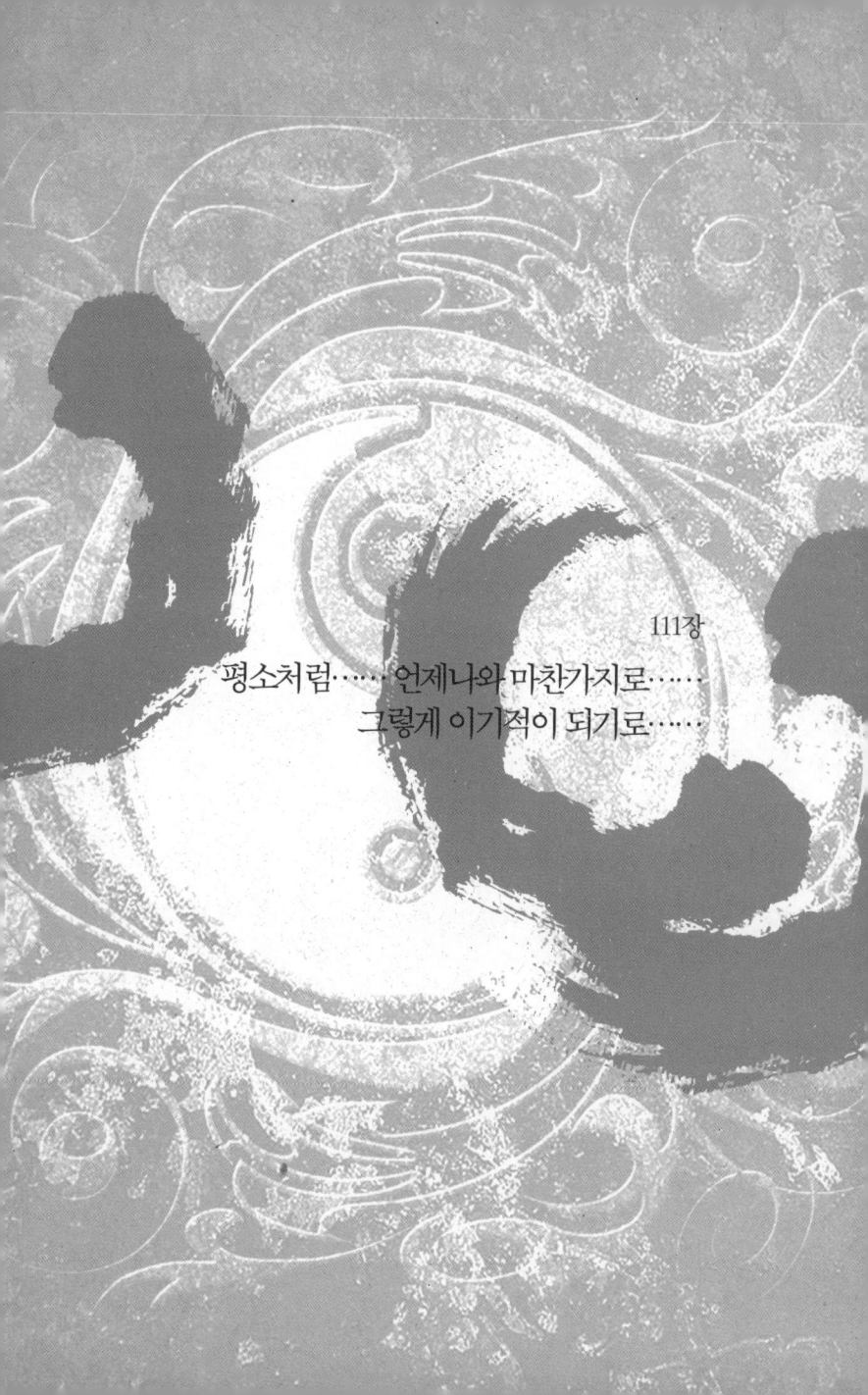

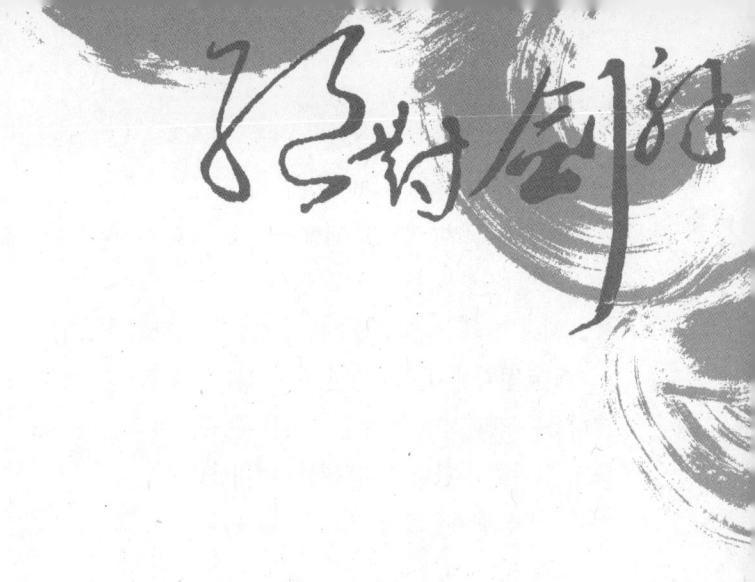

쾅!

첫 번째 폭발성과 함께 뇌운의 철사자 진여상은 바닥을 심하게 나뒹굴었다.

족히 삼 장 밖.

우연찮게도 부친 화천마군 진강이 연금된 강철 뇌옥 바로 앞이다. 손과 발에 족쇄가 채워진 채 가부좌를 틀고 앉아 있던 그의 앞에 완전히 무방비한 상태를 드러내고 말았다.

"헛!"

진여상이 아득하게 멀어지려던 의식의 끈을 억지로 부여

평소처럼…… 언제나와 마찬가지로…… 그렇게 이기적이 되기로…… 9

잡은 채 얼른 손을 바닥에 댔다.

신형을 일으켜 세우기 위함이었다. 그렇게 해서 혹시 있을지 모를 진강의 공격에 대비하려 했다.

그때 진강의 무심한 목소리가 귓전으로 파고들었다.

"어떤 상황에서도 냉정한 판단력과 시야 확보가 첫 번째. 그다음은 객관적인 계획을 수립한 후 자신의 목숨을 최우선으로 고려해야 한다고 가르쳤지 않더냐."

"이런 상황에서도 절 가르치시려는 건가요?"

"그러면 안 될 이유가 있더냐?"

"이익!"

진여상이 짜증 어린 표정을 한 채 신형을 일으키려다 다시 일어난 폭발에 철창 쪽으로 떠밀렸다. 이젠 진강이 손만 뻗으면 닿을 거리!

슥!

진강이 그 찰나의 순간을 놓칠 리 없다.

철컹! 철컹!

순간적으로 양손과 양발을 구속하고 있던 족쇄를 부숴 버린 그가 재빨리 철창을 부수고 진여상을 품에 안았다. 그녀를 자신의 너른 품속에 포옥 끌어안았다.

당연히 진여상 역시 그대로 당하고만 있진 않는다.

그녀의 쌍수가 번개같이 화신탄을 형성한 채 진강의 흉부를 강타했다.

타탕! 타타타타탕!

흡사 불 속에서 콩알이 튀어 오르는 듯한 소음!

필시 극심한 내상을 당한 상태인 진강에게 죽음보다 심한 고통을 선사했을 터였다.

그러나 잠시 눈살을 찌푸렸을 뿐.

그는 더욱 진여상을 안은 양팔에 힘을 더했다. 그녀를 압사라도 시키려는 듯 꼬옥 안고서 신형을 앞으로 날렸다. 흡사 어미 새가 새끼를 품듯이 그리했다.

그리고 일어난 대폭발!

여태까지와 같은 산발적인 폭발이 아니었다. 뇌극봉 전체를 한꺼번에 초토화시킬 만한 대폭발이었다.

그와 함께 일어난 혼란! 공포! 절규!

그 속에서 잠시 동안 까무룩 정신을 잃었던 진여상이 억지로 눈을 뜨다가 놀라서 안색을 딱딱하게 굳혔다. 그때까지도 자신의 몸을 안고 있는 굳건한 두 팔의 주인이 부친 진강임을 눈치챈 까닭이었다.

"왜……?"

당황감에 목소리가 떨려 나온다.

그러자 억지로 눈을 뜬 진강. 그의 입가에 특유의 순후한 미소가 머금어졌다.

"다행히 이곳에서 죽을 것 같진 않구나."

"……왜 이런 짓을 한 거예요? 이런 짓을 하면 내가 고마

워할 줄 아셨나요?"

"고마워할 필요는 없다. 이건 그냥 자신의 핏줄을 후세에 남기겠다는 이기적인 의지일 뿐이니까."

"끝까지!"

왈칵 화를 내려던 진여상이 진강의 입에서 주르륵 흘러내리기 시작한 핏물을 얼른 양손으로 막았다.

그러나 역부족이었다.

핏물의 분출되기 시작한 건 입만은 아니었다. 두 개의 눈, 두 개의 콧구멍, 두 개의 귀까지……

칠공(七孔) 모두에서 진강은 꾸역꾸역 핏물을 쏟아 냈다. 급격히 삶의 기운을 잃고 죽어 가기 시작한 것이다.

"으!"

비명에 가까운 신음과 함께 발작을 일으킬 것 같은 표정이 된 진여상의 손을 진강이 치웠다. 칠공토혈(七孔吐血)을 하는 와중에도 침착한 태도는 변함이 없다.

"어차피 사람으로 태어난 이상 모두 죽게 마련이다. 너는 더 이상 내게 신경 쓰지 말고 이곳을 탈출할 생각이나 하거라."

"어떻게! 어떻게 아버지는 끝까지 이럴 수 있는 거예요! 정말 사람도 아닌 건가요!"

"그건……"

잠시 말끝을 흐린 진강의 입가에 어색한 표정이 떠올랐

다.

처음이다.

적어도 진여상이 성장한 이후엔 그러했다.

하지만 그녀는 알 수 있었다. 이게 그토록 오랫동안 보고 싶었던 부친 진강의 진면목이란 걸.

"말해요! 다 말해 버려요! 죽을 때까지 가면을 쓰고 있을 필요는 없잖아요!"

"……가면이라? 하나 나는 지금도 모르겠다."

"뭘 모르겠다는 거예요?"

"이럴 때 어떤 표정을 지어 보여야 할지 모르겠다는 거다. 그런 건 배운 적이 없으니까."

"그런 건……."

진여상이 다시 소리를 지르려다가 말문이 막혔다. 진강이 한 말이 진심임을 알 수 있었기 때문이다.

그녀의 의심대로였다.

진강은 인간적인 감정이 결핍된 사람이었다.

그걸 남에게 들키지 않기 위해 계속 가면을 써 왔다.

그래서 죽음을 앞둔 지금, 무척 곤란해하고 있었다. 어떻게 하나밖에 없는 혈육 앞에서 죽음을 맞이해야 할지 모르기 때문이다.

그래서 그녀는 선택했다.

평소처럼…… 언제나와 마찬가지로…… 그렇게 이기적

이 되기로…….

"……됐어요! 평소대로 해요. 평소 했던 대로 나한테 착한 아버지가 돼 주세요. 그러면 돼요."

"그러지."

진강이 안심한 표정과 함께 진여상에게 손을 내밀어 그녀의 머리를 쓰다듬어 줬다.

어린 시절, 진여상이 너무나 좋아했던 표정과 함께. 더할 나위 없이 믿음직하고 따뜻한 미소를 남긴 채 죽음을 맞이했다. 자신의 딸이 원하는 대로.

"으앙! 으아아아앙!"

피투성이가 되어 마굴을 빠져나온 진여상이 비로소 참고 있던 눈물을 쏟아 냈다. 완전히 초토화로 변해 버린 눈앞의 황량한 뇌극봉을 바라보며 어린애가 된 것처럼 울음을 토해 냈다.

잠시뿐이었다.

곧 진여상이 소매로 눈가를 훔쳤다.

몇 차례에 걸쳐서 쓱쓱 훔쳐 냈다. 부친 진강의 마지막 가르침을 헛되게 해선 안 된다는 판단이었다.

그때 참혹한 난장판 속에서 일화신장이 모습을 드러냈다.

어깻죽지 아래부터 잘려 나간 왼팔.

얼굴 역시 반면가량이 참혹한 화상으로 일그러져 있다.

방금 전의 대폭발로부터 살아남은 대가가 결코 작지 않았음을 말해 주는 모습일 터였다.

슥!

진여상 앞에 도착해 부복한 일화신장이 떨리는 목소리로 말했다.

"소가주님, 뇌극봉에 집결해 있던 뇌왕진천가의 전 세력이 몰살했습니다."

"명칭이 달라요."

"아!"

일화신장이 나직한 탄성과 함께 곧바로 명칭을 바꿨다. 의외로 멀쩡한 그녀의 모습과 부풀어 있는 눈두덩을 보고 마굴 안에서 무슨 일이 있었는지 짐작한 것이다.

"가주님!"

진여상이 천천히 고개를 끄덕여 보였다.

"그래요. 나는 이제부터 뇌왕진천가의 가주예요. 그러니 아직 뇌왕진천가는 끝난 게 아니에요."

"물론입니다."

"그리고 멸천마후님이 맡겨 놨던 두 명의 마호는 어떻게 됐나요?"

"그건 저도 아직 확인하지 못했습니다. 하지만 이 정도의 대폭발에 휘말렸다면 그들의 생존을 장담할 순 없을 것 같습니다."

"그렇군요."

천천히 고개를 끄덕여 보인 진여상이 곧 눈을 반짝인 후 말했다.

"그럼 일단 뇌극봉을 탈출하도록 해요. 아버지는 절대 뇌극봉에 가문의 전 세력을 집결해 놓았을 만큼 어리석은 분이 아니세요. 필시 뇌극봉 외에도 뇌왕진천가의 세력은 남아 있을 거예요."

"짐작이 가는 곳이 몇 군데 있습니다."

"좋아요. 그럼 이곳을 내려가자마자 일화신장은 그들을 하나도 남김없이 수습하도록 하세요."

"존명!"

일화신장이 정중하게 복명했다.

* * *

천파봉.

느닷없이 일어난 뇌극봉의 대폭발에 패마 종리곽의 고리눈이 무지막지한 광망을 뿜어냈다.

근래 어느 정도 잦아들었긴 하나 패천종리가의 혈맥 속에는 본래 광기가 깃들어 있는 걸로 유명했다. 한번 눈이 돌아가면 반드시 천하를 혈세해 천마신교와 중원 무림 간의 갈등을 야기하곤 했기 때문이다.

당연히 종리곽에게도 그 같은 광기는 잠재되어 있었다.

젊은 시절엔 선조(先祖) 못지않은 미친 짓을 자주 자행해 씨도둑은 못한다는 말까지 들었다.

하지만 약관을 넘은 지 얼마 안 되었을 때 그의 인생은 큰 전환점을 맞이하게 되었다. 자신보다 더 미친 신마대제 담대광을 만나고 만 까닭이었다.

그에게 덤벼들었다가 깨지길 수차례!

결국 담대광에게 평생 형님으로 모시겠다는 충성 맹세를 한 후 그는 천성적인 광기를 억지로 잠재우고 패도의 길을 걸었다. 그런 역할에 만족하려 했다.

하나 후계자로 점찍은 종리철극이 관계되면 얘기가 달라진다.

후대를 위해 어떻게든 희생할 각오가 되어 있었다.

그렇기에 태상마군 소리산이 내건 굴욕적인 조건을 수용했다. 참아 내었다.

그런데 갑자기 이런 식으로 뒤통수를 맞게 될 줄이야!

파팟! 파파파파팟!

일순 종리곽에게서 일어난 광기 어린 패도지기에 주변의 대기가 일제히 숨죽였다. 별다른 무공을 발휘한 게 아님에도 그냥 존재 자체로 주변의 모든 것을 멸살시킬 것 같다. 그 정도로 압도적인 패기가 뿜어져 나왔다.

당연히 난감해진 건 천파봉에 집결해 있던 군마각 마두들을 실질적으로 이끌고 있는 백면낭심 서자후다. 그는 지금 종리곽에게서 한참이나 떨어진 채 온몸을 벌벌 떨고 있었다. 언제 그의 광포한 분노가 자신에게 향할지 알 수 없었기 때문이다.

착각이었다.

놀랍게도 그런 일은 벌어지지 않았다.

팟!

다음 순간, 신형을 돌려세운 종리곽의 전신에서 뿜어져 나오고 있던 광포한 패기가 자취를 감췄다. 마치 처음부터 존재하지 않았던 것처럼 사라졌다.

더불어 그의 음울할 정도로 가라앉은 눈동자.

"내게 설명해 줘야 할 게 있을 듯한데?"

서자후가 황급히 고개를 숙여 보였다. 자신의 생사존망이 이 한순간에 결정 날 것임을 눈치챈 까닭이었다.

"이 대폭발은 필시 태상마군님께서 손을 쓰신 것일 겁니다."

"역시 그렇다는 뜻이로군."

"예, 그리고 그분은 당연히 군마각주님과 한 약속을 잊어버리시지도 않았을 겁니다."

"즉!"

살짝 목소리를 높인 종리곽의 눈빛이 더욱 음울하게 가

라앉았다.

"서자후 자네도 아는 바가 없다는 거로군?"

"그, 그것이……."

서자후가 등줄기에서 급격히 식은땀이 늘어나는 걸 느끼며 말을 더듬거리다 얼른 허리를 접어 보였다.

"……군마각주님께서 바로 보셨습니다. 저 같은 놈이 태상마군님의 깊은 심기를 헤아릴 수 없는 건 당연한 일입니다. 하나!"

"하나?"

고개를 살짝 추켜올린 서자후의 눈은 어느 때보다 빛을 발하고 있었다.

"태상마군님께서는 현재 절대적으로 군마각주님의 도움이 필요하십니다!"

"그러니 철극이 놈의 목숨은 걱정할 필요가 없다?"

"그렇습니다!"

"하지만 달리 생각해 보면 이제부터 철극이 놈은 태상마군의 인질이로군. 그래야 나와 군마각을 자기 뜻한 대로 움직일 수 있을 테니까."

"……."

서자후가 입을 굳게 다물었다.

이 같은 지적은 처음부터 예측했던 바였다.

정곡을 찔리자 어떤 대답도 할 수 없었다. 그냥 종리곽의 처분을 기다릴 수밖에 없었다.

자신의 생과 사!

그 어떤 것도 이제부터는 그의 재량이 아니었다.

그러자 잠깐 사이 무서운 표정으로 번민한 종리곽이 입가에 가벼운 한숨을 매달았다.

"후우! 결국 이것도 교주님을 배신하고 성녀의 도움을 거절한 대가인 것일 테지? 서자후, 자네에게 하루의 시간을 주겠네."

"감사합니다."

"그게 자네와 태상마군에게 주는 마지막 기회야! 다음 기회는 없다는 걸 알고 있는 게 좋을 거야!"

"군마각주님의 기대, 결코 어긋남이 없을 것입니다!"

"기대라……."

나직한 중얼거림과 함께 종리곽이 입가에 씁쓸한 냉소를 머금었다.

어디서부터 잘못된 것일까? 어쩌다가 천마신교 최강의 전력이라 평가받는 군마각의 각주이자 칠마의 수장인 자신이 주역의 자리에서 밀려난 것일까?

모르겠다.

혼란이 일었다.

어느 틈엔가 태상마군 소리산과 멸천마후 천기신혜 사이에서 방향을 잃고 헤매는 어리석은 꼭두각시가 됐기 때문에.

 '……그러나 아직 천마대제전은 시작도 하지 않았다! 어떤 식으로든 내게 기회는 남아 있을 것이다! 그때를 생각하며 지금의 굴욕은 참기로 한다!'

 서자후에게조차 결코 내보이지 않았던 흉심!

 아직 포기하지 못한 열망을 떠올리며 종리곽이 조용히 눈을 감았다.

 그렇게 어쩌면…… 지금 생사지간을 헤매고 있을지 모르는 아들 종리철극을 다시 외면했다. 끝까지 군마각의 전력을 유지해야만 한다는 자기기만과 함께 말이다.

* * *

 우르르르!

 얼마 전 일어난 뇌극봉의 대폭발로 인해 약해져 있던 암벽이 굉음과 함께 무수히 많은 돌덩이를 쏟아 내고 있었다.

 당장이라도 천지개벽을 할 것 같은 기세!

 그 사이로 용케도 신형을 날리며 하산하고 있는 삼 인의 초절정고수가 있었다.

―반월도후 유신영, 삼지혈군 초운, 장마군 곡경!

천마신교를 대표하는 십팔마군에 속한 초절정고수이며, 검마 주진모와 함께 태상마군 소리산의 심복이라 할 만한 자들이다.

그들은 소리산의 밀명을 훌륭히 수행하고, 지금 신마성궁으로 복귀 중이었다. 미리 내통하고 있었던 뇌왕진천가 인물들을 이용해 뇌극봉 전체의 폭약을 한꺼번에 터뜨려 버린 것이다.

물론 그것만이 임무의 전부는 아니었다.

다른 중요한 일이 남아 있었다.

문득 자신만큼이나 커다란 종리철극을 등에 짊어지고 내달리던 곡경이 짜증 어린 표정으로 투덜거렸다.

"망할 놈! 제 아비를 닮아서 더럽게도 무겁구나!"

초운이 신중한 표정으로 말했다.

"곡 아우, 목소리가 크네. 부근에 패마 종리곽 천좌가 군마각의 군세를 집결시켜 놓고 있다는 걸 명심하시게."

곡경의 눈이 슬쩍 커졌다.

"초 대형, 설마하니 종리곽을 두려워하시는 겁니까? 그렇다면 걱정 마십시오! 그놈이 제 자식을 구하겠다고 이곳에 나타나면 내 일격에 얼굴을 짓뭉개 버릴 테니까요!"

"……."

곡경의 어처구니없는 호언장담에 초운이 눈살을 가볍게 찌푸려 보였다.

패마 종리곽!

군마각주인 그의 무위는 칠마 중에서도 으뜸이었다. 교주 담대광의 의형제로 천마신교 내에서의 성망 역시 드높았다. 감히 곡경 정도 되는 인물에게 얕잡힘을 당할 만한 인물은 아닐 터였다.

그러나 초운의 곁에 바짝 붙어서 신형을 날리고 있던 유신영은 생각이 다른 듯했다.

짝!

갑자기 손뼉을 치며 초운에게서 떨어진 그녀가 어느새 곡경 곁에 찰싹 달라붙었다. 만면에는 특유의 생글거리는 미소가 가득하다.

"과연 곡 이가의 패기는 대단하시네요! 패마 종리곽 천좌를 하찮게 보는 담대한 포부는 정말 존경스러워요!"

"흐흐, 영 매 그 정도는……."

"그러니까 만약 패마 종리곽 천좌를 만나게 되면 저는 곡 이가만 믿도록 하겠어요!"

"……당연하지! 영 매는 반드시 나 곡경이 지킬 것이다!"

"믿음직스러워요!"

유신영이 거진 곡경의 품에 파고들 듯 바짝 몸을 들이밀었다. 살짝 초운의 눈치를 살피는 것을 잊지 않고서.

그러자 초운이 슬쩍 시선을 옆으로 치웠다.

외면했다.

평소처럼…… 언제나와 마찬가지로…… 그렇게 이기적이 되기로……

얼마 전부터 자신에게 묘한 추파를 던지기 시작한 그녀의 행동에 꽤 큰 부담을 느끼고 있던 터였다. 이런 식으로 다시 곡경 쪽으로 관심이 이동한다면 그것보다 좋은 일은 없을 터였다.

그 모습에 유신영의 입꼬리가 샐쭉해졌다.

'흥! 또 그런 식으로 나온다 이거지? 어디 언제까지 계속 그렇게 목석같이 구는지 두고 보자!'

분했다. 화가 났다. 자신이 적극적으로 구애를 했는데도 외면당하는 현실을 믿고 싶지 않았다.

그러나 여전히 초운은 그녀의 시선을 외면하고 있었다.

유신영이 어떤 짓을 하든 전혀 태도의 변화를 보이지 않을 듯싶다.

결국 유신영이 곡경에게서 떨어졌다.

재미없다.

이런 식으로 초운이 반응을 보이지 않는다면 계속 땀 냄새 나는 곡경에게 몸을 붙이고 있을 이유가 없었다. 다른 수를 내는 편이 나을 터였다.

한데, 바로 그때였다.

번뜩!

갑자기 유신영의 눈가에 긴장된 시선이 스쳐 갔고, 초운이 경호성을 발했다.

"곡 아우, 조심하게!"

"뭘……?"

곡경은 의아한 기색을 지어 보였다.

어느새 자신의 머리 위에 모습을 드러낸 사신(死神)의 그림자를 전혀 인지하지 못한 듯싶다.

퍽!

대신 곁에 있던 유신영의 교족이 그의 아랫배를 걷어찼다. 내력을 담아서 강하게 밀어냈다.

"헉!"

곡경이 다급한 헛바람과 함께 뒤로 밀려났다. 유신영의 교족에서 회오리처럼 일어난 족풍(足風)에 그 큰 몸이 깃털이라도 된 것처럼 뒤로 날아가 버렸다.

쾅!

그 순간 하늘에서 떨어져 내린 귀마 매종경!

수만 근에 달하는 위세를 품은 채 방금 전까지 곡경이 있던 장소에 내리꽂히더니, 다시 맹렬한 기세를 품은 채 움직였다. 유신영의 발끝에 채여 저만치 밀려난 곡경을 목표로 시위를 떠난 화살처럼 쏘아져 간 것이다.

"으악!"

곡경의 입에서 비명이 터져 나왔다.

순식간에 팔 하나가 반대편으로 꺾여 버린다.

무의식적으로 자신을 향해 쏘아져오는 매종경을 향해 특기인 거령마장(巨靈魔掌)을 펼치다 그런 꼴이 되었다. 장심을 중심으로 일어난 기력이 순식간에 반대편으로 꺾여서 어깨의 근골 자체가 쑤욱 빠져 버렸다.

　보통 사람이라면 당장 혼절할 만한 고통!

　그러나 곡경은 십팔마군에 속한 초절정의 마두였다. 지독스런 고통 중에서도 그는 다른 수장을 날려서 연달아 자신을 암습해 온 매종경의 태양혈을 향해 거령마장을 퍼부었다.

　동귀어진(同歸於盡)이다!

　그만한 각오를 한 일격이었다!

　그러자 매종경이 스윽 뒤로 물러났다. 그렇게 곡경의 거령마장을 피했다. 그리고 곧바로 다시 돌격한다.

　파팍!

　빠각!

　기묘한 움직임으로 곡경의 가슴팍을 발로 차며 뛰어오르더니, 공중에서 회전을 보이며 뒤차기를 날린다. 그의 커다란 안면 깊숙이 일각을 날린 것이다.

　"끄억!"

　결국 곡경이 입에 게거품을 문 채 무릎을 꿇었다.

　방금 전의 호언장담이 무색할 만큼 단 몇 초식도 매종경을 상대하지 못한 채 의식을 잃어버렸다. 삽시간에 그의 어깨 위에 걸쳐져 있던 종리철극과 비슷한 꼴이 된 것이다.

　그러자 비로소 움직임을 멈춘 매종경!

종리철극을 향해 기괴한 광기가 번들거리는 시선을 던진 그가 어느새 포위하듯 양쪽에서 파고든 초운과 유신영을 향해 신형을 돌려세웠다.

처참한 신색이랄까?

초운과 유신영을 향해 돌아선 매종경의 모습은 그야말로 목불인견(目不忍見), 그 자체라 할 만했다.

불에 타서 흉한 흔적만을 남긴 모발.

화상으로 형체를 알 수 없게 된 안면 윤곽.

의복 역시 죄다 불타서 화상 자국이 가득한 속살을 그대로 드러내고 있었다.

그러나 초운은 결코 매종경을 경시하지 않았다.

그럴 수가 없었다.

눈.

어둠이 깃든 무덤가에서 종종 볼 법한 인광(燐光)이 번들거리는 매종경의 눈에 담긴 기운은 그야말로 무시무시했다. 평범한 범인이라면 그냥 일별한 것만으로 오금이 저려서 혼백이 날아가고 말리라.

그 정도의 기세가 초운을 향해 날아들었다.

정신을 금제해 왔다.

그리고 그 찰나의 순간, 매종경이 다시 움직임을 보였다.

슥!

처음 나타날 때와 마찬가지다.

느닷없이 기괴하고 쾌속하게 신형을 분신하더니, 순식간에 초운의 면전까지 쇄도해 왔다. 섬뜩한 무형의 살기가 어느새 그를 생사지간의 경계로 몰아넣는다.

맞은편에 서 있던 유신영이 차갑게 외쳤다.

"초 대가, 정면에서 받으면 안 돼요!"

"……"

초운은 대답하지 않았다.

그럴 만한 여력이 없었다.

그는 그냥 전력을 다해 매종경의 살기에 포착당한 상반신을 옆으로 밀어내며 맹렬히 일각을 내뻗었다.

파각!

매종경의 기쾌한 움직임이 늦춰졌다.

그 역시 찰나!

그때를 놓치지 않고 초운의 특기인 삼지혈마인(三指血魔印)이 매종경의 가슴을 노렸다. 심장을 향해 강력한 세 가닥 지강(指罡)을 쏟아 냈다. 박살을 내기 위해 달려들었다.

슥!

그러자 매종경이 곡경 때와 마찬가지로 신형을 귀신같이 뒤로 물렸다.

물론 초운 때문은 아니다.

오히려 순식간에 그는 자신의 심장을 노리며 파고든 삼지혈마인을 파훼해 버렸다. 그 정도의 공격으로는 자신에게 전혀 부담을 주지 못한다는 듯이 말이다.

그러니 그의 이 같은 후퇴에는 겉으로 드러나지 않는 숨은 요소가 존재함이 마땅하다.

극도로 치명적인 요소!

바로 여태까지 아예 미동조차 하지 않고 사태를 지켜보고 있던 유신영의 느닷없는 기습이었다.

순간 그녀의 허리춤을 떠난 반월요선도(半月妖仙刀)가 맹렬한 굉음과 함께 장려(壯麗)한 도세를 펼쳐 냈다. 매종경의 흉측한 육신을 그대로 일도양단해 갔다. 딱 초운의 삼지혈마인이 심장을 노린 것과 동시에 말이다.

게다가 그 위력은 여태까지 상대했던 자들을 가볍게 압도한다. 어째서 여태까지 몸을 뒤로 빼고 있었는가 싶을 만큼.

쩌릉!

천지를 쪼개 내는 굉음과 거의 동시에 매종경의 신형이 크게 흔들거렸다.

유신영의 반월요선도를 완벽하게 피하지 못한 탓!

초운 역시 수수방관하고 있지만은 않는다.

스파팟!

그의 손에서 다시 삼지혈마인이 벼락같이 튀어나왔다. 날카로운 강기 줄기로 귀신같은 보신경이 흐트러진 매종경의 아랫배에 기다란 상흔을 만들어 냈다.

"역시 그런 것인가!"

위기의 순간에 펼쳐진 매종경의 보신경을 눈여겨본 초운의 눈살이 찌푸려졌다.

유신영 역시 알아챘다.

"그래요! 저 괴인은 귀마 매종경이에요! 그리고 이젠 인간도 아니고요!"

"어쩌다가 귀마 천좌 정도 되는 사람이 이런 꼴······."

"지금은 그런 게 중요한 게 아니에요! 초 대가는 지금부터 이곳에서 호법을 서 주도록 하세요!"

"······설마!"

초운이 놀라서 소리를 지른 것과 동시였다.

유신영이 요악스럽게 눈빛을 번들거리며 연달아 치명상을 당한 채 헐떡이고 있던 매종경을 공격했다. 어떤 때보다 신중하고, 빠르며, 확실하게 제압해서 바닥에 자빠뜨렸다.

근래 상대한 적이 없던 거물!

아주 입맛이 다셔진다.

당장 옷을 벗기고 덮쳐서 정혈을 있는 대로 빨아먹고 싶어 몸살이 났다. 내심 마음에 두고 있던 초운에게 뻔뻔스럽게 호법을 부탁했을 만큼 이미 몸은 후끈 달아올라 있었다.

'오호호, 귀마 매종경 정도라면, 내공이 일 갑자는 상승하겠구나! 이 지긋지긋한 초절정경과도 이젠 작별이야!'

한데, 막 매종경의 누더기가 된 옷을 찢어발기려던 유신영이 작은 어깨를 가볍게 움츠려 보였다.

흔들!

더불어 가느다란 허리를 기묘한 동작으로 회전시키자 손에 들려 있던 반월요선도가 철벽같은 도막(刀膜)을 형성시킨다. 느닷없이 배후로 다가든 은밀한 기척에 놀라서 일단 자기 자신을 지키는 데 최선을 다한 결과다.

파스스슷!

공격할 때와 다르다.

방어에 나선 그녀의 굉천도법은 흡사 뿌우연 물안개처럼 사방으로 퍼져 나갔다. 그렇게 자신의 작고 아담한 몸을 모조리 에워쌌다. 어떤 공격으로부터도 완벽하게 자기 자신을 방어할 수 있는 비장의 절초를 펼쳐 낸 것이다.

그러나 곧 유신영의 아미가 살짝 치켜 올라갔다.

의아스러웠다.

그녀가 어렵사리 펼쳐 낸 도막을 두드리는 공격이 전혀 없었기 때문이다. 마치 착각을 한 듯, 혹은 과민 반응을 보인 것처럼 말이다.

'어째서?'

유신영이 내심 고개를 갸웃해 보이곤 신형을 돌리다 눈살을 찌푸려 보였다. 그녀를 긴장시켰던 은밀한 기척의 정체가 무엇인지 눈치챈 까닭이었다.

초운이 천천히 고개를 저어 보였다.

"영매, 귀마 천좌는 내게 넘겨주지 않겠느냐?"

"설마 소매와 그에 대한 권리를 다투시려는 건가요?"

"그건 오해다."

"오해?"

"그래, 오해야. 나는 전날 귀마 천좌의 귀영매가에 잠시 신세를 진 일이 있었다. 그러니 그의 마지막 존엄만큼은 지켜 주고 싶구나."

"마지막 존엄이라……."

잠시 말끝을 흐린 유신영이 갑자기 생긋 미소 지어 보였다.

입꼬리가 살짝 치켜 올라간 게 무척이나 도발적이다. 아주 고혹적이다.

움찔!

초운이 그 모습에 놀라 몸을 가볍게 떨어 보였다. 이런 식의 모습을 그동안 꽤나 자주 목도해 왔기 때문이다.

그러거나 말거나 유신영은 개의치 않았다.

그녀는 대뜸 매종경의 곁을 떠나더니, 초운에게 바짝 다가들었다. 입에서 단내가 후욱 밀려든다.

"초 대가, 설마 그런 헛소리를 소매가 순진하게 믿을 거라 생각하신 건 아니실 테죠? 그럼 무슨 연유로 이러시는 걸까? 아하! 초 대가도 참! 진작 제게 말씀하시지 그러셨어요?"

"……."

"소매는 그런 것도 모르고 그동안 계속 초 대가를 곡해하고 있었답니다!"

"뭘 곡해했다는 거냐?"

"아잉! 부끄럼쟁이! 또 이런다!"

유신영이 초운의 가슴팍을 강하게 꼬집었다. 가슴 근육을 펄떡이게 했다.

초운이 당황해 말을 더듬거렸다.

"여, 영 매, 뭔가 오해를 한 것 같은데……."

"더 이상 말하지 마세요! 그냥 긴장 풀고 소매한테 다 맡겨 놓으세요! 초 대가가 원하시는 대로 귀마 매종경보다 먼저 상대해 드릴 테니까요."

"……그!"

초운이 황급히 거부의 몸짓을 하려다 눈을 크게 떴다. 어느새 마혈이 유신영에게 제압당해 버린 까닭이다.

슥!

그 후 초운에게서 가볍게 떨어져 나온 유신영.

그녀가 손끝으로 긴 머리를 한 차례 쓸어내리곤 다시 예의 도발적인 미소를 지어 보였다.

"우훗, 오늘은 일단 여기까지만 하도록 하죠. 소매가 좀 바쁘거든요."

"영 매, 꼭 그래야만 하겠느냐?"

평소처럼…… 언제나와 마찬가지로…… 그렇게 이기적이 되기로……

"예."

"앞서 말했다시피 귀마 천좌의 귀영매가의 세력은 아직 신교 내에 건재하다. 네가 그를 죽이면 향후 돌이킬 수 없는 분란의 싹이 될 거야."

"뭐, 그러라죠."

어깨를 한 차례 으쓱해 보이고 신형을 돌려세우는 유신영을 향해 초운이 다급하게 목청을 높였다.

"영 매, 귀마 천좌를 대신해 나는 어떠하냐?"

멈칫!

유신영이 걸음을 멈추고 초운을 돌아봤다. 눈매가 살짝 가늘어져 있다.

"초 대가, 소매가 말 그대로의 의미로 받아들여도 되는 건가요?"

"물론이다."

"그렇다면 정말 대단한 자신감이라고 말씀드려야겠군요. 초 대가는 자신이 매종경보다 더 소매를 만족시켜 줄 수 있다고 여기시는 건가요?"

"자신은 없다."

"그럼?"

"믿을 뿐이다."

"뭘 믿는다는 거죠?"

"영 매, 네가 그동안 내게 품었던 마음이 단 한 조각이라도 붉은빛을 품고 있었음을 말이다."

유신영이 잠시 눈살을 찌푸리더니, 곧 고개를 살래살래 흔들어 보였다.

"초 대가, 애석하게도 소매 정도의 성숙한 여인에게 일편단심(一片丹心) 따윌 기대하면 안 된답니다."

"역시 그랬던 것이냐?"

"아핫! 오히려 초 대가야말로 헛된 기대를 품고 있었던 것 아닌가요?"

"……"

초운은 침묵을 선택했고, 잠시 유쾌하게 웃어 보인 유신영이 한 점의 망설임도 없이 매종경을 덮쳐 갔다.

본래 고기는 신선할 때 먹어야 한다.

식감이 살아 있을 때 오독오독 씹어서 핏기 하나 남김없이 몽땅 삼키는 게 마땅했다.

한데, 그녀가 막 그렇게 매종경의 입을 벌리고 흡정을 시도하려 할 때였다.

슥!

문득 곡경과 엉킨 채 널브러져 있던 종리철극이 신형을 일으키더니 그녀를 향해 돌진해 왔다.

"커흑!"

평생 먹어 본 것 중 최고의 거물에게 완전히 집중해 있던 유신영이 새된 비명을 터뜨렸고, 그 순간 매종경이 신형을 공중으로 띄워 올렸다.

스으—팟!

매종경 최고의 절기인 천라귀영술이 순식간에 그의 신형을 대기 중에서 소멸시켰다. 수십 개의 분영만을 남긴 채 사라지게 했다. 흡사 본래부터 존재하지 않았던 신기루이기라도 한 것처럼 말이다.

잠시 넋이 빠진 채 그 모습을 바라보던 유신영이 갑자기 왈칵 소리를 지르며 종리철극에게 달려들었다.

"이 새끼, 감히 날 엿 먹여……!"

"쿠억!"

종리철극이 유신영에게 얻어맞고 바닥을 나뒹굴었다. 어찌나 세게 때렸는지 두툼한 가슴팍 한구석이 함몰되어 버렸다. 이미 금강불괴지신에 도달한 그가 아니었다면 단숨에 절명하고 말았으리라.

하지만 그것만으로 유신영의 분이 풀릴 리 만무하다.

그녀가 반월요선도를 빼 들었다.

아예 이 자리에서 종리철극을 열여덟 토막 내서 죽여 버릴 작정이었다. 그만한 살기를 있는 대로 발산했다.

그러나 그 역시 여의치 않았다. 초운이 다시 제지하고 나선 까닭이다.

"영 매, 절대 그를 죽여선 안 된다!"

"알아요! 아니까 초 대가도 그만 말하세요! 지금 짜증 나서 누가 됐든지 간에 피를 보고 싶으니까요!"

"……."

초운이 얼른 입을 다물었다.

유신영이 한 말은 결코 빈말이 아니었다.

그녀가 지금 일으키고 있는 살기는 그야말로 살인적이었다. 초운조차 완전히 기가 질려 버렸을 정도였다.

퍼억!

결국 유신영이 여전히 의식을 잃은 상태인 곡경에게 달려가 그를 대차게 걷어찼다. 세 번 찼다.

"영 매……."

"뭘요? 어차피 곡 이가는 중상을 당했으니까 내 가냘픈 손발에 몇 차례 얻어맞는다고 해서 더 나빠질 건 없잖아요! 아니면 초 대가가 대신 소매를 상대해 주실 건가요?"

"……부디 마음이 풀릴 때까지!"

초운이 얼른 꼬리를 내린 채 눈을 감았다. 고개를 돌리고 싶었으나 마혈이 점혈되어 그럴 수 없었다.

그렇게 곡경은 자신이 사모했던 유신영에 의해 의식불명 상태에서 점점 더 부상의 정도가 깊어져 갔다. 적어도 한 식경이 훌쩍 넘을 때까지…….

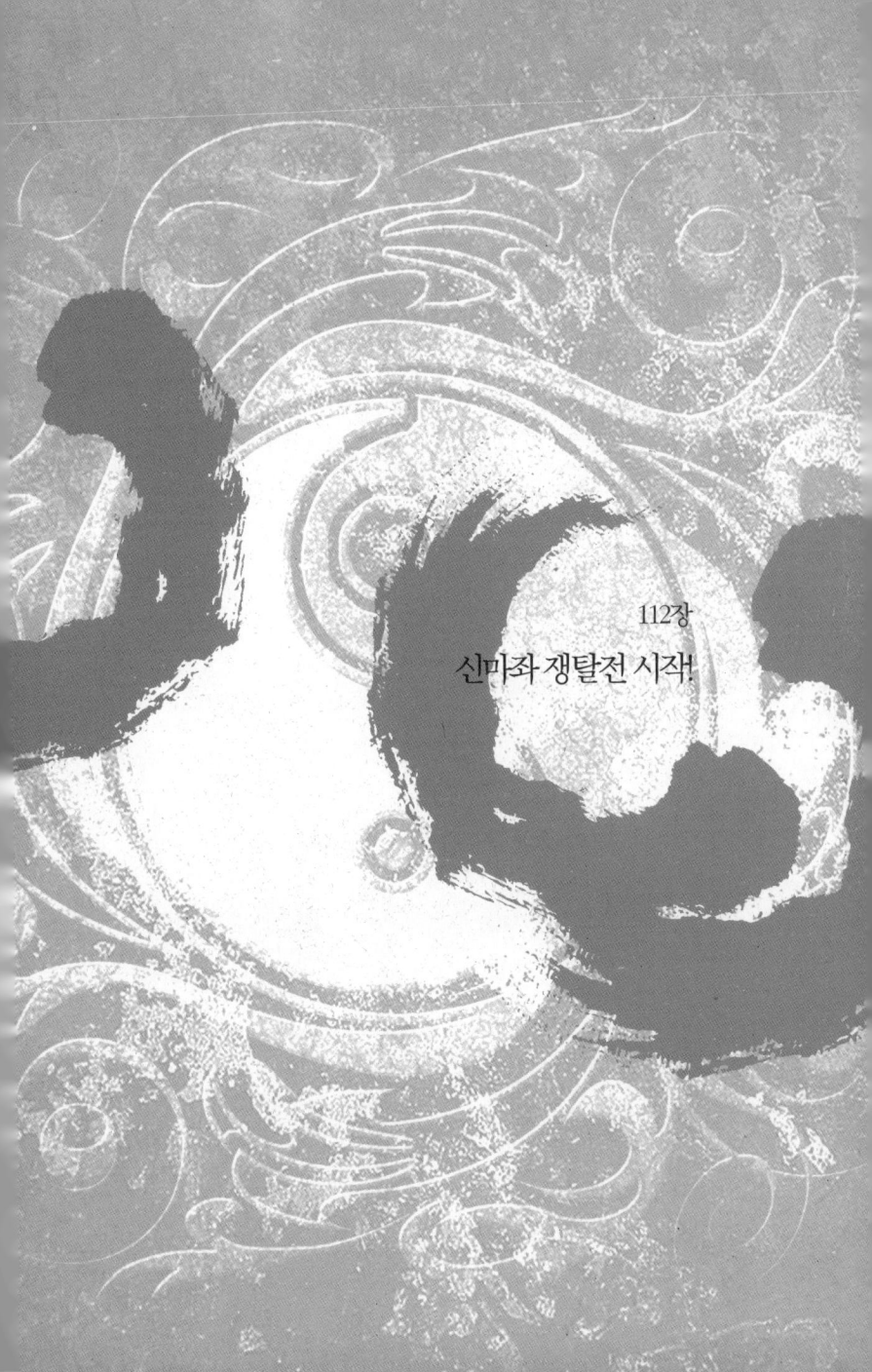

112장
신미좌 쟁탈전 시작!

천마대전 내부.

신마좌의 곁을 지키고 서 있는 사신마령을 향해 검을 겨누고 있던 구양령의 눈이 갑자기 차갑게 반짝였다.

순간, 귓전을 강하게 때려 온 굉음!

대폭발의 근원지가 뇌극봉임은 그리 어렵지 않게 파악할 수 있었다. 이만한 폭발을 일으킬 만한 화약이 모여 있는 장소는 그곳밖에 없었으니까.

그래서였을까?

파팟! 파파파팟!

문득 그녀를 향해 강렬한 기세가 노도처럼 전달되어져

신마좌 쟁탈전 시작!

왔다. 기묘한 도형 안에 갇힌 채 마기가 봉인당한 사신마령이 구양령을 향해 일제히 살기를 발산한 것이다.

구양령이 고개를 가볍게 저어 보였다.

"그래 봤자 소용없다는 걸 이젠 알 수 있을 텐데요? 그 파사진은 인세에 존재해선 안 되는 마물인 당신들로선 결코 벗어날 수 없어요!"

사신마령의 수좌인 호마왕이 섬뜩한 적안을 번뜩이며 말했다.

"나·는·호·마·왕·이·다! 어·찌·마·물·따·위·와·동·급·으·로·생·각·하·는·것·이·냐!"

"그런데요?"

"감·히!"

분노하는 호마왕을 구양령이 외면하자 사령왕이 기다렸다는 듯 소리쳤다.

"계·집! 나·사·령·왕·과·얘·기·하·자!"

"사·령·왕! 단·숨·에·멸·천·마·후·에·게·제·압·당·한·패·배·자·주·제·에·또·나·대·는·거·냐?"

"크·카·캇! 잘·난·척·먼·저·나·서·다·쥐·어·터·지·기·나·하·고!"

사령왕을 향해 암흑왕과 청마수가 일제히 빈정거렸다. 항상 사신마령의 수좌인 호마왕을 제치고 나서길 좋아하는 그에 대한 감정이 좋지 못한 게 분명하다.

그러자 사령왕이 그들에게 버럭 화를 냈다.

"이·것·들·아! 상·황·파·악·좀·해·라! 이·대·로 있·다·가·는 신·마·좌·가 더·럽·혀·지·고 말·것·이·다!"

"사·령·왕·네·놈·은 패·배·자·다! 패·배·자·는 그·냥 찌·그·러·져·있·으·면 되·는·거·야!"

"크·카·캇! 잘·난·척·먼·저·나·서·다·쥐·어·터·지·기·나·하·고!"

"이·빌·어·먹·을·놈·들·이!"

사령왕이 전혀 말이 통하지 않는 암흑왕과 청마수에게 치를 떨고는 호마왕에게 시선을 던졌다.

어쩔 수 없다.

정말 짜증 나지만 그는 사신마령의 수좌였다. 현 상황을 타개하기 위해선 도움을 요청할 수밖에 없었다.

"호·마·왕·이·여! 내·게 묘·수·가 있·다!"

"말·하·라!"

그가 나서자 비로소 암흑왕과 청마수가 사령왕에 대한 조소를 거둬들였다.

"……."

"……."

사령왕이 밉살맞다는 표정으로 두 신마령을 쏘아보곤 말을 이었다.

"호·마·왕·이·여! 현·재·우·리·사·신·마·령·은·멸·천·마·후·의·괴·이·한·술·책·에·빠·져·서·신·마·좌·부·근·을·벗·어·날·수·없·는·상·황·이·다. 즉·신·마·좌·를·지·킬·수·는·있·으·나·천·마·대·조·의·유·지·를·지·킬·수·는·없·게·된·것·이·다."

"괜·한·걱·정·이·다. 사·령·왕·이·여! 천·마·대·조·의·유·지·는·절·대·적·으·로·지·켜·질·것·이·다!"

"호·마·왕·이·여! 그·대·가·무·얼·생·각·하·고·있·는·지·나·사·령·왕·역·시·알·고·있·다. 하·나·그·방·법·을·사·용·한·다·는·건·우·리·사·신·마·령·의·종·말·을·뜻·한·다."

"사·령·왕·이·여! 이·젠·본·론·을·말·하·라!"

"돌·려·말·하·지·않·겠·다. 우·리·는·지·금·당·장·천·마·대·조·의·유·지·를·수·행·할·수·있·다!"

"어·떻·게?"

질문은 호마왕이 던졌으나 사령왕의 시선은 생뚱맞게도 그가 아니라 구양령을 향했다.

"풍·마·구·양·가·의·여·아·여! 거·대·한·운·명·을·받·아·들·일·준·비·가·되·었·느·냐!"

구양령의 표정이 황당해졌다.

"거대한 운명?"

호마왕 역시 무심하던 시선을 크게 흔들어 보인다. 처음으로 심중 깊숙한 곳에서 격동을 일으킨 듯하다.

"사·령·왕·이·여! 설·마·그·런·짓·을·벌·일·작·정·을·한·것·은·아·닐·테·지!"

사령왕은 태연했다.

"호·마·왕·이·여! 어·째·서·내·가·그·리·하·지·않·을·거·라·생·각·하·는·것·이·냐? 나·는·진·심·으·로·그·러·하·다!"

"그·러·하·다······인·가?"

"그·렇·다! 반·박·할·셈·인·가?"

자신만만한 사령왕의 말에 호마왕이 잠시 침묵하다 천천히 고개를 저어 보였다.

"사·령·왕·이·여! 그·대·가·진·정·으·로·그·러·하·다·면·되·었·다. 나·호·마·왕·은·그·대·의·결·단·을·존·중·할·것·이·다!"

"호·마·왕·이·그·렇·다·는·군? 어·떤·가·그·대·들·은?"

느닷없이 대답을 강요받게 된 두 신마령이 당황한 기색이 되었다. 호기심 짙던 눈빛이 마구 흔들리고 있다. 사실 호마왕과 사령왕 간의 대화에 담긴 진의를 전혀 파악하지 못하고 있었기 때문이다.

그래도 그런 걸 결코 티를 낼 순 없다.

특히 사령왕을 은근히 견제하고 있던 암흑왕은 더욱 그러했다. 절대로 얕보일 순 없었다. 잠시 호마왕의 기색을 살핀 그가 못마땅한 표정으로 고개를 끄덕여 보였다.

"호·마·왕·이·동·의·하·였·다·면·나·암·흑·왕·역·시·그·러·하·다!"

"크·카·캇! 잘·난·척·먼·저·나·서·다·쥐·어·터·지·기·나·하·고!"

"청·마·수·여! 너·역·시·뜻·을·밝·혀·라!"

"크·카·캇! 잘·난·척·먼·저·나·서·다·쥐·어·터·지·기·나·하·고!"

"……"

여전히 자신이 무슨 소리를 하는지 모르는 것 같은 청마수에게서 사령왕이 시선을 거뒀다. 본래 한번 꽂힌 말을 몇 달씩 계속해 대는 성미임을 알고 있었기 때문이다.

"그·럼·사·신·마·령·모·두·의·동·의·가·이·뤄·졌·으·니, 나·사·령·왕·이·직·권·을·발·휘·하·도·록·하·겠·다!"

호마왕이 말했다.

"사·령·왕·이·여! 후·회·는·없·을·테·지?"

"후·회?"

반문과 함께 사령왕이 입가에 어색한 미소를 만들어 냈다.

"수·백·년·의·성·상·을·신·마·좌·와·함·께·보·내·왔·다! 신·마·좌·가·더·럽·혀·질·위·기·를·타·파·하·기·위·해·내·뭔·들·

못·하·겠·는·가?"

"알·겠·다!"

그제야 호마왕이 물러섰고, 사령왕이 다시 구양령에게 시선을 던졌다. 그리고 엄숙한 기색으로 말했다.

"풍·마·구·양·가·의·여·아·여! 나·사·령·왕·이·다·시·묻·겠·다. 거·대·한·운·명·을·받·아·들·일·준·비·가·되·었·느·냐!"

"나는……."

잠시 말끝을 흐린 구양령이 천천히 고개를 저어 보였다.

"……천마대조의 유지 같은 거 나는 들어 본 적이 없어요. 그런 내게 무얼 결정하라 하는 건가요?"

"너·는·결·정·할·필·요·가·없·다!"

"예? 하지만 방금 전에 무슨 준비가 되었느니 하고 물었잖아요?"

"그·래, 너·는·준·비·만·하·고·있·으·면·된·다. 결·정·은·방·금·전·에·우·리·사·신·마·령·이·했·으·니·까!"

'뭐 이따위 자식들이 다 있어!'

구양령이 내심 발끈했을 때였다.

갑자기 사신마령 전체를 옭아매고 있던 전설의 파사진, 건곤구천현녀대진(乾坤九天玄女大陣) 전체가 커다란 파열음을 일으켰다.

뒤틀림. 흔들림. 균열감……

그 모든 것이 한순간 들이닥쳤다.

폭풍처럼 신마좌 전체로 휘몰아치더니 구양령을 향해 일제히 빨려 들어갔다. 맹렬히 쇄도해 갔다. 노도와 같이 들이닥쳤다. 마치 그녀란 존재 자체를 단숨에 꿀꺽 삼켜 버리기라도 하려는 것처럼 말이다.

"헉!"

구양령의 입이 가볍게 벌어졌다.

면사가 폭풍처럼 흔들거렸다. 당장이라도 날아가 버릴 정도로.

저벅!

그와 함께 건곤구천현녀대진을 벗어난 사령왕!

그가 구양령을 향해 다시 예의 어색한 미소를 지어 보이더니, 무너지듯 바닥에 부복했다.

"사·신·마·령·의·사·령·왕·이·새·로·운·신·마·좌·의·주·인·이·될·자·격·을·지·금·이·순·간·부·여·하·노·니……"

"으헉!"

"……부·디 위·대·한 천·마·대·조·의 유·지·를·받·들·어·주·길 바·라·오!"

"으헉!"

구양령이 한령마검을 든 손을 떨 정도로 연속적으로 비

명을 터뜨렸다. 경악에 차서 그런 짓을 저질렀다. 급변한 상황에 일시 어찌할 바를 모르게 된 것이다.

* * *

까닥! 까닥!
천마대전의 처마. 암천유부의 지배자인 아수라(阿修羅)가 석가모니(釋迦牟尼)를 짓밟고 서 있는 형상 위.
태평스럽게 드러누운 채 하늘을 향해 발을 건들거리고 있던 담대광이 인상을 가볍게 찌푸려 보였다.
드디어 모습을 드러낸 멸천마후 천기신혜 때문?
아니면 반대편에 다정한 조손처럼 함께 모습을 드러낸 태상마군 소리산과 진리 때문?
그것도 아니라면 얼마 전 경외마문 앞에 모습을 드러낸 좌마령 북리사경 때문?
모두 다 틀렸다.
전혀 아니었다. 완전히 헛짚었다.
적어도 오늘 천마대전 앞에 소진엽을 데리고 모습을 드러낸 담대광에겐 그러했다. 그 모든 게 다 이미 흉중에 그대로 담겨져 예측 가능 범위에 존재한 까닭이다.
그런데 갑자기 천마대전 안에서 말도 안 되는 일이 발생했다.

바보 같게도 천기신혜에게 제압당해 신마좌 앞에 봉인되어 버린 사신마령이 돌발적인 움직임을 보였다. 오로지 신마좌의 존엄을 지키기 위해 돌이킬 수 없는 선택을 했다. 천마대전 앞에 모여든 야심만만한 군마들 따윈 전혀 고려치 않고서 말이다.

예상을 완전히 벗어난 변화!

당황스러울 정도로 급작스런 사신마령의 선택을 누구보다 먼저 눈치챈 담대광의 마안은 무서우리만치 번뜩이고 있었다. 자못 흉악스런 빛을 마음껏 뿜어내며 신마좌 쪽의 변화에 잔뜩 신경을 곤두세웠다.

잠시뿐이다.

찰나지간 만에 담대광의 마안이 빛을 거둬들였다. 심드렁한 표정 역시 만면에 감돈다. 일시 심부 깊숙한 곳에서 치밀어 올랐던 급박지심을 가라앉힌 것이다.

타고난 종잡을 수 없는 성정의 발동이다.

천마신교의 교주만이 앉을 수 있는 신마좌의 향배까지도 그의 이 같은 성정을 붙잡아 놓을 순 없었다. 막을 수 없었다. 고정시킬 수 없었다.

'뭐…… 이런 전개도 나쁘진 않으려나? 어차피 천 년 묵은 너구리 같은 태상마군 늙은이까지 나섰으니 천마대제전의 개최는 피할 수 없는 현실이 된 것일 테니까…….'

천마대제전!

천마신교의 교주를 뽑는 장엄한 의식은 어디까지나 교주의 자리인 신마좌가 완벽하게 비워졌을 때만 가능하다. 교주의 사후, 천마신교의 전 교도가 모여서 뽑은 명실상부한 마도 최강자만이 신마좌를 차지할 수 있었기 때문이다.

당연히 현 교주인 신마대제 담대광이 천마대제전의 개최를 허락하고 싶을 리 없었다. 가당치도 않은 일이었다. 예전 같았다면 절대로 허락하지 않았을 터였다. 방금 전까지만 해도 분명 그리 생각하고 있었다.

그래서 어떻게든 소진엽을 이용해 사신마령을 제압한 후 신마좌를 차지하고, 천마대제전의 개최를 저지할 생각이었다. 그렇게 태상마군 소리산과 멸천마후 천기신혜의 야욕을 꺾어 버릴 작정을 하고 있었다.

하지만 갑자기 마음이 변했다.

사신마령의 예기치 않은 선택을 보고 흥미를 느꼈다.

재미있다는 생각이 들었다.

향후 전개가 매우 궁금해졌다.

그래서 그는 갑자기 소진엽과의 접속을 끊어 버렸다. 무책임하게 그에게 현 상황을 몽땅 맡겨 버리고 관전자가 되기로 한 것이다.

'헉!'

소진엽은 일방적으로 끊겨 버린 담대광과의 접속에 내심

헛기침을 터뜨렸다. 완전히 당황해 버리고 말았다. 그가 이런 식으로 제멋대로 구는 게 처음은 아니었지만, 갑자기 이러는 건 반칙이다.

아주 좋지 못했다.

방금 전 그는 태상마군 소리산의 선동대로 멸천마후 천기신혜에게 도전했다. 아주 화끈하게 싸움을 걸었다. 정면 승부를 요청했다.

그런데 담대광이 제멋대로 발을 빼다니!

그와의 '천마충천, 사방마계'도 없이 그녀를 상대해야만 하다니!

갑자기 짜증이 확 치밀어 올랐다.

당장 모든 걸 내팽개치고 어딘가로 떠나가고 싶었다. 흡사 태상마군 소리산과 사부 담대광 양쪽이 쳐 놓은 함정에 빠진 것 같아 기분이 아주 더러웠다.

하나 그 순간, 천마대전 밖에 도열해 있는 외성 삼부대의 뜨거운 열기가 전해져 왔다. 해진(解陣)한 상태에서도 여전히 무적십자연환진의 기운을 고스란히 품고 있는 마도의 열혈 사나이들이 내뿜는 열정이 느껴졌다.

자신을 향한 믿음! 환호! 열광!

외면할 수 없다. 그럴 수 있을 리가 없었다.

으쓱!

결국 평상시 버릇처럼 한 차례 어깨를 추어올리는 것으

로 불편한 마음을 정리한 소진엽이 다시 천기신혜를 도발했다.

"천기신혜 선배, 어찌 대답이 없으신 것이오? 혹시 나와 싸우는 게 겁나는 것이오? 그렇다면……."

"꼬맹이가 시끄럽구나!"

"……꼬맹이!"

"그래, 꼬맹아, 여긴 네 녀석 같은 어린애가 끼어들 자리가 아니란다. 그러니 얼른 네 사부를 불러내는 게 좋을 것이다. 내가 강제로 불러들이기 전에 말야."

"……."

소진엽의 눈에 가벼운 이채가 어렸다.

천기신혜가 한 말!

굉장히 의미심장하다. 마치 소진엽과 담대광 간의 유착 관계를 이미 알고 있는 것 같다. 그렇지 않고선 할 수 없는 발언이었다. 그래서 잠시 말문이 막혔다.

그러자 천기신혜가 피식 웃어 보였다.

"역시 꼬맹이는 어쩔 수 없구나! 표정을 숨기는 법이 무척 서툴러."

"날 떠본 것이오?"

"그래 보이느냐? 네 말이 맞다. 그리고 고맙게도 네놈 덕분에 확신을 갖게 되었다."

"……."

"후훗, 그러니 행운으로 생각하거라. 그것이야말로 내가 네놈을 죽이지 말아야 할 이유가 될 터이니까."

"……핫!"

천기신혜의 완전히 자신을 무시하는 듯한 발언에 눈살을 찌푸리고 있던 소진엽이 순간 헛바람을 들이켰다.

찰나간이다.

순간이란 표현마저 무색할 새였다.

스읏!

한 떨기 백합이나 다름없는 미모를 자랑하고 있던 천기신혜가 갑자기 소진엽을 향해 파고들었다. 전속력으로 이동해 왔다.

당연히 그것만으로 끝일 리 없다.

그녀의 섬섬옥수(纖纖玉手)!

작고 하얀 손끝에서 일순 길쭉하고 채찍 같은 수강이 일어나더니, 맹렬한 기세를 품은 채 소진엽을 사선으로 내리그었다.

공간, 그 자체가 잘려 나가는가!

그런 식으로밖엔 표현할 길이 없다.

한참이나 부족하지만 그 외엔 설명이 안 된다.

그렇게 소진엽은 단숨에 사선으로 몸이 잘려 나갔다. 두 토막 났다. 그런 꼴이 되었다. 하나 그때 다시 천기신혜의 섬섬옥수가 변화를 일으켰다.

낭창!

찰나간에 소진엽을 포함한 공간, 그 자체를 사선으로 잘라 낸 하얗고, 길쭉하고, 제멋대로 휘어지는 강기가 연속적으로 더욱 빠른 변화를 만들어 냈다.

파창! 창!

그리고 드러난 기괴한 광경!

방금 전 일도양단이 된 잔영을 남겼던 소진엽이 어느새 빼 든 도검과 함께 뒤로 쭉쭉 밀려나고 있었다. 느닷없이 당한 첫 번째 일격을 일보삼장세로 피한 후 곧바로 반격을 가하려다 더욱 강해진 공격에 오히려 후퇴하고 있는 것이다.

그야말로 감탄을 절로 나오게 하는 일초양식의 공수교환!

공격한 자나 반격하려다 후퇴한 자나 이미 인간의 범주를 한참이나 벗어났다. 초인의 영역에서 손속을 나누었다. 그렇게 순식간에 서로 간의 간격을 오 장으로 넓혔다.

낭창!

천기신혜가 파상적인 공격을 잠시 멈추곤 미미하게 고개를 끄덕여 보였다.

"내 일 초식을 받아 내다니, 어린 나이에 오만한 것도 무리는 아니로구나."

"죽이진 않겠다고 해 놓고서!"

"그런 말을 믿었더란 말이냐?"

"물론이오!"
"그럼 계속 믿고 있거라."
"……."
또다시 천기신혜가 공격을 시작했다.
여태까지가 맛보기였다는 듯 더욱 강하게 소진엽을 몰아쳐 갔다. 자신이 만들어 낸 하얗고, 길쭉하고, 제멋대로 휘어지는 강기를 이용해서 말이다.

태상마군 소리산의 옆에 바짝 붙어 서 있던 진리가 자신도 모르게 중얼거렸다. 느닷없이 시작된 싸움을 지켜보고 있다가 중요한 사실을 깨달은 것이다.
"천마초절예(天魔初絶藝) 멸신백병도(滅神百兵刀)! 소 대가의 태극혜검과 멸마도법으로는 절대 상대할 수 없을 텐데……."
소리산이 힐끔 진리를 곁눈질하곤 흐뭇한 미소를 입가에 매달았다.
"허허, 소성녀가 천마초절예까지 알고 있었던가?"
"신마성궁에서 그동안 놀고만 있었던 건 아니니까요."
"그렇군."
"그런데 태상마군님은 천마초절예를 보시고도 놀라시는 기색이 없으시네요?"
"어째서 내가 놀라야 한다고 생각하는 건가?"

"그야……."

바로 답을 내놓으려던 진리가 갑자기 작은 어깨를 부르르 떨어 보였다.

방금 전 소진엽이 무려 여섯 차례나 생사의 위기에 처했다가 벗어났다.

연속적으로 죽음에 한 발을 내디뎠다가 가까스로 빠져나왔다.

거의 죽은 것이나 다름없는 상황을 용케 피해 냈다.

그게 너무나 극적이라 뛰어난 재지를 지닌 그녀로서도 일시 냉철한 판단력을 유지할 수 없었다.

그러자 소리산이 귀엽다는 듯 미소 지었다.

"허허, 소성녀는 정말 소교주를 좋아하는군."

"……소 대가는 괜찮은 거겠죠?"

"한동안은 그럴 걸세. 멸천마후는 앞서 공언했다시피 소교주를 죽일 생각은 없으니까 말일세."

"그런 것치고는 공격이 너무 심한데요?"

"그 이유를 소성녀가 모르진 않을 터인데?"

"그건 역시…… 교주님을 전면에 나서게 하기 위함인가요?"

"그렇지. 그런데 생각보다 소교주의 무공이 괜찮으니 곤란하게 되었어."

"그건 어째서죠?"

"어째서일 것 같은가?"

"……."

손에 땀을 쥐고 계속 천기신혜에게 일방적으로 공격당하고 있는 소진엽을 살피고 있던 진리의 아미가 찌푸려졌다. 이런 급박한 상황에서도 계속 어려운 질문을 던지는 소리산에게 짜증이 났다. 화를 내고 싶을 만큼 말이다.

그러나 곧 그녀의 혜지 어린 눈에 맑은 기운이 스쳐 갔다.

"멸천마후는 소 대가의 목숨을 거두진 않겠지만, 그에 버금갈 만큼의 타격을 입히려 하겠군요?"

"그렇지."

"그런데 소 대가의 무공이 예상외로 고강하니, 점점 더 강한 수법을 사용할 테고요?"

"그렇지. 그리고 한쪽이 압도적이지 못한 고수 간의 대결에서는 항상 예상치 못했던 불상사가 벌어지게 마련이라네."

"소 대가의 무공이 그 정도 수준이란 건가요?"

"충분하지. 지나칠 만큼 충분해. 그동안 사신마령의 연수합격을 깨기 위해 아주 착실하게 수련을 했음을 알겠어."

"그럼 태상마군님은 어찌하실 작정이신가요?"

"나?"

"예, 설마 이대로 멸천마후의 뜻대로 모든 상황이 전개되는 걸 지켜보고 계시진 않을 테지요?"

"허허, 그런……."

잠시 미소와 함께 말끝을 흐린 소리산이 문득 의뭉스런 기색을 지어 보였다.

"……소성녀는 그리 걱정하지 않아도 되겠네. 항상 예상치 못했던 불상사는 다른 형태로 모습을 드러내니까 말일세."

"그건 무슨 뜻이죠?"

"종종 마도의 싸움에는 중간에 끼어드는 자가 있다는 뜻일세."

"예?"

자신의 인지 능력을 간단히 벗어난 소리산의 마지막 말에 진리가 당황한 표정이 된 것과 동시였다.

카아아!

용쟁호투(龍爭虎鬪)를 방불케 하는 결전을 벌이고 있던 소진엽과 천기신혜 사이로 일순간 한 마리의 혈마조가 떨어져 내렸다. 마치 두 사람만의 싸움은 절대 용납할 수 없다는 듯이 말이다.

슥! 스스슥!

한 걸음가량을 옆으로 물러난 천기신혜와 달리 소진엽은 전력을 다해 일보삼장세를 펼쳐 냈다. 순간적으로 거의 육칠 장가량의 거리를 이동했다.

느닷없이 모습을 드러낸 한 마리의 붉은 새!

핏빛 선혈을 당장이라도 촛농처럼 뚝뚝 떨궈 낼 듯 강렬한 빛무리를 발산하고 있는 혈마조의 등장이 원인이다. 과거 '천마충천, 사방마계' 상태의 자신을 몇 번이나 사경으로 몰아넣었던 북리사경을 경시할 수 없는 건 당연했다.

'제기랄, 게다가 저런 기세라니! 설마 그때 날 봐줬던 건 아닐 테지?'

그랬던 것 같다.

그렇지 않고서야 혈마조에 뒤이어 모습을 드러낸 북리사경의 모습이 이렇게 위풍당당할 리 없었다. 눈앞의 천기신혜와 견주더라도 전혀 뒤지지 않는 기세를 아무렇지도 않게 발산할 수 있을 리 만무했다.

그때 천기신혜가 담담하게 말했다.

"승천북리가의 전설이라는 혈마조검경이로군요? 과연 좌마령은 천하의 기재라 자부해도 되겠어요."

'혈마조검경…… 저게 바로 도마 천좌와 비마 천좌를 한꺼번에 사경에 몰아넣었던 그 무공이로구나!'

카아아!

혈마조가 나직한 울음과 함께 주인의 곁으로 날아갔다. 그의 손에 들려진 황룡혈마검의 검신 위로 단숨에 이동해 커다란 날개를 접고 내려앉았다.

정말 생명이 깃든 것 같은 모습!

북리사경이 자신의 혈마조를 일별한 후 천기신혜에게 시선을 던졌다.

"날 좌마령이라 불렀으면서도 먼저 신마좌 쟁탈전을 시작했다는 건 지나친 오만이 아니오. 우마령!"

"신마좌 쟁탈전이라……."

"아니라 말하고 싶은 거요?"

"……설마요?"

어깨를 가볍게 추어 보인 천기신혜가 요요로운 눈빛을 북리사경에게 고정시켰다.

"좌마령이 그리 생각한다면 얼마든지 이 싸움, 양보하도록 하겠어요."

"싸움을 양보하겠다?"

"그래요. 사실 나는 소교주를 자처하는 눈앞의 애송이한테는 그리 큰 관심이 없거든요."

"……."

천기신혜의 미묘한 곁눈질을 쫓아 시선을 던진 북리사경의 입꼬리가 살짝 치켜 올라갔다. 그녀가 지금 가장 관심 있는 인물이 누군지 단숨에 파악해 낸 까닭이었다.

'그렇군. 태상마군이 있었어!'

이해가 간다.

충분할 만큼 공감할 수 있었다.

하나 그렇다면 더더욱 천기신혜가 원하는 바를 들어줄 생각은 없었다. 오히려 판을 더욱 키우는 게 옳다. 그게 여태까지 북리사경이 살아온 방식이었다.

"태상마군! 계속 그곳에서 허세나 떨면서 서 있을 작정이시오?"

소리산이 담담한 미소로 화답했다.

"허허, 좌마령은 이 늙은이까지 싸움에 끌어들일 작정이로군?"

"그러면 안 될 이유라도 있는 것이오?"

"안 될 것 없지! 안 될 것 없어!"

"그런데 아직도 뛰어들지 않는군. 그건 다른 의도가 있는 것이라 봐도 되겠소?"

"다른 의도가 있다면 어찌하시려는가?"

"이 자리에서 당신은 좌우마령 모두를 상대해야 할 것이오!"

냉랭한 북리사경의 일갈에 소리산이 짐짓 놀란 표정을 지어 보였다.

"어이쿠, 그건 너무 심한 소리가 아닌가! 천하에 어떤 자가 있어 신교의 좌우마령을 한꺼번에 상대할 수 있겠는가? 설혹 교주가 살아 있다 해도 그건 불가능한 일일 것일세."

"그럼……"

"그러니 이 자리에서 선언하도록 하지."

"……선언?"

"그래, 선언하겠네. 노부가 이번 신마좌 쟁탈전에 참가하지 않을 것을 말일세. 요식행위이긴 하나 그만하면 충분할 테지?"

"결국 자신은 빠질 테니, 우리끼리 승부를 결정지으라는 뜻이오?"

"그러네. 나는 늙었거든."

천기신혜가 서늘한 목소리로 끼어들었다.

"뇌극봉의 뇌왕진천가를 몰살시킨 사람이 말은 잘하는군요! 좌마령, 설마 저 늙은 너구리의 말을 믿을 작정은 아닐 테지요?"

"뇌왕진천가가 몰살했소?"

"그래요. 방금 전 뇌극봉의 대폭발과 함께 가주 진강을 비롯한 뇌왕진천가 전체가 몰살당했어요."

"……."

북리사경의 안색이 가볍게 어두워졌다. 진강과 함께 그의 딸인 뇌운의 철가면 진여상과 그녀가 이끌던 뇌왕열화병단 역시 몰살당했다고 여긴 까닭이었다.

잠시뿐이다.

곧 진여상과 뇌왕열화병단이란 이름을 뇌리에서 지워 버린 그가 소리산을 차갑게 노려봤다. 그에게 변명을 요구하기 위함이었다. 그럴 권리가 있다고 여겼다.

그러나 이번에 나선 사람은 소리산이 아니라 진리였다. 지금이야말로 소진엽에게 자신의 도움이 절실하단 판단을 내린 것이다.

 "그렇기에 좌우마령 두 분은 지금 당장 싸움을 멈춰야만 하는 거예요!"

 "소저는……."

 "성녀 진리! 위대한 신마대제의 유일한 후손이자 지존성화의 수호자예요!"

 "……그렇군."

 북리사경이 미미하게 고개를 끄덕여 보였다. 그녀의 권위를 인정해 준 것이다.

 그러자 진리가 빠르게 말을 이었다.

 "먼저 좌마령께서는 알아야만 할 일이 있어요."

 "말씀하시오."

 "우마령은 간밤 홀로 천마대전을 찾아들어……."

 파팟!

 문득 소리산이 앞으로 나서서 천기신혜에게서 일어난 한 가닥 무형지기를 거둬 냈다. 진리의 입을 막기 위해 천기신혜가 공격을 감행하리란 걸 미리 예측하고 있었음이 분명하다.

 반면 천기신혜는 태연했다.

 오히려 드디어 소리산으로 하여금 직접 손을 쓰게 한 것에 만족한 듯 얼굴을 가린 은색 주렴 안쪽으로 희미한 미소를 머금었다.

처음 한 번이 중요하다!

드디어 손속을 나눴으니 더 이상 신마좌 쟁탈전에서 빠져나갈 수는 없을 터였다. 그렇게 판단을 내렸다.

북리사경이 눈살을 찌푸려 보였다.

"우마령, 어찌 성녀를 공격하는 것이오?"

"내가요?"

"방금 전에 그녀를 암격하려 했지 않소?"

"그래서 태상마군이 드디어 전면에 나서게 됐군요. 좌마령은 거기에 반대하는 건가요?"

"그건……."

다시 눈살을 찌푸려 보인 북리사경이 단호하게 말했다.

"……어찌 됐든 더 이상 성녀를 노리지 마시오! 나는 성녀의 말을 끝까지 들어 봐야겠소!"

"마음대로 하시길."

천기신혜가 뒤로 살짝 물러났다.

소리산과 북리사경!

두 사람이 진리를 가로막아 섰다. 더 이상 그녀를 노릴 수 있는 방법이 남았을 리 만무했다.

북리사경이 진리에게 말했다.

"성녀는 염려 말고 말하시오. 우마령은 간밤에 홀로 천마대전에 숨어들어 무슨 짓을 한 것이오?"

"……이미 좌마령이 짐작하신 것과 다르지 않습니다. 그녀는 사신마령을 제압하고 신마좌를 강탈했어요."

"감히!"

소리산이 얼른 끼어들어 불 속에 기름을 뿌려 댔다.

"게다가 뇌극봉을 차지한 뇌운의 철사자에게 자신의 수하들을 보내서 제압하기까지 했다네. 즉, 좌마령 자네의 뒤통수를 확실하게 친 것이야!"

"……."

진리 역시 부채질하듯 첨언했다.

"하지만 거기까지 미리 눈치챈 태상마군님은 패마 천좌를 미리 수중에 넣으셨답니다. 지금쯤 군마각과 함께 신마성궁을 향해 진격해 들어오고 있을 거예요. 그러니 두 분 좌우마령이 계속 신마좌 쟁탈전을 벌인다는 건 바보 같은 짓이에요. 누가 이기든 결코 온전히 신마좌를 차지할 순 없을 테니까요."

"……."

"그래서 태상마군님께서는 두 분 좌우마령과 소교주에게 한 가지 제안을 하시려 합니다."

"제안?"

북리사경의 시선이 자신에게 이동하자 소리산이 어깨를 한 차례 으쓱해 보이곤 말했다.

"뭐, 별건 없네. 어차피 사신마령이 우마령에게 제압당했으니, 이번 기회에 정식으로 천마대제전을 개최하는 정도랄까?"

"무슨 속셈이요?"

"그런 표정 짓지 마시게. 숨겨진 꿍꿍이 따윈 전혀 없으니까. 나는 그냥 신교에 이젠 교주가 필요하다고 여길 뿐이라네. 그 이유는 좌마령 자네도 알지 않는가?"

"그건……."

뭐라 말을 이으려던 북리사경의 안색이 가볍게 변했다. 두 사람의 대화에 관심을 보이지 않던 천기신혜 역시 마찬가지다. 신비로울 만큼 아름다운 눈빛이 가볍게 흔들렸다.

끼이익!

그리고 그 순간 굳게 닫혀 있던 천마대전의 대문이 다시 활짝 열렸다. 마치 처음부터 그렇게 되게 결정되어 있었던 것처럼 말이다.

* * *

"으음!"

"으헉!"

북리사경과 함께 천마대전에 도착한 도마 사마무군과 검마 주진모의 입에서 나직한 신음이 터져 나왔다.

그럴 수밖에 없다.

명목상이나마 좌마령의 신분으로 복귀한 북리사경을 호위해 천마대전에 도착하자마자 사달이 벌어졌다. 느닷없이 압도적인 기파가 대전의 중심에서 폭발적으로 일어난 것이다. 그들 같은 절대고수조차 당황할 만큼의 파괴력을 동반한 채 말이다.

게다가 그건 시작에 불과했다.

슥!

일순 북리사경이 두 사람을 제치고 황룡혈마검을 뽑아들었다.

혈마조검경 발동!

그렇다. 그는 한 점의 망설임도 없이 자신의 최고 무공을 일으키며 천마대전으로 뛰어들었다. 어떤 자들도 막을 수 없는 기세로 자신을 배제한 채 벌어진 신마좌 쟁탈전에 정식으로 끼어들겠다고 선언한 것이다.

그렇게 다시 변화한 천마대전의 상황!

문득 딱딱하게 굳은 표정이 된 사마무군이 주진모에게 냉정한 시선을 던졌다.

"검마, 우리의 동행은 여기까지인 것 같군."

"설마 도마 자네도 신마좌 쟁탈전에 뛰어들고 싶어진 건 아닐 테지?"

"내겐……"

잠시 말끝을 흐린 사마무군이 씁쓸한 기색과 함께 고개를 저어 보였다.
"……그만한 자격이 없네. 그건 검마 자네도 알고 있지 않은가?"
"흥!"
 주진모가 차갑게 코웃음을 터뜨리면서 천마대전으로부터 시선을 돌렸다.

―신마좌 쟁탈전!

 드디어 주역들이 모여서 본격적으로 시작된 이 거대한 쟁패는 이곳에 자리한 모든 군마들을 지독히도 흥분시켰다. 격렬한 투쟁 본능과 열망, 광기를 동시에 느끼게끔 했다.
 하나 주역과 조역은 항상 따로 정해져 있는 법! 타의에 의해 조역의 역할을 수행해야만 하는 처지인 주진모로선 현재 벌어지고 있는 모든 일들이 마뜩치 않았다. 어떤 식으로든 자신의 마음을 가라앉히고 납득시킬 수 없었다.
 그래서 그는 외면을 선택했다.
 시선을 돌리고 바라보지 않으려 했다.
 갑작스럽게 천마대전 안의 상황이 돌변하기 전까진.

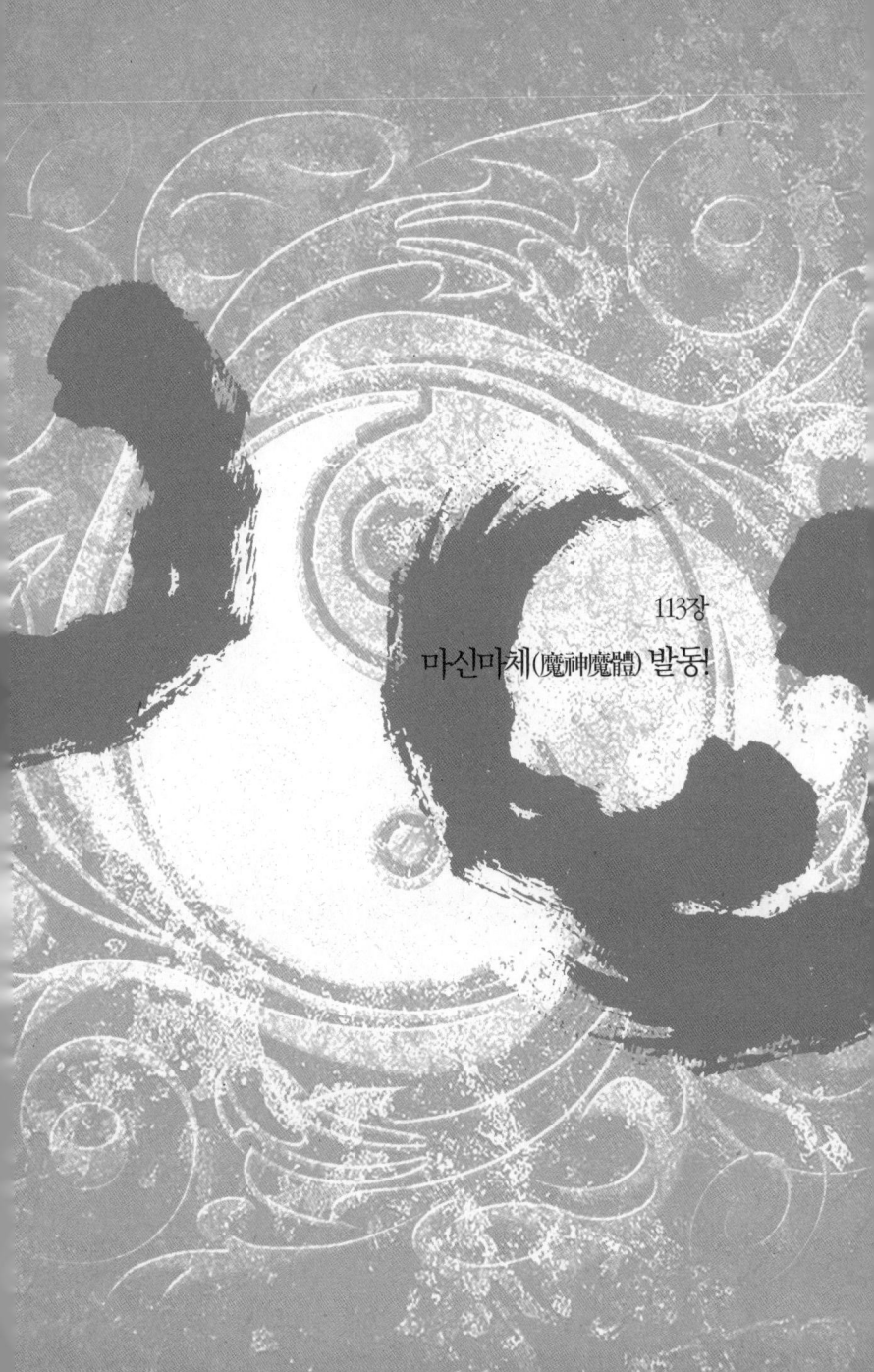

"우웃!"

"뭐, 뭐야! 무슨 일이 벌어진 거야?"

신마좌 쟁탈전의 주역들이 모두 모인 시점에서 천마대전을 에워싸고 있던 군마들의 흥분은 최고조에 이르러 있었다. 잔뜩 웅크리고 있던 마심 역시 폭발 직전이었다.

그런데 갑자기 예기치 못했던 일이 벌어졌다. 첨예하게 대치하고 있던 사 인의 주역 외에 한 존재가 모습을 드러냈다. 굳게 닫혀 있던 천마대전의 문을 열고서 말이다.

끼이익!

"저건…… 고독검마후?"

"고독검마후 구양령 마군이다! 구양령 마군이 어째서 이 시점에서 등장하는 거지?"

"시점이 문제가 아니잖아! 진짜 중요한 건 장소라고! 장소!"

"그래, 어째서 검마후가 천마대전 안에서 나오는 거야? 그래도 되는 거야?"

소속 따윈 필요 없었다. 무수히 많은 인맥과 계파가 혼재된 상황 속에서 군마들은 하나같이 소리쳐 댔다. 흥분이 극에 달해서 자신들이 무슨 소리를 하고 있는지도 모를 지경이었다.

그 점은 방금 전 이별을 선언한 사마무군과 주진모 역시 마찬가지다. 그들은 잠시 어이없는 표정이 되어 구양령 쪽을 바라보다 누가 먼저랄 것도 없이 상대방에게 시선을 던졌다. 묻고 싶은 게 잔뜩 있는 표정이었다.

"도마, 이걸 알고 있었던 거냐?"

"검마, 설마 태상마군님께서 숨겨 놨던 한 수가 이거였던 것이냐?"

사마무군과 주진모가 동시에 눈살을 찌푸렸다.

굳이 대답은 들을 필요가 없다.

두 사람 모두 이 순간, 또 다른 주역이 등장했음을 직감했으니까.

그렇다면 이젠 어찌해야 하는가?

지금 당장 답을 내놓을 필요는 없었다.

어차피 주역들의 등장과 함께 잔치는 시작되었고, 지금은 그냥 지켜보고 있을 수밖에 없었다.

아직은 자신들의 차례가 아닌 까닭이었다.

하지만 시작된 잔치는 언제가 됐든 끝나게 마련이다. 그때야말로 진짜 자신들의 차례가 시작될 터였다. 그게 어떤 상황으로 전개되든 말이다.

"그럼."

"다음에 만날 때는 전장이겠지?"

역시 대답은 없었다.

두 사람은 더 이상 망설이지 않고 신형을 돌려세웠다. 각자의 길을 찾아 군마들 사이로 빠르게 사라져 갔다.

스윽!

구양령은 섬세한 손을 들어서 쏟아져 내리는 햇볕을 차단했다.

정오를 살짝 넘긴 시각.

오랫동안 어두운 천마대전 안에 있었던 터라 강렬하게 쏟아져 내리는 햇빛이 부담스러울 수밖에 없었다.

잠시뿐이었다.

곧 그녀의 시선 속으로 네 방향으로 대치한 네 명의 고수가 들어왔다. 그리고 그 너머, 구름처럼 운집해 있는 군마들 역시 보였다.

'모두…… 날 지켜보고 있구나!'

한숨이 절로 흘러나온다.

꽤나 부담스런 상황에 처했다.

그러나 여기에서 벗어날 수는 없었다. 이미 그러기에는 너무 많이 저울추가 기울어져 버렸다.

내심 고개를 저어 보인 구양령이 들어 올린 손을 치우곤, 자신을 바라보고 있는 네 명의 고수에게 말했다.

"지금 이 순간! 위대한 천마대조의 유지에 따라 명하노니, 모든 신교의 제자들은 지금 당장 이곳 천마대전에서 물러나도록 하라!"

"……."

네 명의 고수가 입을 굳게 다문 것과 동시였다.

"무슨 말도 안 되는 소리냐!"

"갑자기 천마대전에서 물러날 수 있을 리가 없잖아!"

"어째서 갑자기 고독검마후가 천마대조의 유지를 이어받은 자 같이 굴게 된 거야?"

"서, 설마 구양령 마군이 신마좌의 주인이 된 건 아닐 테지? 정말 그런 건 아닐 테지?"

천마대전에 집결해 있던 군마들이 계파를 가리지 않고 마구 의혹과 분노가 뒤섞인 말들을 쏟아 냈다.

이해할 수 없는 결정이다.

반전이었다.

주역 모두가 모여서 한참 흥미진진해지려는 잔치에 구양령이 나타나서 깽판을 친다는 생각이 들었다. 그렇게 확신하고 거부 의사를 분명히 드러냈다.

그러자 바로 그 순간 또 다른 변화가 시작되었다.

우르르!

우르르르르!

갑자기 천마대전의 이곳저곳에서 족히 수백에 달하는 혈강시들이 뛰쳐나왔다. 흉맹스럽고 살기 어린 눈빛을 번뜩이며 불만에 차서 소리치고 있던 군마들을 향해 달려들었다.

"헉!"

"으헉!"

"케에엑!"

불평. 불만. 억측. 분노…….

갖가지 감정들이 버무려져 양념처럼 뒤섞여 있던 소란이 단숨에 한 가지 빛깔로 채색되었다. 단숨에 통일되었다. 공포라는 군마들에게 결코 어울리지 않는 감정으로 말이다.

하긴 무리도 아니다.

지난 수백 년간 이곳 천마대전이 신마성궁의 삼대 금역이 된 건 결코 우연의 산물이 아니었다. 신마좌의 정당한 주인인 교주 외엔 어느 누구도 감히 함부로 들어설 수 없을 만큼 절대적인 공포의 존재가 문지기 노릇을 하고 있어서였다.

불사불멸의 사신마령!

그리고 그들의 지휘하에 있는 수백 구의 혈강시가 존재했다. 한 개체가 족히 절정급 고수를 상대할 수 있는 마물들이 말이다.

당연히 그런 그들이 본격적인 움직임을 보이자 군마 사이에서 대혼란이 일어날 수밖에 없었다. 하나같이 무공이 빼어난 군마들이나 명령 체계가 일원화되지 않아 일사불란한 대응을 보이긴 쉽지 않았다.

그렇게 다시 벌어진 대혼란!

덕분에 태풍의 눈처럼 오히려 평온, 그 자체로 변한 천마대전의 중심에 선 구양령을 향해 네 쌍의 시선이 집중되었다. 각기 다른 빛깔을 담은 채 무언의 압박을 가해 갔다.

잠시뿐이었다.

곧 평온은 깨졌다.

단숨에 균열을 일으켰다.

카아아!

우연찮게도 사방위를 하나씩 차지하고 있던 사 인 고수 중 서쪽을 점하고 있던 북리사경의 황룡혈마검이 움직였다. 핏빛 겁화를 일으키더니, 한 마리 혈마조가 날개를 활짝 펼치며 검신을 박차고 날아오른 것이다.

혈마조검경 발동!

그 승천북리가 전설상의 절학이 구양령을 노리며 날아든 것이다. 그녀를 단숨에 겁화 속에 불태우려 했다. 산산조각 내 버리려 했다. 그래서 다시는 감히 천마신교의 시조인 천마대조란 이름을 입에 담을 수 없게 할 작정이었다.

한데 이게 어찌 된 일인가!

카아아!

순간, 북리사경은 자신의 눈을 믿을 수 없었다. 경악으로 인해 입까지 가볍게 벌려야만 했다. 그의 모든 것이라 할 수 있는 혈마조가 채 구양령의 앞에 도달하기도 전에 구슬픈 울음소리와 함께 산산조각나 버린 까닭이었다.

"검마후, 이건 무슨 사술이지?"

"사술이라······."

안색이 딱딱하게 굳은 북리사경을 향해 구양령이 천천히 고개를 저어 보였다.

"······그대의 시간은 지금 이 순간, 끝이 났노라!"

"뭐라?"

"들은 그대로다."

구양령이 담담한 작별의 말을 입에 담은 것과 동시였다.

푸확!

일순 혈마조를 잃어버린 북리사경의 황룡혈마검을 든 오른쪽 반신에서 작은 폭발이 일어났다.

아주 작은 범위!

고작해야 한 뼘을 넘지 않은 부위에서 일어난 폭발!

 그러나 그와 함께 북리사경은 황룡혈마검을 손에서 떨구며 바닥에 한쪽 무릎을 꿇었다. 어깻죽지 자체가 통째로 무너져서 다시는 검을 들지 못하는 몸이 되어 버린 것이다. 구양령이 한 말은 결코 거짓이 아니었다.

 "커헉!"

 격통으로 인해 짤막한 비명을 터뜨린 북리사경이 그대로 혼절해 버렸다.

 그러자 갑작스런 상황 변화에 놀란 진리가 내심 입을 가볍게 벌렸다. 은연중 자신을 가로막고 서 있던 태상마군 소리산 옆으로 작은 머리를 삐죽 내밀었다.

 '저건 분명히 천마초절예 중 하나인 천마멸신조(天魔滅神爪)다! 하지만 기록에 의하면 천마멸신조는 천마대조 사후 사라진 무공일 텐데…….'

 천마초절예!

 몇 차례나 언급된 이 절예는 천마신교를 대표하는 십대마공이나 교주만이 익히는 호교신마공에 포함되지 않은 역천의 마공이다.

 명명된 것처럼 천마신교의 시조인 천마대조의 첫 번째 절예로서 각기 인세에 강림한 천신조차 찢어 죽일 만한 위력을 품었다고 알려져 있다. 실제로 천마대조의 무림 독행(獨行) 시 정파의 무수히 많은 정영들이 이 천마초절예에 모조리 죽어 치욕적인 마도천하를 용인할 수밖에 없었다.

그러나 달리 천마초절예가 역천의 마공인 게 아니다. 압도적인 위력을 지녔으되 치명적인 약점 역시 공존했다.

마성의 폭발!

악념의 폭주!

끝없는 피의 희구!

그 모든 것이 천마초절예를 역천의 마공이라 일컫도록 만들었다. 한 절예당 족히 만인혈(萬人血)을 요구했기에 천마대조의 마도천하는 곧 천하인의 공분을 사게 되었다. 그의 일인독존을 막기 위해 정사마를 막론한 수만의 무림인과 당시 중원에 난립해 있던 다섯 민족, 열여섯의 열국이 연합하는 초유의 사태를 야기한 것이다.

―일개인 대 수십만 인의 대결!

무려 삼 년 하고도 수개월 동안 벌어진 싸움 끝에 천마대조는 중원을 홀로 떠나 십만대산으로 향했다.

패배자로서가 아니다.

승리자로서 그는 자신이 만들어 낸 수십만의 시산혈해를 뒤로했다. 더 이상 자신이 다스릴 장소와 사람들이 중원에는 존재하지 않는다는 걸 깨달았기 때문이다.

그 후 천마대조는 고독한 말년을 맞았다.

어느 누구도 인세의 마신인 그에게 다가오려 하지 않았다. 홀로 고독하게 죽어 가고 있었다. 어느 누구도 아닌, 자기 자신이 스스로를 죽여 갔다.

그러다 깨달은 심득을 정리해 평생 그의 곁을 따랐던 유일한 존재인 하인에게 남기니, 그것이 현재 남아 있는 천마신교의 호교신마공이었다. 실질적인 천마신교의 조사로 일컬어지는 천마이세는 그렇게 탄생한 것이다.

그럼 천마초절예는 어찌 되었을까?

새롭게 만들어진 마뇌서고에서도 진리는 더 이상의 기록을 찾을 수 없었다. 그냥 어림짐작으로 파편 몇 개가 남아서 다시 멸신을 이룰 때를 기다리고 있다고 추측할 수 있을 따름이었다.

그런데 느닷없이 오늘 천마대전에서 천마초절예의 파편이 두 개나 나타날 줄이야!

'……게다가 앞서 멸천마후가 펼친 멸신백병도와 달리 방금 전의 천마멸신조는 파편 정도가 보일 수 있는 위력이 아니다. 파편 정도로 좌마령 북리사경 정도 되는 강자를 저리 만들 수는 없을 테니까.'

내심 재빨리 마뇌서고에서 얻은 천마초절예에 관한 정보들을 떠올린 진리가 소리산에게 시선을 던졌다. 그가 현 상황을 어떻게 파악하고 있는지 궁금했기 때문이다.

그러나 얄밉게도 소리산은 진리의 그 같은 시선을 외면

했다. 눈빛 한 번 교환해 주지 않았다. 언제나처럼 자신의 속내를 전혀 내비치지 않은 것이다.

'쳇! 바랄 걸 바랐어야 하는 건가?'

진리가 내심 혀를 차곤 이번에는 소진엽을 바라봤다. 그가 걱정스러웠다. 연달아 등장한 천마초절예를 그가 결코 감당할 수 없으리란 판단이었다.

한데, 그때 다시 천마대전의 상황이 바뀌었다. 구양령의 명령에 의해 모습을 드러낸 혈강시 떼와 군마들 간에 벌어진 혼란이 갑자기 소강상태에 빠진 것과 함께 말이다.

* * *

스사삭!

우르르르르!

느닷없이 천마대전에서 뛰쳐나온 혈강시 떼의 기습을 가로막아 선 건 앞서 대활약을 펼쳐서 난동을 제압했던 외성삼부대였다. 마치 이런 일이 벌어질 걸 예측이라도 한 듯 붉은 노도와 같은 혈강시 떼를 막아 내기 시작했다.

―천마무적대!
―천살혈영대!
―잔살묵검대!

마신마체(魔神魔體) 발동! 83

신마무적성 소진엽을 따르는 천마신교의 젊은 피들의 방어는 그야말로 일사불란 그 자체였다.
 그들은 언제든 개진할 준비를 마치고 있던 무적십자연환진을 펼쳐서 혈강시 떼에 대항했다. 혼란에 빠진 군마들 모두의 보호자를 자처하고 나선 것이다.
 "외, 외성 삼부대……!"
 "이번에도 신마무적성을 따르는 자들이 나섰다!"
 "또다시 신마무적성에게 빚을 지게 되었구나! 그에게 또다시 빚을 졌어!"
 무적십자연환진을 펼쳐 혈강시 떼와 격렬한 전투를 벌이기 시작한 외성 삼부대를 바라보며 군마들이 연신 찬탄을 터뜨렸다. 계파를 떠나 연달아 그들에게 목숨을 구원받은 것에 대한 부담과 부채감을 동시에 느끼게 되었음은 물론이었다.
 그러는 사이 일차적으로 혈강시 떼의 피에 굶주린 폭주를 막아 내는 대공을 세운 소진엽의 신참 모사 삼비서생 가진수는 천천히 무적십자연환진을 뒤로 물리기 시작했다.
 누구보다 빠른 판단하에 혈강시 떼의 대학살극을 막아 냈으니 되었다. 피에 굶주린 악귀나 다름없는 마물들을 계속 상대할 필요는 전혀 없었다. 여기까지가 딱 좋았다.
 '어차피 나머지는 신마무적성 소교주님께 맡겨 두면 될

일이다. 그러는 게 좋아.'

내심 중얼거린 그의 시선이 붉은 그림자나 다름없는 혈강시 떼의 저 너머를 잠시 살핀 후 얼른 방향을 바꿨다. 구양령과 대치한 사 인의 고수가 어떤 움직임을 보일지까진 그의 판단 범위 밖이라 여긴 것이다.

그때 혈강시 떼를 힘겹게 막아 내고 있는 무적십자연환진의 바깥에 갑자기 도마 사마무군이 나타났다. 마치 가진수와 처음부터 약속이라도 했던 것처럼 시기적절하게 등장해 군마들에게 영향력을 발휘하기 시작했다.

"천마신교의 형제들이여! 신마팔십팔세(神魔八十八勢)에 속한 마도의 마혈(魔血)들이여! 방금 전 확인했듯 형제들의 안위를 걱정하는 건 오로지 신마무적성 소교주님밖엔 없다!"

"도, 도마 천좌다! 도마 천좌가 신마팔십팔세를 언급했다!"

"드디어 신마팔십팔세가 인정받게 된 것인가? 신마무적성은 진정 신마팔십팔세를 인정하는가!"

군마들 사이에서 어느 때보다 뜨거운 반응이 일어났다. 웅성거림을 넘어 환호성까지 터뜨리는 자들까지 생겨났다.

그럴 수밖에 없다.

전혀 예상 밖의 일이 일어났기 때문이다.

천마신교를 지배하는 주도 세력이 마도십가라면, 신마팔

십팔세는 뼈와 살, 피라 할 수 있었다. 변황, 새외(塞外), 세외(世外), 중원을 통틀어 천마신교에 충성을 맹세한 마도의 팔십팔세력을 통칭하는 까닭이었다.

그러나 그동안 신마팔십팔세는 거의 인정받지 못해 왔다.

무시당해 왔다.

다름 아닌 마도십가에 의해서.

강자존이란 마도의 철혈률에 억눌린 채 줄곧 어떠한 발언권도 얻지 못한 채 살아왔다. 절대적인 다수로 존재했음에도 마도십가의 세력 다툼에 오로지 침묵으로 일관할 수밖에 없었다.

그러니 갑작스런 사마무군의 일갈은 신마팔십팔세에 속한 군마들을 한꺼번에 뒤흔들 만한 파괴력을 발휘할 수밖에 없었다. 세상이 확 변해 버린 듯한 충만감을 느끼게 했다. 눈이 번쩍 뜨이고, 혈기가 한꺼번에 끓어올랐다.

그때 마치 기다렸다는 듯 터져 나온 외침들!

"그래, 우린 신마팔십팔세다!"

"우리야말로 천마신교의 진정한 마혈들이다!"

"우와아! 당장 신마무적성 소교주님의 휘하로 달려가서 그분을 신마좌에 앉히도록 하자!"

군마들 사이에서 다시 지진이 일어났다.

거부할 수 없는 격류가 군마들을 온통 휘저어 놨다. 방금 전까지 혈강시 떼의 느닷없는 등장에 혼란스러워하던 모습

따윈 아예 흔적조차 남지 않았다.

그러자 사마무군이 슬쩍 의미심장한 눈빛을 번뜩이곤, 다시 군마들을 향해 목청을 높였다.

"형제들이여! 마도의 마혈들이여! 아직은 아니다! 잠시만 의분을 참고 자신들의 자리를 지키고 있으라!"

"도마 천좌님께서 명하신다!"

"더 이상 함부로 날뛰지 말고 도마 천좌님의 명대로 자기 자리를 지키도록 하라!"

"그래, 그게 우리 신마팔십팔세의 진정한 주군인 신마무적성 소교주님을 신마좌에 앉히는 첩경이다!"

군마들 사이에서 마치 처음부터 준비되었던 것 같은 외침들이 다시 터져 나왔다. 여론을 아주 확실하게 한쪽 방향으로 몰아갔다.

그 중심에서 대활약을 보이고 있는 장소량과 매소상.

일부러 외성 삼부대와 떨어져 있던 그들은 어느새 본격적으로 움직이고 있었다. 춘홍루에서 기거하는 동안 애써 포섭했던 신마성궁의 하부 군마들과 새롭게 조직된 패왕혈검단으로 확실한 호객 행위에 나선 것이다.

천마신교의 중심!

바로 신마성궁 그 자체를 얻는 호객을 말이다.

물론 이 모든 건 소진엽의 측근 모사 무리 사이에 미리 약속되어져 있던 일이었다. 어떻게 사태가 진행되든 간에 신마성궁을 수중에 넣기 위해선 마도십가에 속하지 않은 하부 군마들 대부분의 지지를 얻어야만 한다는 판단이었다.

결국 모사들의 이 같은 연대는 그야말로 대성공을 거뒀다. 군중심리에 의해 신마무적성 소진엽은 단숨에 신마팔십팔세의 대변자가 되었고, 반드시 신마좌의 주인이 되어야 하는 존재로 격상되었다. 어떤 식으로 천마대전의 싸움이 결정되더라도 말이다.

하지만 과연 그러할까?

그런 일이 진짜 가능한 것일까?

다른 어떤 곳도 아닌, 마도의 하늘 천마신교에서?

문득 그 같은 의문을 떠올린 사마무군이 어깨를 가볍게 추어 보이곤 입가에 오만한 미소를 떠올렸다.

'그럴 리가 없지! 어차피 이런 식으로 끌어모은 지지는 사상누각(砂上樓閣)이나 다름없다. 진짜 신마좌의 주인이 나타나기 전까지 잠시 시간을 벌 수 있는 정도에 불과해. 그러니까 이제부터가 진짜 중요할 터!'

내심 중얼거린 그가 시선을 다시 혈강시 떼와 대치하고 있는 외성 삼부대의 무적십자연환진의 너머로 던졌다. 자신이 빠진 채 벌어지고 있는 신마좌 쟁탈전에 말이다.

* * *

이심전심(以心傳心)이랄까?

사마무군이 천마대전 쪽으로 시선을 던질 무렵, 소진엽 역시 그쪽을 잠시 일별했다.

걱정이 되어서다. 자신을 따라 천마대전에 온 외성 삼부대를 비롯한 친위대의 안위에 꽤 신경이 쓰였다.

그들을 못 믿어서가 아니다.

일촉즉발(一觸卽發)!

연이어 반전에 반전이 벌어지고 있는 현 신마좌 쟁탈전으로 인해 신경이 있는 대로 곤두서 있었다. 오랫동안 사랑해 온 구양령과 말도 안 되는 재회를 하게 된 이후 벌어진 새로운 반전으로 인해 말이다.

게다가 다시 말도 안 되는 일이 벌어졌다.

느닷없이 구양령을 향해 공격을 가했던 북리사경이 오히려 반격을 당해 쓰러진 것이다. 마치 처음부터 그러기로 예정되어 있었던 것처럼 말이다.

순간, 거의 본능적으로 구양령을 향해 신형을 날리려던 소진엽의 뇌리 속으로 벼락이 떨어져 내렸다. 강압적으로 그의 움직임을 멈추게 했다.

[이 멍청한 놈! 북리사경 놈처럼 뒈지고 싶은 게냐!]

'사, 사부님……'

[집중해라! 지금 네놈 앞에 나타난 건 천마초절예다! 천마신교에서도 전설이나 다름없는 절학이야!]

'……천마초절예요?'

[그래, 천마대조가 천하를 혈세했던 역천의 마공이다. 나도 진짜배기는 처음 봤는데…… 제법 괜찮군.]

소진엽이 목구멍 바로 밑까지 치밀어 올랐던 불만을 꿀꺽 삼켰다.

자기 멋대로 접속을 끊었던 담대광이다.

이 중요한 순간에 말이다.

그래 놓고 이제 와 잔소리질이니, 기가 막히지 않을 수 없다. 다른 때 같았다면 얻어맞을 걸 각오하고 최소한 몇 차례는 대거리를 했을 터였다. 그만큼 화가 나 있었다.

그러나 이런 모습을 보이다니!

진심으로 감탄한 모습을 드러내다니!

천하무쌍이라 할 만큼 광오한 자존심과 능력을 지닌 그를 따르며 거의 본 적이 없던 모습이었다. 어찌 보면 과거 같은 쌍신에 속했던 파불을 만났을 때와 비슷한 듯싶다.

잠시뿐이었다.

곧 담대광은 평소의 그로 돌아왔다. 언제 구양령이 펼친 천마초절예에 감탄했냐는 듯 마음껏 오만함을 드러내며 소진엽에게 질문했다.

[방금 전에 북리사경 녀석이 어떻게 당했는지 봤느냐?]

'못 봤습니다.'

[자랑이냐?]

'부끄러울 따름입니다. 그동안 제가 꽤 강해졌다고 생각했는데…… 전혀 아니었던 것 같습니다.'

[갑자기 쓸데없이 솔직하기는!]

'제 몇 안 되는 장점이죠.'

[지랄!]

욕설과 함께 주먹을 불쑥 추켜올렸던 담대광이 질문을 바꿨다.

[그럼, 다른 자들은 어떨 것 같으냐?]

'저와는 다른 것 같습니다.'

[어떻게?]

'태상마군과 멸천마후 선배, 둘 중 누구도 구양 소저의 허를 노리려 하지 않았습니다. 그건 즉…….'

[즉, 구양 계집애가 펼친 천마초절예의 위력을 이미 알고 있다는 뜻이겠지. 네놈도 그것 때문에 방금 전에 구양 계집애를 보호하려 했던 게 아니더냐?]

'……하하!'

사부 담대광에게 단숨에 속내를 들킨 소진엽이 어색하게 웃음을 지어 보였다.

가끔…… 담대광은 정말 예리하다. 아주 많이 예리하다. 특히 남녀상열지사(男女相悅之詞)에 관해 말이다.

그때 담대광이 다시 질문을 바꿨다.

[현재 가장 경계해야 할 자가 누구이더냐?]

'멸천마후 선배가 아닙니까?'

[근시안적인 놈!]

'그럼 태상마군…….'

[지조까지 없구나.]

'……맞군요?'

[성급하기까지!]

'…….'

[왜 갑자기 입은 다물어? 감히 반항하려는 것이냐?]

'그런 건 아닌데…….'

[맞구만. 쯔쯧!]

나직이 혀를 찬 담대광이 갑자기 소진엽과의 접속을 강화시켰다.

천마충천, 사방마계?

좀 다르다.

그냥 소진엽과의 접속을 강화시킨 것이 아니라 불쑥 몸속으로 뛰어들었다. 실체 없는 몸, 그 자체를 소진엽에게 내던져서 동조나 접속을 뛰어넘는 일체화에 들어간 것이다.

'이건……!'

소진엽이 담대광이 하려는 게 무언지를 깨닫고 내심 가볍게 몸을 진저리쳤다.

―마신마체!

우연찮게 의식을 잃고 생사불명의 상태에 빠졌던 구양령의 몸을 빼앗았던 경험을 통해 담대광이 만들어 낸 괴공(怪功)이다. 복귀한 후 소진엽을 줄곧 꾀고, 으르고, 협박해서 이론적 기반을 성립한 '천마충천, 사방마계'의 발전형이기도 했다.

그럼 무엇이 어떻게 달라진 것일까?

일단 마신마체는 담대광 자신이 소진엽과 일체화되어 신체의 미묘한 부분까지 제어할 수 있게 했다. 상중하, 세 개의 단전과 기경마맥, 경락, 오장육부, 근육까지 몽땅 말이다.

그럼으로써 지존천강력과 지존성마검을 비롯한 신마공을 몽땅 펼칠 수 있게 되니, 그야말로 또 한 명의 신마대제 담대광이 현신한 것이나 다름없었다.

단, 일각이란 시간 동안뿐이지만!

게다가 '천마충천, 사방마계'와 달리 후유증이 꽤 컸다.

한번 시전하면 그 후 대략 한 달간 재발동을 할 수 없을뿐더러, 원정지기(元精之氣)가 고갈되어 한동안 폐인 생활을 해야만 했다. 면벽수련(面壁修練)에 준할 만큼 엄격하게 잃어버린 기력 보충에 힘써야만 하는 것이다.

그러니 과거 마신마체를 한 차례 발동시킨 후 꽤나 심한 고생의 나날을 보냈던 소진엽으로선 질겁하지 않을 수 없다. 자신의 의견조차 묻지 않고 불쑥 몸속으로 뛰어 들어온 담대광의 행태에 아주 치가 떨렸다.

'사부님, 갑자기 이러시면 곤란합니다!'

[곤란은 개뿔! 인석아, 얼른 눈에 힘 팍 주고 구양 계집애나 쳐다보고 그런 말을 지껄여!]

'눈에 힘을 줘 봤자…….'

소진엽이 다시 항변하려다 몸을 다시 가볍게 떨어 보였다.

그럴 수밖에 없었다. 빛과 같은 속도로 전신을 따라 이동하기 시작한 감각의 확장과 동시에 현묘경의 벽을 뛰어넘은 안력의 급격한 상승!

번뜩!

일순 담대광의 마안이 소진엽의 눈으로 이동하더니, '천마충천, 사방마계'와는 다른 마신안(魔神眼)이 발동했다. 본래 존재하던 소진엽의 눈동자와 함께 소용돌이처럼 맹렬한 회전을 보이며 하나로 융합된 것이다.

'……저건!'

[보이느냐? 지금 구양 계집애의 몸과 거미줄처럼 이어져 있는 저 네 가닥의 빛줄기가?]

'……예, 보입니다. 그런데 저건 뭐죠?'

[뭘 것 같으냐?]

잠시의 침묵 끝에 소진엽이 대답했다.

'사신마령이로군요? 사신마령의 기운이 지금 구양 소저를 꼭두각시처럼 조종하고 있는 거예요!'

 [비슷하다만 틀렸다. 필경 저 네 가닥의 빛줄기의 근원은 사신마령일 테지만, 구양 계집애가 꼭두각시가 된 건 아니다. 오히려 그 반대라고 해야 하려나?]

 '반대요?'

 [그래, 그 점을 다른 두 사람도 간파했기에 북리사경 녀석이 박살 난 틈을 노려 구양 계집애를 공격하지 않은 것이다.]

 '그렇군요.'

 [그러니 우리가 선수를 쳐야겠다!]

 '예?'

 소진엽이 황당한 기색으로 반대 의견을 내기도 전이었다.

 슥!

 문득 구양령을 향해 한 걸음을 내디딘 소진엽의 신형이 천마대전 전체에 강력한 진파를 일으켰다.

 쾅!

 진각?

 비슷하지도 않다. 전혀 다르다. 순간 소진엽을 중심으로 압축된 대기가 역류하듯 폭발해 버렸다. 와선의 회오리를 일으키며 천지사방을 향해 기력을 방출한 것이다.

신마폭풍참(神魔暴風斬)!

오로지 교주 담대광만이 진실된 위력을 몽땅 끌어낼 수 있다고 알려진 신마군림보의 최강 공격 초식의 발현이다. 얼마 전 뇌극봉 전체를 날려 버린 것과 동일한 정도의 대폭발이 천마대전 전체를 휘몰아쳤다.

적어도 현재 천마대전 부근에 모여 있던 자들에겐 그런 착각을 일으키기에 충분했다. 그만큼의 충격을 전해 줬다. 일시 공포에 젖어 완전히 넋을 잃어버렸을 만큼 말이다.

슥!

그때 마신마체를 이룩한 소진엽—과 담대광—이 두 번째 걸음을 내디뎠다.

이번에는 신마쾌속세(神魔快速勢)다. 신마군림보 제일의 쾌결로 단숨에 구양령에게 쇄도해 들어갔다.

그러나 이게 어찌 된 일인가!

그 순간 여전히 여력이 잦아들지 않은 신마폭풍참의 회오리 속으로 한 가닥 예리한 기운이 파고들었다. 썩둑썩둑 회오리의 진파를 잘라 내며 단숨에 소진엽의 배후를 일도양단해 왔다. 진짜로 거침없이 날아들었다.

번뜩!

그러자 소진엽의 마신안이 다시 빛을 발했다.

'천마충천, 사방마계'를 뛰어넘는 마신안이 사각이란 존재를 완전히 없애 버렸다. 이런 뜻밖의 기습에 당할 이유는 없었다. 어림도 없는 일이다.

쩡!

순간 소진엽의 수장이 뒤로 내쳐졌다.

어느새 맺힌 하얀 빛무리!

배후로 날아든 일도양단의 예리한 기운과 충돌을 일으키더니, 번뜩이는 파열음을 쏟아 낸다. 놀랍게도 지존성마기의 정화인 지존성마검으로도 기습적으로 날아든 날카로운 기운과 동수밖엔 이루지 못한 것이다.

아니다.

착각이었다.

스파앗!

찰나간, 소멸했다고 여겼던 지존성마검이 다시 빛을 되살리더니 대기를 두 조각으로 갈라 버렸다. 앞서 기습해 왔던 예리한 기운을 향해 곧바로 직격해 들어갔다.

그와 함께 풍운변색하기 시작한 대기!

그 순간 느닷없이 지존성마검을 향해 수백 개가 넘는 병장기가 달려들었다. 어디서 등장했는지 짐작조차 못 할 수백 가지 병장기가 한꺼번에 집중되었다. 압살이라도 시키려는 듯 우박처럼 몰려들었다.

번쩍!

다시 지존성마검이 빛을 발했다.

단지 그뿐이었다.

그것만으로 수백 개가 넘게 집중된 수백 가지 병장기를 박살 내 버렸다. 산산조각으로 토막 냈다. 부쉬 버렸다.

휘익!

멸천마후 천기신혜가 뒤로 신형을 물렸다. 멸신백병도로 소진엽에게 기습을 가했다가 오히려 반격을 당해 상당한 손해를 본 것이다.

촤르륵!

그와 함께 그녀의 옥용을 가리고 있던 은색 구슬들이 요란한 소리와 함께 와르르 떨어져 내렸다. 드디어 가려져 있던 절세의 옥용을 드러내려는가.

훼엑!

아니다.

그런 일은 벌어지지 않았다.

문득 소매를 들어 자신의 얼굴을 가린 천기신혜가 요요로운 눈빛을 가볍게 떨어 보였다.

"과연 교주의 지존성마검! 천마초절기인 멸신백병도에 이렇게까지 굴욕을 줄 수 있다니, 대단하군요."

"……."

"굳이 지금 답할 건 없어요. 하지만 곧 다시 찾아뵙도록 하지요."

그 말과 동시였다.

사라락!

문득 신형을 돌려세운 천기신혜가 환상, 그 자체인 듯 공중으로 날아올랐다. 느닷없이 신마좌 쟁탈전으로부터 이탈해 버린 것이다.

그럼 태상마군 소리산은?

으쓱!

가볍게 어깨를 한 차례 추어 보인 그가 천연덕스레 말했다.

"그럼 이쯤에서 이 늙은이도 물러나는 게 좋겠구려. 소성녀는 내가 데려가도 되겠지요?"

"늙은이…… 뒈질래?"

[늙은이…… 뒈질래?]

소진엽의 입을 통해 터져 나온 담대광의 마성 어린 일갈에 소리산이 살짝 놀란 기색을 지어 보였다.

짐짓 그런 척했다.

곧 그의 입가에 슬며시 미소가 번져 나왔다.

[그럼 이 늙은이, 잠시 동안만 더 자리를 지키고 있도록 하겠소이다. 천천히 신마좌의 주인을 자처하는 구양 마군과 대화를 나누도록 하시지요. 교주.]

[어떻게 알아차렸지?]

[교주를 업어 키운 사람이올시다. 굳이 더 설명할 필요가 있겠소이까?]

[지랄! 누가 누굴 업어 키워?]

짤막한 전음의 교환과 함께였다.

소리산에게서 마신안을 거둔 소진엽이 구양령 쪽을 견제하고 있던 지존천강력에 더욱 힘을 집중시켰다. 자신의 몸 전체에 펼쳐 놨던 강고한 강기의 막을 무한대로 확장시키기 시작한 것이다.

그러자 모습을 드러낸 거대한 조형(爪形)!

바로 직전, 신마좌 쟁탈전의 한 축을 이루고 있던 북리사경을 빈사 상태로 몰아넣은 천마멸신조다. 마신마체를 이룬 소진엽의 돌진에 자동적으로 모습을 드러냈다가 이런 꼴이 되었다. 강대한 지존천강력에 가로막혀 움쭉달싹도 못하고 있다.

히죽!

문득 소진엽의 입가에 미소가 번져 나왔다. 연이어 천마초절예 중 두 개를 박살 낸 것에 대한 만족감이다.

그러나 바로 그 순간!

우직!

여태까지 지존천강력에 가로막혀 있던 천마멸신조가 다시 움직임을 보이기 시작했다. 강고한 강기의 막을 부수더니, 벼락같이 소진엽을 향해 쇄도해 왔다.

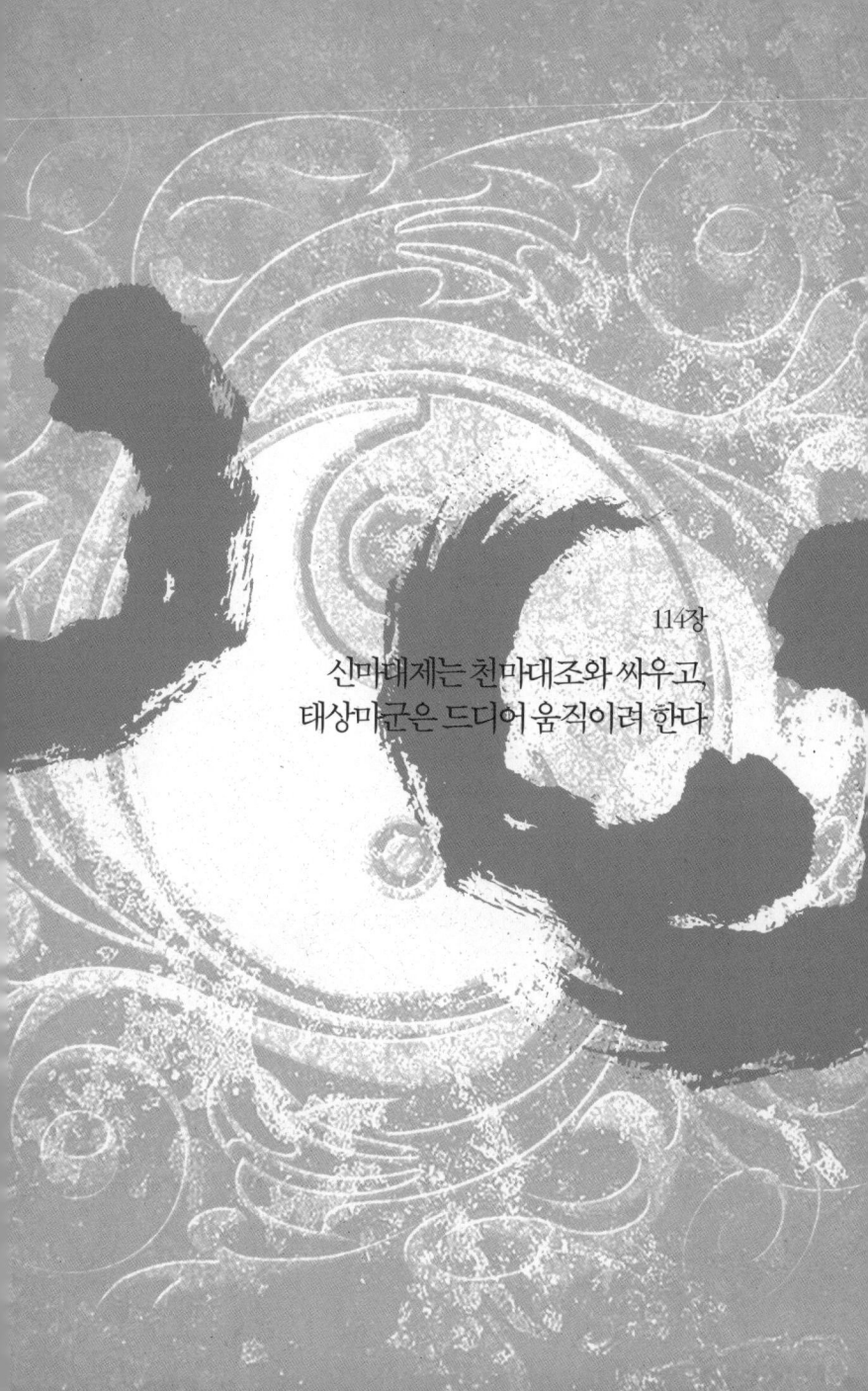

"악!"

진리가 비명을 토해 냈다.

그럴 수밖에 없다.

느닷없이 구양령과 대치하고 있던 소진엽에게서 피 보라가 터져 나왔기 때문이다.

천마멸신조의 움직임!

그녀의 눈에는 전혀 보이지 않는다. 느껴지지도 않는다. 북리사경 때와 마찬가지로 소진엽의 몸에 생겨난 상흔만으로 지레짐작할 따름이었다.

당연히 공포감에 몸이 덜덜 떨릴 수밖에 없다.

단 한 차례 봤을 뿐이나 천마멸신조의 위력은 기록상의 그것에 충분히 부합할 만큼 압도적이었다.

무쌍, 그 자체!

절대적이며, 살인적이었다.

앞서 천기신혜가 펼쳤던 천마초절예인 멸신백병도와는 비교조차 불허할 만한 위력이었다. 그렇게 판단하고 있었다. 그래서 갑작스레 소진엽이 당한 부상에 큰 충격을 받았다. 내심 아군이라 믿고 있던 구양령에 대한 믿음이 일순 산산조각나 흔적조차 찾을 수 없게 되었을 정도로 말이다.

그래서 계속 냉철한 이성을 유지할 수 없었다.

당장 소진엽에게 달려가 안위를 확인해야만 했다.

한데, 바로 그 순간!

흠칫!

갑자기 소리산에게서 한 가닥 음유한 기운이 일어나더니, 진리의 몸을 순식간에 옭아매었다. 제압했다.

"태상마군님……!"

거의 울듯 소리치는 진리에게 소리산이 가볍게 고개를 저어 보였다.

"이건 신마좌 쟁탈전일세! 소성녀가 끼어들 만한 자리가 아닌 게야."

"하지만……."

"그리 염려할 필요는 없다네. 지금 구양 마군을 맞상대하고 있는 건 소성녀가 애지중지하는 소교주가 아니니까 말일세."

"……그건 설마!"

"뭐, 그런 걸세."

평상시처럼 모호한 한마디로 진리를 진정시킨 소리산이 내심 조그맣게 중얼거렸다.

'그럼 얼마나 교주가 저 신마무적성이란 애송이의 몸속에 머물러 있을지 지켜보도록 할까? 충분한 시간이 허락되어 있다면 좋겠군. 그렇지 않다면 절대 사신마령의 대법으로 인해 강림한 천마대조의 그릇이 된 구양 마군의 한계를 끄집어 낼 수 없을 테니까.'

일석이조(一石二鳥)라고나 할까?

소리산은 손 안 대고 코를 풀겠다는 심산을 견지한 채 진리와 함께 뒤로 슬그머니 물러났다.

―조사 천마대조 대 당대 교주 신마대제!

그들의 대리인이 된 구양령과 소진엽의 경천동지할 대결이 곧 시작될 터였다. 시공간을 뛰어넘어 현신한 괴물들 간의 싸움에 휘말리지 않게 만전을 기함이 옳을 터였다.

꿀꺽!

문득 소리산의 목으로 침 한 모금이 넘어갔다.

다과가 아쉽다.

평생 다시 보기 힘들 싸움 구경을 이리 허전하게 한다는 건 결코 옳지 않은 일이었다.

　　　　　＊　　　＊　　　＊

건곤구천현녀대진을 홀로 벗어난 사령왕은 구양령에게 부복해 고두한 후 갑자기 자신의 목에 손을 꽂았다.

푸욱!

수백 년 성상을 마물로 버틴 세월!

이미 금강불괴지신이나 다름없는 육체에서 검은 피가 흘러내리더니, 삽시간에 바닥을 흑혈(黑血)로 물들였다. 수백 년 동안 쌓인 마력이 담긴 검은 피의 힘으로 건곤구천현녀대진의 파사력을 일시적으로 완화시킨 것이다.

당연히 그것만으로 끝일 리 없다.

건곤구천현녀대진의 파사력이 흐트러진 것과 동시였다.

사령왕의 행동을 무심하게 바라보고 있던 나머지 세 명의 신마령이 건곤구천현녀대진을 빠져나왔다. 한꺼번에 뛰쳐나와서 구양령에게 달려들었다. 사령왕의 갑작스런 자해에 살짝 넋이 빠진 그녀를 덮쳤다.

게다가 그냥이 아니다.

철뻑! 철뻑! 철뻑!

그들은 사령왕이 쏟아 낸 흑혈을 구양령의 온몸에 묻혀 갔다. 한 군데도 빠짐없이 묻혔다. 검은 피로 더럽혀서 온갖 부정한 것들의 왕이 강림하게 하기 위해서 말이다.

"아악!"

결국 참지 못한 구양령이 비명을 터뜨렸다.

소리를 질러 댔다.

정신이 붕괴하는 걸 참지 못하고 그리되었다.

그리고 바로 그 순간!

강신(降神)이 시작되었다.

온갖 부정한 것들의 왕!

천마대조가 죽기 전 자신이 오랫동안 거했던 신마좌에 남겨 놨던 영혼의 파편, 그 작은 조각의 발현이었다.

지금으로부터 반 시각 전.

소진엽이 외성 삼부대와 함께 등장해 갑작스레 벌어진 천마대전의 난을 순식간에 잠재울 무렵 벌어진 일이었다.

'신경 쓰여……!'

소리산의 예측대로랄까?

사령왕의 자기희생과 남은 세 신마령의 대법으로 강림한 천마대조의 화신체!

과거 고독검마후 구양령이란 이름으로 존재해 왔던 여인은 갑자기 눈살을 찌푸려 보였다.

소진엽.

좌마령 북리사경이 빈사 상태에 빠지고, 우마령 멸천마 후 천기신혜가 떠나간 후 달려든 자. 놀랍게도 천마멸신조의 권역 안으로 침범해 자신에게 섬뜩한 기분을 느끼게 했던 자. 그러나 곧 다시 부활한 천마멸신조에 피투성이가 된 자.

그의 모습! 그의 고통!

그 모든 것이 무척이나 거슬렸다. 신경 쓰였다. 가슴 한편을 지독스레 답답하게 만들었다.

어째서?

의문에 대한 답은 쉽사리 돌아오지 않는다.

그냥 메아리만으로 존재할 뿐.

더더욱 가슴 한편을 옥죄어 올 뿐.

무엇 하나 또렷하지 않고, 명쾌하지 않았다. 그렇게 답답증을 만들어 냈다.

기억의 부재.

천마대조의 화신을 몸 안에 받아들이며 바친 대가.

지금 이 순간 상실감을 일으킨다.

혼란을 야기시키고 있다.

그래서 최후의 순간, 마음이 흔들렸다.

완전무결한 천마초절예!

결코 실수가 없을 천마멸신조가 마지막 순간 소진엽의

심장을 부수는 걸 포기한 건 바로 그 때문이었다.

그리고 그럼으로 인해 상황이 급변했다.

대반전이 일어났다.

흔들!

문득 소진엽이 가볍게 신형을 비틀더니, 자신이 뿌려 낸 핏물을 뚫고서 공중으로 뛰어올랐다.

신마군림보?

그게 아니라 무당파의 제운종이다.

완전무결한 천마대조의 천마멸신조를 피하기 위해 마도의 무공이 아닌 정파지공(正派之功)을 선택한 것이다.

당연히 그다음 역시 마찬가지!

단천뢰심강!

마신마체를 이룬 순간 완성형이 된 천공의 뇌전이 일도양단의 기세로 구양령을 노렸다. 하늘에서 떨어져 내린 커다란 대부(大斧)나 다름없었다.

그러자 다시 부활한 천마멸신조!

콰득!

천공의 뇌전을 단단히 틀어쥔다. 방금 전 지존성마검의 진격을 가로막은 것과 동일한 방식으로 방어에 나선 것이다. 압도적인 파괴력을 동반한 채 말이다.

하나 그 순간 다시 소진엽이 변초를 보였다.

스으—팟!

단천뢰심강을 펼친 것과 함께 일어난 검은 그림자!

태극무한신공의 거대한 무형지기가 구양령의 배후를 기민하게 뒤덮어 갔다.

아니다.

썩둑 잘라 버렸다.

그녀와 사신마령을 연결하고 있던 네 가닥 기운을 끊어 냈다. 애초부터 목표했던 바를 충실하게 완수해 냈다.

휘청!

그 순간 의식을 잃어버린 구양령.

모든 힘을 잃고 무너져 내리는 그녀를 소진엽이 한 줄기 바람이 되어 다가들어 끌어안았다. 어미 새가 새끼를 품듯 누구보다 소중하게 보호해 냈다.

그리고 바로 그때 천마대전으로부터 거대한 빛의 기둥이 솟구쳐 올랐다.

마치 소진엽과 구양령이 하나가 되기만을 기다렸던 것처럼.

그렇게 성스럽고 위대한 기운이 하늘, 저 끝을 향해 내달렸다. 금일 천마대전에 모였던 어떤 자도 상상하지 못한 결말이 모습을 드러낸 것이다.

* * *

"어이쿠!"

소진엽과 구양령의 대결전에 잔뜩 집중해 있던 소리산이 갑자기 헛바람을 크게 들이켰다.

두 사람이 재차 격돌한 것과 동시였다.

그는 진리를 데리고 충분할 만큼 천마대전 밖으로 물러나 있었음에도 낭패를 당하게 되었다. 느닷없이 벌어진 인간의 상상력을 가볍게 뛰어넘는 결말에 휘말려드는 걸 피할 수 없었기 때문이다.

그래도 그가 누군가!

지난 백여 년간 천마신교를 암중에서 좌지우지해 왔던 흑막이자 어둠 속의 지배자였다. 갑작스레 인간의 인지 능력을 뛰어넘는 사태를 만났다 하여 속수무책으로 당하고 있을 사람이 아니었다.

스파앗!

일순 하늘을 찌를 듯 치솟아 오른 빛의 폭주와 함께 일어난 대폭풍을 향해 소리산이 손을 들어 올렸다.

암경의 발출!

그렇게밖엔 표현할 수 없으나 위력이 전혀 다르다.

순간 소리산을 중심으로 반경 십 장가량이 강력한 대자연지기에 휩싸이더니, 일종의 방어막을 형성시켰다. 눈에 보이지 않는 철벽이 둘러쳐진 것이다.

당연히 충돌이 뒤따랐다.

빛의 폭주! 휘몰아쳐 오는 대폭풍! 그 격렬한 파고!

그 속에서 소리산이 일으킨 철벽의 대자연지기는 사투에 들어갔다. 그 자신을 비롯한 방원 십 장가량의 공간을 지켜내기 위해 총력을 다 기울였다.

'허허, 사신마령……! 그 노마물들이 이번에 단단히 사고를 치지 않았는가? 신마좌에 깃들어 있던 천마대조를 깨워서 이런 사달을 일으켰으니 말야. 그럼 교주는 이 사태를 어찌 처리하려누?'

살짝 예상을 벗어난 상황 전개다.

소리산에게 있어선 극히 드문 일이 벌어진 셈.

그래서 더욱 흥미가 동하는 걸 느낀 그가 문득 자신의 보호하에 안색이 새파랗게 질려 있는 진리를 돌아봤다.

총명한 여아.

후계자로 삼고 싶을 만큼의 재능이다.

그러나 애석하게도 과거 먼저 관심을 뒀던 멸천마후 천기신혜와 같은 약점을 지녔다. 하필이면 한 명의 사내를 마음속에 품고 만 것이다.

연모의 감정!

머리로써 세상을 살아가는 모사에게는 치명적인 약점이다. 결코 함께해선 안 될 불안 요소였다.

하지만 이미 천기신혜를 포기한 바 있었다.

이제 수십 년의 세월이 다시 흘러서야 찾게 된 후계자감을 동일한 이유로 놓아 버릴 수는 없었다. 그러고 싶지 않았다. 그에겐 남은 시간이 그리 많지 않았기 때문이다.

그 같은 생각과 함께 내심 고개를 가볍게 저어 보인 소리산이 문득 가볍게 소매를 휘저어 보였다.

"아!"

그의 소매를 따라 유동한 대자연지기!

그 웅혼하고 부드러운 기운에 압도된 진리가 입을 가볍게 벌렸다. 절로 신음이 흘러나온다.

하나 단지 그뿐.

곧 그녀가 정신을 까무룩 잃고 소리산의 품에 안겼고, 소리산이 한 줄기 바람이 되어 하늘로 날아올랐다. 더 이상 빛의 기둥으로부터 휘몰아쳐 나오는 폭풍을 막지 않기로 한 것이다.

그와 동시였다.

어느새 천마대전으로부터 한참이나 멀리 물러나 있던 군마들 사이에서 다시 작은 소요가 일어나기 시작했다.

미리 예정된 일!

척살 작업의 시작!

그렇게 피의 숙청은 진행되었다. 소리산의 퇴장을 확인한 검마 주진모의 주도하에 빠르고 확실한 방법으로 말이다.

'드디어 검마가 움직이는가!'

도마 사마무군이 혼란에 빠진 군마들 사이에서 눈을 가볍게 빛냈다.

어느새 천마대전의 중심부로부터 꽤나 떨어진 터!

느닷없이 하늘로 치솟은 빛의 기둥으로부터 쏟아져 나온 폭풍에 직접적인 타격을 당한 군마는 거의 없었다. 첫 번째 충격파를 태상마군 소리산이 막아 낸 후 모순되게도 그들을 괴롭혀 왔던 혈강시 떼가 이파의 대부분을 흡수한 까닭이었다.

게다가 외성 삼부대도 있다.

혈강시 떼를 막으며 뒤로 후퇴하고 있던 그들의 무적십자연환진은 나머지 삼파를 막아 냈다. 군마들로선 구사일생을 한 것이나 다름없었다.

그러나 곧 또 다른 혼란이 야기되었다.

제일파를 한동안 막아 내고 있던 소리산이 하늘로 날아오른 것과 동시에 군마들 사이에서 무분별한 살육전이 벌어졌다. 방금 전까지 동료였던 자들이, 친우였던 자들이, 전혀 상관없이 어울려 있던 자들이 서로를 향해 칼을 휘둘렀다. 느닷없이 참살의 검을 찔러 넣었다.

처음에 벌어졌던 것과 같은 광란이 재현된 것일까?

사마무군은 내심 고개를 저어 보였다.

겉으로 보이는 모습만이 진실이 아니란 걸 알고 있어서

다. 그의 냉철한 시선이 줄곧 포착하고 있던 검마 주진모가 휘하의 검마군을 움직여 포위전에 들어간 걸 확인했기 때문이다.

도주하는 자들을 향해 여지없이 검을 날린다.

단 한 명도 놔주지 않겠다는 뜻을 분명히 한다.

'하지만 맨 처음 살육전을 벌인 자들은 검마군 소속이 아니다. 아마 태상마군님의 비선 조직일 테지. 그렇다는 건 지금 죽어 나가고 있는 자들은 멸천마후나 북리사경에게 회유된 자들이란 뜻인가?'

합당한 판단이다.

어차피 벌어질 일이 벌어진 것이라 할 수 있었다.

그렇다면 여기서 의문이 하나 생겨난다.

외성 삼부대를 비롯한 소교주 소진엽 친위대는 안전할 것인가? 과연 멸천마후 천기신혜나 북리사경에게 회유된 자들이 단 한 명도 섞이지 않은 것일까?

사마무군의 시선이 장소량을 향했다.

소진엽 휘하 모사들의 총책임자인 그의 의견을 묻기 위함이었다.

으쓱!

장소량이 어깨를 한 차례 추어 보였다. 그리고 누런 이가 드러났다. 쓴웃음을 지어 보인 것이다.

[태상마군님이 직접 나서서 대청소를 시작하셨습니다.

저 같은 놈이 지켜보는 것 외에 무슨 할 일이 있겠습니까?]

[소교주님의 제일 모사답지 않게 자존감이 지나치게 낮군.]

[제 주제파악을 하는 것이지요. 게다가 지금 중요한 건 태상마군님과 좌우마령 간의 권력 투쟁이 아니지 않겠습니까?]

[탈출을 생각하는 것인가?]

[모사란 족속들이 항상 그런 것 아니겠습니까? 소인은 지금부터 소교주님께서 신마좌를 쟁취하지 못하실 경우만 생각하고 움직이도록 하겠습니다. 그분 휘하의 전력을 언제든 가장 완벽한 상태로 유지시키는 게 제일 모사의 가장 큰 책무니까요.]

[제일 모사의 책무라······.]

잠시 말끝을 흐려 보인 사마무군이 곧 미미하게 고개를 끄덕여 보였다.

[······알겠네. 지금부터 이곳의 전권은 장 모사에게 일임하겠네. 명령을 내리시게.]

[감사한 말씀!]

은연중 평대에 가까운 치하(致賀)의 말과 함께 장소량이 갑자기 혼란 속에서 뛰쳐나왔다.

여태까지와 달리 전면에 나섰다.

양손에 몇 개나 되는 깃발을 휘둘러 대며 소리를 질러 댔다.

"살고 싶은 자! 지금 당장 신마무적성의 깃발로 모이라! 이건 연습이 아니다! 실전이다!"

"여, 연습이 아니라고?"

"시, 실전? 이 무슨······."

당황한 표정. 당황한 말을 내뱉으며 주변을 둘러보는 자들. 반면 기다렸다는 듯 득달같이 장소량의 깃발을 향해 모여드는 자들.

그렇게 또다시 전국(戰局)이 요동쳤다.

무질서 중의 유질서랄까?

혼란 속에 점점 유의(有意)한 변화가 벌어졌다. 여전히 하늘을 꿰뚫을 듯 치솟아 있는 빛의 기둥 아래에서 그런 일들이 정신없이 벌어지고 있었다.

* * *

"헐!"

담대광은 가볍게 탄성을 터뜨렸다.

천마대조의 그릇이 되어 있던 구양령을 제압한 것과 동시였으며, 사신마령으로 예측되는 기운의 전이(轉移)를 끊어 버린 것과 함께였다.

느닷없이 일어난 빛의 대폭주!

소진엽과 구양령을 에워싼 공간의 급격한 변화!

 그 속에서 담대광은 소진엽에게서 불쑥 튕겨져 나왔다.

 마신마체의 강제 해제!

 '천마충천, 사방마계'와는 비교가 되지 않을 만큼 압도적인 동조율이 깨지며 강제로 사출되어 버렸다.

 그러나 그건 단지 그만의 사정은 아니었다.

 정신을 잃고 쓰러진 구양령에게도 같은 변화가 있었다.

 스윽!

 문득 그녀의 몸속에서 검은 그림자가 튀어나오더니, 곧 흐릿한 인간의 형체를 이뤘다. 구체화되었다. 마치 처음부터 그렇게 될 예정이었던 것처럼 말이다.

 까닥!

 담대광이 고개를 옆으로 가볍게 꺾어 보이곤, 히죽 웃어 보였다.

 "반갑군."

 "……."

 구체화된 검은 그림자. 천마대조가 남긴 파편이 무심한 시선을 담대광에게 던졌다. 그가 던진 말의 의미를 전혀 파악하지 못하는 듯싶다.

 그러나 담대광은 전혀 개의치 않는다.

 이런 상황, 익숙하다.

 과거 천마총에 틀어박혀서 지존천강력과 지존성마기의

양대 비전을 완성하는 동안 꽤나 많이 경험한 바 있었으니까.

"그러니까 너는 천마대조의 파편 중 천마멸신조의 의지이겠군? 그것도 꽤 완전한 원형으로 남겨진 거 말야?"

"……."

"그렇게 볼 것 없어. 내가 예전에 너랑 비슷한 녀석과 꽤나 오랫동안 놀아 본 적이 있었다는 뜻이니까 말야. 하지만 그때와는 또 느낌이 사뭇 다르네?"

"……."

"뭐가 다르냐고? 그야 그때는 일방적으로 내가 당하는 입장이었지만 지금은 동일한 조건이 되었다는 뜻이야. 즉, 내가 빌어먹을 과거의 유물인 네놈을 확실하게 죽여 놓을 수 있게 되었다는 뜻이지."

그 말과 함께였다.

담대광이 전신에 총천연색의 기운을 만들어 낸 채 천마대조의 파편을 향해 달려들었다.

―지존천강력과 지존성마기!

이것이야말로 진짜 신마대제 담대광이 지닌 진짜 천마신교 양대 호교신마공의 위력이었다. 천마대조가 남겨 놓은 천마초절예의 파편들을 계량(計量)하고 개량(改良)하여 완성

된 마도 제일의 초절기였다.

번쩍!

번쩍!

빛의 번뜩임! 빛의 부딪침! 빛의 어우러짐!

순간적으로 얽혀 든 두 마신체들이 빛의 기둥 속에서 용틀임하듯 하늘 위로 솟구쳐 올랐다. 연속적으로 상대를 향해 인세에 존재할 수 없을 법한 신마절기들을 쏟아 내며 상승에 상승을 거듭했다. 마치 이 같은 싸움을 위해 여태까지 살아왔던 것처럼 말이다.

그리고 또다시 일어난 거대한 빛의 격돌!

번쩍!

하얗고 장엄한 빛의 일도양단이 빛의 기둥을 사선으로 가로질렀다. 잘라 냈다.

암흑(暗黑).

그렇게 태양을 소멸시켰다. 사라지게 했다. 자취를 찾지 못하게 만들었다.

* * *

스윽―슥!

신마성궁 내성 마의전(魔醫殿) 소속의 삼십 명 의생 중 한 명인 청면귀의(靑面鬼醫) 이생은 전력을 다해 신형을 날리고 있었다.

마의전 소속이 대부분이 그렇듯 그 역시 무공이 특기는 아니었다.

고작해야 무림에서 일류 수준도 간당간당하다 할까?

한마디로 말해 무공만으로 따지자면 신마성궁 내에서 삼류를 간신히 면한 정도라 할 수 있을 터였다.

게다가 얼굴이 푸르다.

한 번 보면 누구나 기억할 만큼 독특한 외양이었다.

누구나 그가 마의전 소속 의생이란 걸 알 수 있다는 뜻이다.

덕분에 그는 천마대전에서 일어난 일련의 소동 속에서 쉽사리 몸을 피할 수 있었다. 누구나 그에 대해 알고 있기에 오히려 의심을 사지 않고 빠져나올 수 있었던 것이다.

그러나 천마대전의 영역을 완전히 벗어나고 얼마 지나지 않았을 때였다.

점차 이생의 신법은 빨라지고 있었다.

무림 중 일류 언저리의 실력?

전혀 아니다.

완전히 딴판이었다.

지금 그가 펼치고 있는 신법의 속도는 족히 절정급을 상회하고 있었다. 빠르고 교묘하다. 어떤 장애물이라 해도 쉽사리 빠져나갈 수 있을 듯하다.

한데, 그런 그의 움직임이 갑자기 멈췄다.

흑천(黑天)!

느닷없이 암흑으로 변한 하늘이 그의 발걸음을 멈추게 했다. 세상의 대변혁 앞에 그란 작은 존재는 휩쓸리지 않을 수 없었던 것이다.

그게 천우신조(天佑神助)였다.

삶의 구명줄이었다.

서걱!

갑자기 이생의 바로 앞에서 칼날이 스쳐 지나갔다. 만약 검게 물든 하늘로 인해 걸음을 멈추지 않았다면 뎅겅 목이 잘리고 말았으리라.

"헉!"

이생이 신음과 함께 푸른 얼굴 가득 겁에 질린 표정을 지어 보였다. 평상시 그를 알고 있던 자들이 고개를 끄덕일 법한 모습이다.

그러나 그 순간, 다시 칼이 날아들었다.

이번에는 양 옆구리!

앞에서 기습한 도수가 아니다.

두 명이 또 나타났다. 옆구리를 날카로운 칼날로 찌르고 베어서 단숨에 이생의 명줄을 끊으려 한다.

그러자 이생이 눈살을 가볍게 찌푸려 보였다.

'완전히 들켰군.'

그리고 움직인 그의 쌍수!

팍! 파슷!

순간적으로 그의 옆구리 쪽으로 파고든 두 개의 칼날이 튕겨지고, 꺾어진다. 혈육으로 된 한 쌍의 수장이 움직인 것만으로 그리되었다.

당연히 그것은 시작에 불과했다.

터덕! 빠각!

그의 적수공권은 방어와 함께 기민한 공격에 들어갔다. 칼을 잃어버린 도수의 턱을 장저로 올려치고, 구권으로 광대뼈를 찍어 버린다.

일타쌍격!

두 명의 도수가 비명조차 지르지 못하고 바닥에 무너져 내렸다. 절명한 것이다.

그렇다면 맨 처음 기습했던 도수는?

"컥!"

어느새 목에 작은 구멍이 난 도수가 답답한 신음과 함께 바닥에 무너져 내렸다. 정체불명의 암기에 목을 관통당했고, 피를 따라 곧바로 심장을 공격하는 극독이 숨을 거둬갔다.

그런데 놀라운 무위를 선보인 이생의 표정이 어둡다.

전혀 기뻐 보이지 않는다.

'이들은…… 필경 암마혈살단(暗魔血殺團)이다! 교주 직

속의 패왕혈검단과 더불어 신교의 양대 무투단이라 일컬어 지는 자들이 이렇게 대놓고 날 노리기 시작하다니!'

게다가 한 가지 더 이생을 근심케 하는 사실이 있다.

암마혈살단의 주인!

바로 태상마군 소리산이란 존재였다.

교주 신마대제 담대광의 갑작스런 행방불명 이후 대놓고 야심을 드러낸 마옹들과 사분오열된 마도 세력의 난립!

그 혼돈 속에서도 미동조차 하지 않고 있던 천마신교의 숨은 거인 소리산이 본격적인 움직임을 보이기 시작했다. 직속인 암마혈살단으로 신마성궁 내부의 대숙청에 들어갔다. 어떤 종류의 경고나 타협의 여지조차 남겨 놓지 않고서 말이다.

이게 이생을 당혹하게 했다.

삼십 년 전 모종의 임무에 따라 천마신교에 투신해 가까스로 신마성궁의 내성에 이른 세월 중 가장 큰 위기를 만난 것이라 할 수 있었다.

그만큼 전혀 예상치 못했던 상황 전개!

결국 잠시간의 고심 끝에 이생은 마음의 결정을 내렸다. 신마성궁 내에 잠입해 있는 동지들에게 탈출을 명한 후 자신에게 내려진 마지막 밀명을 완수하기로 말이다.

한데, 그때 이생의 푸른 얼굴이 가볍게 일그러졌다.

피잉!

그와 함께 그가 전혀 예측치 못했던 방향을 향해 날아든 한 자루의 비검!

알려진 것과 달리 암기에 꽤나 자신이 있는 이생이 재빨리 신형을 반회전시켰다.

그의 손 역시 놀고만 있진 않는다.

어느새 소매 속에 가려진 채 기쾌한 움직임을 보인다. 자신의 전신을 단숨에 손그림자로 휘어 감아서 사각을 찔러든 비수를 낚아채려 했다.

비검탈취(飛劍奪取)!

혹은 암기회수력(暗器回收力)이라 불리는 절기!

암기의 조종이라 불리는 사천당가에서도 완성한 이가 몇 없다고 알려진 절기 중의 절기다. 적이 던진 암기를 빼앗아서 더욱 강한 기세로 돌려주는 무리(武理)는 무당파의 이화접목(移花接木)과 사뭇 비슷하다.

패앵!

과연 이생을 노렸던 비수가 순간, 반대편으로 날아갔다. 대기를 찢어발기는 날카로운 소음을 동반한 채.

그러나 그 순간 이생이 황급히 뒤로 신형을 물렸다.

비검탈취를 성공하고도 당황한 기색으로 연신 신형을 이동했다. 현란한 보신경으로 무수히 많은 분신을 만들어 냈다. 그렇게 해야만 했다.

파파파팍!

그가 머물러 있던 장소의 배후.

푸른 기운이 감도는 담장에 빼곡하게 박혀 든 비수들이 그 같은 선택의 이유를 설명해 준다. 처음에 사각을 노리며 날아들었던 비수는 그야말로 간 보기나 다름없었다는 의미.

게다가 그건 시작에 불과했다.

쩌적!

비수들이 박힌 담장이 일순 균열을 일으켰다. 자신의 몸통에 박혀 든 비수들을 토해 내더니, 와르르 무너져 내렸다.

"컥!"

그와 동시다.

일시에 수십 개나 되는 분영을 만들어 낸 이생이 짤막한 신음과 함께 낭패한 신색을 드러냈다. 그사이 몇 개나 되는 비수를 막고, 튕겨 내고, 반격하다 몸의 반신이 피투성이로 변해 버렸다. 내심 천하에 몇 손가락 안에 꼽힐 암기의 대가라 여겼던 그로선 좌절감을 느낄 만한 결과라 할 수 있을 터였다.

아니다.

전혀 그렇지 않았다.

반신을 피로 물들이고서도 이생은 당당했다. 양손을 가볍게 내려뜨린 그의 눈에 신광이 깃들었다.

그러자 그의 정면.

드디어 비수의 주인이 모습을 드러냈다.

당장이라도 핏물을 뚝뚝 떨굴 것 같은 적포 일색.

양손에 열 개나 되는 강철환을 차고, 허리에 두 개의 도를 교차해 매단 호방한 얼굴의 장년 사내. 바로 천마신교를 대표하는 십팔마군의 일좌이자 태상마군 소리산의 숨겨진 손이라 불리는 암마혈살단주 십환암군(十環暗君) 이심경이다.

디링!

문득 여전히 손가락에 머물러 있는 비수 하나를 손가락으로 튕겨 보인 이심경이 입을 열었다.

"과연 당가 백 년 내 제일의 기재라 불리던 사천제일룡(四川第一龍) 답군."

'역시 내 정체를 눈치챘구나!'

내심 눈살을 찌푸려 보인 이생이 얼른 천연덕스레 말했다.

"사천제일룡? 그런 별호는 소생, 들어 본 적도 없소이다만? 귀하는 누군데 감히 신마성궁 내에서 마의전 소속의 의생을 공격하는 것이외까?"

"이런 상황에서도 태연하게 거짓말을 하는가? 음, 그렇군. 동료들이 탈출할 시간을 벌려 함이로군. 그렇다면 헛된 기대라 말해 주겠네. 지금쯤 자네 동료들은 하나도 빠짐없이 암마혈살단에 의해 추살당하고 있으니까."

"그런데도 본인한테 직접 암마혈살단주가 나섰다는 건 가? 이건 과분한 대접을 받았다고 해야겠군."

"사천제일룡 당세옥이란 존재는 그럴 만한 가치가 있으니까."

"흥!"

이생이 나직한 코웃음을 터뜨렸다.

그와 함께 변화하기 시작한 그의 청면.

미묘한 일그러짐을 보이더니, 하얀 낯빛에 준수한 외양을 만들어 낸다. 나이는 사십 대 중반가량? 아직도 젊었을 적 무수히 많은 여인들을 상사에 빠뜨렸던 준수함이 남아 있다.

사천제일룡 당세옥!

한때 사천당가 제일의 기재라 알려졌던 기린아.

하나 삼십여 년 전 갑작스럽게 자취를 감춰서 당가와 사천 무림 전체를 비탄에 잠기게 했던 인물.

그가 삼십여 년이란 세월을 뛰어넘어 지금 모습을 드러냈다. 다름 아닌 마도의 하늘이라 일컬어지는 신마성궁에서 말이다.

당세옥이 차갑게 정제된 시선을 이심경에게 던졌다.

"인정하겠다. 오늘부로 신마성궁 내 사천정의련 세력은 멸절되었음을."

"사천정의련?"

고개를 살짝 갸웃해 보인 이심경이 입가에 흐릿한 미소를 매달았다.
 "자신의 가문까지 팔아먹다니! 정말 지독한 훈련을 받았다는 걸 인정해야겠군."
 "그건 무슨 의미지?"
 "당세옥 자네는 사천정의련이 아니라 황천비영(皇天秘影) 소속이란 걸 내가 이미 알고 있다는 의미야. 신마성궁 방면 황천비영 총책임자 당세옥!"
 "……"
 당세옥의 준수한 안색이 딱딱하게 굳었다. 이심경에게 완전히 허를 찔린 기색이 역력하다.
 하나 그것도 잠시뿐.
 곧 당세옥의 얼굴에 특유의 오만한 기색이 떠올랐다. 눈에 담긴 기운은 더욱 결연해졌다.
 "내내 궁금했지. 천마신교 최고의 암기 고수라 회자되는 암마혈살단주 십환암군 이심경의 무위가 말이야."
 "내 십환쇄혼비(十環碎魂匕)가 좀 대단하긴 하지."
 "건방진!"
 그 말과 동시였다.
 당세옥의 전신에서 파랑과 같은 기파가 맹렬하게 일어나 천지사방으로 퍼져 나갔다.
 여태까지와는 완전히 딴판의 기세!

순간적이나마 이심경을 완전히 압도할 만한 기파의 폭발이다. 지난 삼십여 년간 줄곧 숨겨 왔던 본신 무공을 처음으로 마음껏 발산한 까닭이다.

그러나 그때 또 다른 변화가 당세옥에게서 일어났다.

그 자신에 의한 것이 아니다.

퍼퍽! 퍽! 퍽!

그가 일으킨 맹렬한 기파의 폭발을 뚫고 다섯 개의 철환이 파고들어 왔다. 강건한 근골을 부수고, 혈맥을 찢어발기고, 내장에 치명적인 타격을 입혔다.

"서, 설마!"

그제야 이심경의 양손에 머물러 있던 열 개의 철환 중 다섯 개가 사라진 걸 확인한 당세옥의 눈에 불신의 기색이 어렸다. 어느 틈에 이심경이 암기술을 펼쳤는지 짐작조차 할 수 없었기 때문이다.

그리고 바로 그 순간!

스으—팟!

바람같이 신형을 날려 당세옥의 곁으로 다가든 이심경에게서 발도된 대소쌍도가 바람같이 사선을 그렸다. 마지막으로 동귀어진하려던 당세옥의 최후의 숨결을 끊어 버린 것이다.

털썩!

자신이 쏟아 낸 핏물로 바닥을 물들이며 힘없이 무너져 내린 당세옥을 뒤로한 채 이심경이 나직이 중얼거렸다.

"당세군. 네가 익힌 사천당가의 암기술은 분명히 내 십환쇄혼비와 좋은 승부를 벌일 수 있었을 것이다. 하지만 방금 전 우리는 비무가 아니라 생사의 승부를 겨뤘다. 처음부터 너는 자신을 숨기려 하지 않고 전력으로 내게 부딪쳤어야만 했다. 그게 방금 전 우리 두 사람의 생사를 가른 차이였다. 잘 가라."

"……."

당세옥은 대답이 없다. 그냥 차갑게 식은 채 바닥에 널브러져 있을 따름이었다.

* * *

푸득! 푸드드득!

이심경에 의해 당세옥이 절명하고 얼마 지나지 않아서였다.

신마성궁의 하늘로 십수 마리가 넘는 전서구와 전서응이 날아올랐다.

필경 급변을 외부로 전달하기 위한 행동!

그러나 늦었다.

완전히 늦어 버렸다.

곧 신마성궁을 에워싼 산봉에서 화살의 비가 하늘을 뒤덮었고, 모든 전서구와 전서응이 바닥에 떨어져 내렸다. 단

한 마리도 십만대산을 벗어날 수 없었다.

―황천비영!

 황제가 천하를 지배하는 최후의 힘이라 일컬어지는 비밀 세력 중 십만대산 방면의 세력이 완전한 붕괴를 맞이하는 순간이었다. 지난 삼십여 년간의 세월 동안 들인 노력이 그렇게 수포로 돌아갔다. 단 하루 새에 말이다.

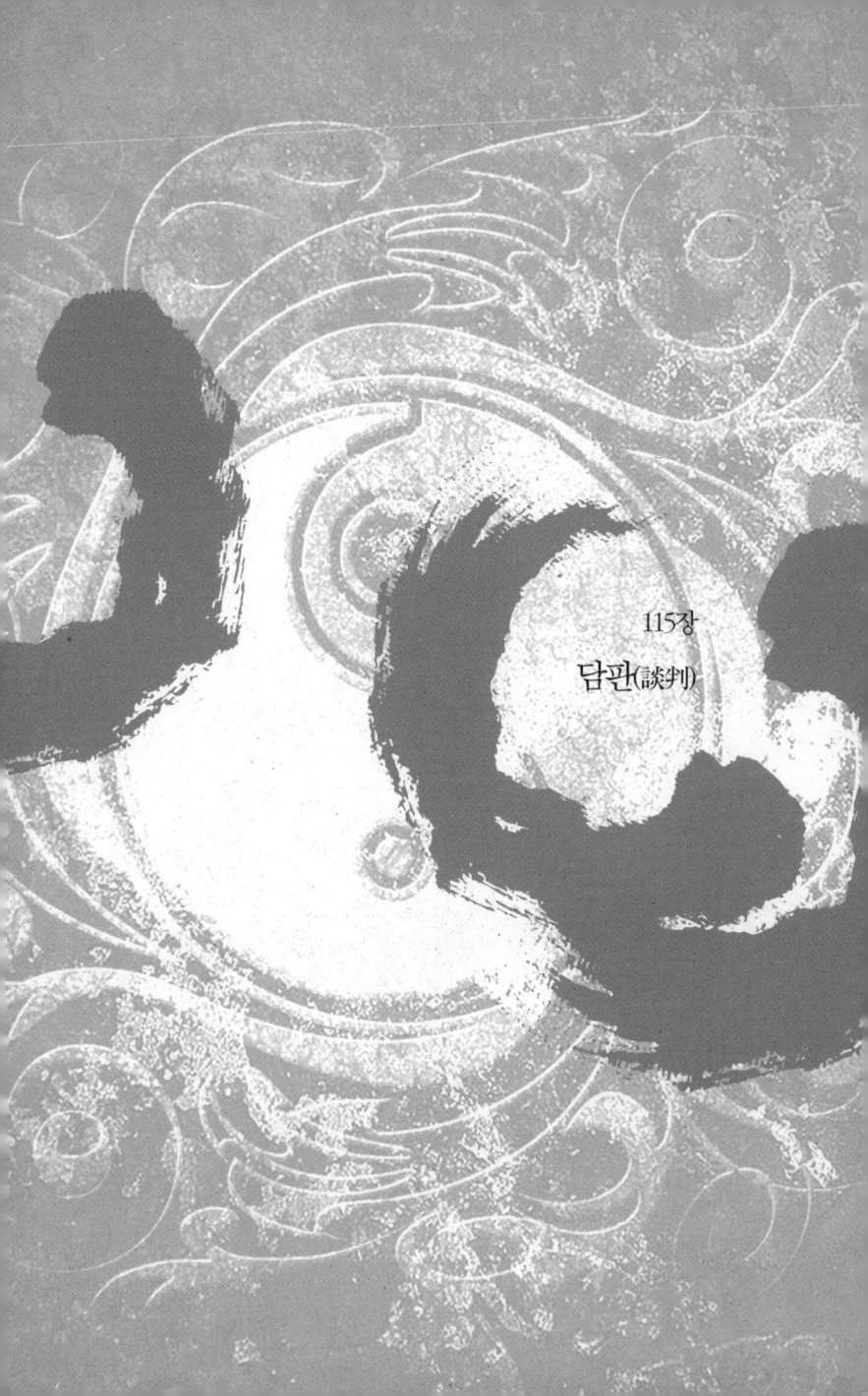

115장
담판(談判)

촤르륵!

멸천마후 천기신혜가 얼굴을 가린 수정 구슬들을 손가락으로 가볍게 쓸어 보였다.

맑게 울려 퍼지는 소리!

얼핏 드러난 맑고 청려한 볼 위로 흘러내리는 눈물이 비친다. 아주 잠시 동안뿐이다.

곧 수정 구슬로 가려진 그녀의 옥용은 평상시의 무심함을 되찾았다. 회복했다. 마치 방금 전의 눈물이 아예 존재조차 하지 않았던 것처럼 말이다.

그때 그녀가 지난 사흘간 거하고 있던 동굴 밖에서 나직한 도호 소리가 들려왔다.

"원시천존! 마후, 빈도 구엽(九葉)이올시다. 들어가도 되겠소이까?"

"운룡정(雲龍頂)에서 어려운 발걸음을 했군요. 들어오도록 하세요."

"감사하외다."

정중한 목소리와 함께 동굴 안에 한 명의 노도가 모습을 드러냈다.

누더기처럼 기워진 도포 자락. 때가 타서 더러워진 누렇고 긴 수염. 허리에 매달려 있는 고색창연한 한 자루의 고검. 얼핏 보기에 저자를 떠돌며 점이나 사주를 봐 주고 하루 밥값을 벌 듯한 외양이나 노도의 신분은 그야말로 존귀했다. 당대 곤륜파(崑崙派) 장문인이자 청해성 백도 최강의 고수라 평가받는 백결노선(百結老仙) 구엽진인이었기 때문이다.

그렇다면 이건 진짜 대사건이다. 결코 쉽사리 보아 넘길 수 없는 일이었다.

당대 곤륜파는 벌써 삼십 년이 넘게 봉문 중이었다. 같은 곤륜산맥의 십만대산에 자리 잡은 천마신교가 마천대전을 일으킨 직후부터 쭈욱 세상과 담을 쌓고 살아왔다. 중원 백도와 같이 구파에 속한 여러 문파들로부터 온갖 조롱과 멸시를 당하면서도 그렇게 일문의 맥을 유지해 왔다.

그런데 십만대산의 영역이 분명한 이곳에 장문인인 구엽

진인이 모습을 드러낸 것이다. 어찌 천하를 경동시킬 만하지 않겠는가.

천기신혜의 매혹적인 눈동자가 그를 향했다.

"타당한 이유가 있는 것일 테지요?"

구엽진인이 침중한 기색으로 고개를 끄덕여 보였다.

"사흘 전부터 신마성궁 쪽 비영들로부터 모든 소식이 끊겼소이다. 아무래도……."

"태상마군이 본격적으로 움직이기 시작했어요. 이런 시작은 당연한 거라 할 수 있을 거예요."

"……마후께서는 거기까지 짐작하셨던 것이외까? 그렇다면 중간에 어떻게든 조치를 취해 주셨어야 하지 않소이까?"

"내게 그런 걸 기대하고 있었던 건가요?"

"당연하지 않소이까! 본 천(天)과 마후 간에 맺어진 밀약에 의하면……."

"그냥 단순한 전략적인 동맹이죠. 공동의 적인 천마신교를 세상에서 멸절시키기 위한."

"……그러니 더더욱 본 천의 비영들을 보호해 주셨어야 하지 않소이까? 그들을 신마성궁에 자리 잡게 하기 위해 본 천이 들인 노력은 결코 작지 않았소이다!"

대화를 이을수록 구엽진인의 안색은 붉게 상기되어 갔다.

속이 없을 만큼 항상 웃고 다녀서 거지 노신선이란 칭호를 얻은 노도사였다. 불가의 포대화상에 빗대어져 곧 등선할 거란 세간의 조롱에도 신경조차 쓰지 않던 노도사였다.
　그런 그가 지금 화를 내고 있었다.
　천기신혜에게 격한 감정을 드러내며 따지고 있었다.
　그러나 천기신혜의 눈빛은 변함이 없다. 아무런 감정의 동요도 드러내지 않는다.
　"황천에서 내게 원했던 게 고작 그런 정도인가요?"
　"그건…… 무슨 의미시오?"
　"황천에서 그동안 신마성궁 내부에 심어 놓은 간자들 중 천마신교의 상층부에 침투한 자는 단 한 명도 없어요. 그래서 내게 상층부에 대한 회유와 분열을 요구했던 게 아닌가요?"
　"그렇소이다. 하지만……."
　"그러니 이것으로 충분해요. 황천이 원했던 만큼 천마신교는 분열했고, 싸웠고, 전력이 약화되었어요. 더 이상 마천대전 당시 신마대제를 따라 단숨에 마도천하를 이룩할 수 있었던 때의 위세를 지닐 수 없게 되었다는 뜻이에요."
　"……그렇다는 건?"
　"예, 이제 황천과 정파 무림맹이 힘을 합하면 천마신교를 몰살시킬 수 있어요. 마도십가와 신마팔십팔세의 뿌리를 뽑아서 천하의 안녕을 도모할 수 있게 된 거예요. 뭐, 그 와중에 황천과 정파 무림맹 역시 몰살을 면치 못할 테지만요."

"……."

태연하게 천하 무림의 멸망을 애기하는 천기신혜를 구엽진인이 잠시 어이 없이 바라봤다.

그동안의 수행으로 가까스로 참아 낸 한마디!

'미친년!'

그렇다. 그가 보기에 눈앞의 이 신화 속 곤륜의 서왕모(西王母)처럼 어여쁜 여인은 진실로 미쳐 있었다. 다른 어떤 표현으로도 대체할 수 없는 진실이었다.

하지만 그렇기에 그가 속한 황천은 간절하게 눈앞의 여인이 필요했다. 오로지 그러한 사람만이 감히 천마신교를 멸절시키는 데 자신의 한평생을 걸 수 있을 테니까.

그래서 그는 쓴 물처럼 목구멍까지 치밀어 오른 울컥한 심사를 억지로 삼켰다. 수십 년간 목숨을 건 임무를 수행하다 산화한 수십 명의 동료들의 울부짖음을 외면했다.

천기신혜가 화제를 바꿨다.

"그럼 이제 곤륜산맥 일대에 남은 황천의 세력은 곤륜파 밖엔 없겠군요?"

"그렇소이다."

"그런데도 불구하고 운룡정을 벗어나다니, 진인도 큰 결심을 하신 셈이로군요."

"그건 어인 말씀이시외까?"

"태상마군이 본격적으로 움직이기 시작했다고 했어요. 설마 곤륜파가 봉문했다 해서 그냥 내버려 둘 거란 순진한 생각을 하고 있는 건 아닐 테지요?"

"설마!"

구엽진인이 놀라 백 번이 넘게 기워진 도포 자락을 크게 휘날리기 시작했다. 천기신혜가 한 말의 의미를 깨닫고 자신의 기파를 억누르는 것조차 잊어버린 것이다.

그러자 천기신혜가 충고하듯 한마디를 덧붙였다.

"진인. 지금 당장 운룡정으로 달려가세요. 그리고 그곳을 깨끗하게 비우세요. 문파의 명맥을 유지하고 싶다면 당장 그리해야만 해요."

"충고, 고맙소이다!"

얼른 천기신혜에게 포권해 보인 구엽진인이 뒤도 돌아보지 않고 신형을 날려 갔다.

곤륜파가 자랑하는 운룡대팔식(雲龍大八式)!

그중 전설상의 어검비행에 가장 근접했다고 평가받는 용비구천(龍飛九天)을 펼쳐 쏜살같이 동굴을 떠나갔다. 결국 고심 끝에 천기신혜를 찾았던 진짜 이유는 입 밖에 꺼내지도 못한 채 그리했다.

"바보!"

천기신혜가 허겁지겁 곤륜파가 위치한 외곤륜의 운룡정

으로 돌아간 구엽진인을 향해 나직이 중얼거렸다.
 수정 구슬 사이로 얼핏 미소가 내비친다.
 천마대전에서 마신마체를 이룬 소진엽을 통해 교주 담대광을 확인한 후 줄곧 우울하던 심사가 조금 풀렸다. 구엽진인을 희롱하는 것으로 마음에 잔뜩 끼어 있던 먹구름이 조금 걷힌 것이다.
 잠시뿐이다.
 곧 그녀의 입가에 머물러 있던 옅은 미소가 씻은 듯 사라졌다. 무심함에 가까운 서늘함만이 남았다.
 "혼자서 돌아왔더냐?"
 "끄억!"
 동굴 밖에서 들려온 대답은 인간의 것이 아니었다. 듣는 것만으로도 보통 사람이라면 구토를 할 듯 기괴한 목소리였다. 울부짖음에 가까웠다.
 그와 함께 동굴 안으로 만신창이가 된 귀마 매종경이 들어섰다.
 의지가 남아 있는 실혼인이랄까?
 수개월 전 천마신교에서도 금단의 비법 중 하나로 알려진 마호가 된 매종경의 모습은 처참함, 그 자체였다. 전신에 화상 자국이 가득한 데다 의복 역시 죄다 불타서 속살을 그대로 드러내고 있었다.
 게다가 삼 인의 마군을 상대하다 얻은 부상 역시 심각했다. 만약 그가 마호가 되며 얻은 불사지체가 아니었다면 아직까지 살아 있진 못했으리라.

한눈에 매종경의 그 같은 상세를 간파한 천기신혜가 입가에 가벼운 한숨을 담아냈다.

"태상마군, 과연 대단하구나! 도대체 몇 수 앞까지 예측하고 일을 꾸몄는지 짐작조차 할 수 없구나!"

"끄어어!"

"그렇게 날 볼 것 없다. 너 혼자 돌아온 것을 탓하는 것이 아니니까 말이야. 상대는 태상마군! 그에게 천려일실(千慮一失)하게 만든 것만으로도 너는 충분히 자신의 몫을 다한 셈이다."

"끄억!"

천기신혜의 담담한 치하에 매종경이 흉측한 만면에 기쁨을 가득 담은 채 고개를 주억거렸다. 극심한 부상을 당한 상태임에도 기뻐서 마구 날뛰어 댔다. 흡사 일순간 신이 난 어린애가 된 것 같다. 그러나 천기신혜의 치하는 거기까지였다.

슥!

문득 손을 내저어 원숭이처럼 날뛰고 있는 매종경의 광태를 멈추게 한 그녀가 냉담하게 말했다.

"다시 생각해 보니 태상마군이 천려일실 따위를 범할 이유가 없겠구나!"

"끄어?"

매종경이 고개를 갸웃거린 것과 동시였다.

스으—팟!

순간 그를 뒤로 한 채 천기신혜가 동굴을 벗어났다. 전설상의 축지성촌을 펼친 것이다.

그러자 허겁지겁 그녀의 뒤를 따르는 매종경!

하지만 늦다.

전혀 그녀의 속도를 따라잡을 수 없었다. 천마신교에서도 손꼽히던 그의 천라귀영술조차 아무런 소용이 없었다. 지금 이 순간만은 분명 그랬다.

"크악!"

"우와악!"

"크아아아악!"

비명, 비명, 비명들……!

기괴한 신음과 공포에 질린 울부짖음 속에 끔찍한 살육극이 자행되기 시작했다.

주인공은 천기신혜다.

그녀의 전신에서 그물망처럼 쏟아져 나온 신을 참살하는 무형의 백병, 멸신백병도는 순식간에 주변을 피바다로 만들었다. 각양각색의 복색을 한 채 달려들던 자들을 촌각 만에 몰살시켜 버린 것이다.

하지만 그건 시작에 불과했다. 그렇게 무자비한 학살이

끝나고 나서다. 첫 번째 돌격 때와는 비교조차 되지 않는 숫자의 이 차 진용이 모습을 드러냈다. 족히 수백에 달하는 자들이 흉험한 기세를 뿜어내며 달려들었다.

'게다가 그냥 달려드는 게 아닌 듯싶군.'

천기신혜가 눈에 슬쩍 이채를 떠올리곤 다시 멸신백병도를 일으켰다.

그러자 그녀의 머리 위에 둥실 떠오른 거대한 대부(大斧)!

천신마장(天神魔將)의 신병이 이 차 돌격대의 머리 위로 떨어져 내렸다. 단숨에 그들의 선두를 날려 버렸다.

콰득!

피가 튄다. 천신마장의 신병에 산산조각난 수십이 넘는 육신이 천지사방으로 튀어 올랐다. 방금 전 펼쳐진 학살극과는 비교가 되지 않을 만큼 양이 많았다.

"크악!"

"우와악!"

"크악! 크아악!"

다시 비명이 터져 나왔다. 이 차 돌격대의 후열에 있던 자들 중 상당수가 날아든 혈육을 덮어쓴 채 고통스레 바닥을 나뒹굴었다. 동료들의 박살 난 몸의 조각에 얻어맞은 자리가 순식간에 썩어 문드러지는 고통에 미친 듯 비명을 터뜨렸다.

그게 그들에게 혼란을 야기시켰다.

"뭐, 뭐야? 이거 뭐야!"

"이건…… 전설상의 천참만륙멸신공(千斬萬戮滅神功)이 아닌가?"

"바보야! 천참만륙멸신공 따윌 펼칠 수 있는 놈이 이런 곳에 있겠느냐! 이건 부시독(腐屍毒)이다! 한 방울만 몸에 튀어도 근골을 썩어 들어 가게 하는 독 말이야!"

"저놈들 독인(毒人)이었던 거냐?"

이 차 돌격대들이 당황해 마구 떠들어 댔다. 어느새 의심의 기색이 얼굴에 완연하다.

그때 천기신혜가 그들 앞으로 슥 나섰다. 어느새 전신을 떠돌아다니고 있던 무형의 백병은 흔적도 없이 사라졌다.

"가엾은 자들! 너희들은 속은 것이다. 내게 조금이라도 타격을 주는 용도로 정해진 제물인 것이야."

"그, 그런……."

"아니라고 생각하는 것이냐? 그렇다면 다시 내게 덤벼들어 보거라! 하나밖에 없는 목숨을 걸고서 말이야!"

"……."

이 차 돌격대들 사이의 혼란이 가중되었다. 그들의 천성은 본래 마도인!

강한 자에게 굴복하고, 약자를 멸시하며, 자기 자신의 생명을 가장 귀히 여긴다. 이미 예봉이 꺾인 상태에서 평생 본 적이 없을 만큼 압도적인 강함을 드러낸 천기신혜에게 다시 덤벼든다는 건 결코 쉬운 일이 아니었다.

그러자 다시 상황이 변했다.

후두두둑!

느닷없이 주춤거리는 이 차 돌격대 위로 몇 십 개나 되는 불덩이가 떨어져 내렸다. 불규칙적으로 떨어져 내렸다. 그렇게 방어가 불가능하게 만들었다.

번쩍!

그리고 폭발이 일어났다.

천기신혜의 말에 머뭇거리던 이 차 돌격대 중 불꽃에 휩싸인 자에게서 시작된 폭발이 연쇄적으로 퍼져 나갔다. 마치 들불처럼 삽시간에 이 차 돌격대 전원에게로 휘몰아친 것이다.

쾅! 콰콰쾅!

연속적인 폭발음과 함께 하늘 끝까지 불기둥이 치솟아 오른다. 어떠한 생명체도 감히 빠져나올 수 없을 듯한 화염이 거대한 회오리를 만들어 냈다.

　　　　*　　*　　*

"우왓!"

"설마 멸천마후가 이대로 끝나는 것인가……!"

느닷없이 벌어진 멸천마후 천기신혜와 일단의 무리 간의

혈전을 멀찍이 떨어져 지켜보던 두 사람. 반월도후 유신영과 삼지혈군 초운의 얼굴에는 각기 놀란 기색이 완연했다.

그럴 수밖에 없다.

사흘 전, 그들은 귀마 매종경을 놓아준 후 끈질기게 뒤를 쫓았다. 그의 몸에 묻힌 천리추종향을 추적해 천기신혜의 은거지를 찾아내기 위함이었다.

주모자는 초운이었다.

그는 잔뜩 색정이 발동한 유신영에게 자신의 몸을 내던지면서까지 이번 일을 관철시켰다. 덕분에 유신영에게 화풀이를 당한 장마군 곡경은 현재까지 인사불성 상태로 신마성궁에 남겨졌고 말이다.

그런데 재밌게도 현재 그들은 구경꾼이었다.

멀찍이 떨어져서 천기신혜가 고통 받는 모습을 지켜보고 있었다. 이곳에 오기 전, 태상마군 소리산에게 받은 명령을 결코 어길 수 없었기 때문이다.

유신영이 갑자기 고개를 가로저었다.

"초 대가, 그건 아닐 거예요."

초운의 시선이 그녀를 향했다.

"영 매는 설마 저만한 대폭발이 연쇄적으로 일어났는데도 멸천마후가 목숨을 건질 수 있으리라 생각하는 것이냐?"

"목숨만 건지는 건 아닐 거예요."

"그럼?"

"곧 반격에 나서겠지요. 아주 참혹한 방법으로 말이에요. 저 정도면 그녀도 꽤 열이 받았을 테니까요."

"단지 열이 꽤 받았을 정도라고?"

"뭐, 하지만 상대는 마계금가주 금모연이에요. 그가 진마성교의 모든 것을 걸고 나선 만큼 지금쯤 그 재수 없는 눈알을 빙글거리면서 더욱 강한 수를 생각하고 있을 거예요."

"그렇겠지. 금모연은 태상마군님께서도 인정하는 대모사니까."

"잠깐만요!"

갑자기 유신영이 초운에게 손을 들어 보이더니, 표정이 심각해졌다. 순간 눈동자가 절반가량으로 작아진 걸 보니 안력을 극한까지 강화하기 시작했음이 분명하다.

반면 초운은 입을 가볍게 벌렸다.

어처구니없는 광경!

냉철한 그의 이성을 완전히 뒤흔드는 눈앞의 현실에 마음이 크게 엉클어졌다. 신마성궁을 떠나기 전 하늘같이 믿고 있는 태상마군 소리산이 했던 당부를 떠올리면서 말이다.

—그냥 지켜만 보는 걸세! 멸천마후가 어떤 무공을 펼치는지 끝까지 지켜보다가 내게 돌아오면 되는 거야! 알겠는가?

'내게 미쳤구나! 태상마군님을 잠시나마 의심했었다니! 오늘 십팔마군 중 한 명이 세상에서 사라지겠구나!'

그 같은 생각과 함께 내심 고개를 절레절레 흔들던 초운이 흠칫 놀란 기색이 되었다.

어느 틈인가 그의 손을 유신영이 꽉 쥐고 있었다. 긴장으로 인해 살짝 땀에 젖은 채 있는 힘껏 부여잡고 있었다. 마치 의지라도 하려는 듯이 말이다.

그래서 초운은 그녀의 손을 뿌리치지 못했다.

그냥 내맡기고 있었다.

* * *

번쩍!

일순 찬연한 광채가 하늘로 치솟아 오른 불기둥을 잘라냈다.

하나가 아니다.

연속적으로 수백 개나 되는 광채가 연쇄적으로 일어나 불기둥을 사분오열시켰다. 한군데 집중되어 있던 힘을 연타해서 쪼개고, 부수고, 잘게 썰어 냈다.

그리고 당당하게 통과한다.

아무런 일도 없었다는 듯 혈육과 기름, 재 가루로 가득한 공간을 빠져나왔다. 백합을 닮은 하얀 궁장에 검댕이 하나

묻히지 않고서 그리했다.

그러자 기다렸다는 듯 하늘을 가득 메운 화살의 비!

족히 수천 개가 넘는 강전이 떨어져 내린다.

촉에 발라진 건 학정홍(鶴頂紅)!

학의 벼슬에서 추출한 이 독은 부시독과 마찬가지로 스치는 것만으로도 사람을 절명케 한다. 그 정도로 독한 극독 중의 극독이었다.

'하지만 여기서 결코 잊어선 안 되는 사실은 부시독과 학정홍이 만나는 순간이다. 만독불침(萬毒不侵)을 이룬 절대고수조차 일시적으로 내력을 소실케 하는 무형의 산공독(散功毒)이 만들어지는 그 순간 말이야. 그리고 이런 세심한 부분까지 염두에 둔 채 계획을 짰다는 건…… 그래, 금모연이로구나! 그자가 날 죽이러 온 거야!'

내심 눈을 반짝인 천기신혜가 문득 기세를 바꿨다.

멸신백병도의 소멸!

그 빈자리를 또 다른 압도적인 기운이 빠르게 채웠다.

그리고 그 기운은 그때까지도 전혀 낙하 속도를 늦추지 않고 있는 화살의 비를 향해 섬전보다 빠르게 투사(投射)되었다. 시위를 떠난 활처럼 돌격해 갔다.

우웅!

대기가 울음을 토했다.

뒤흔들렸다.

초음파!

인간의 청각에 인지되지 않는 영역, 그 너머를 뒤흔드는 초월적인 음파가 대기 전체를 휩쓸고 지나갔다. 몇 개나 되는 파랑을 만들어서 밀어 버렸다.

후둑!

후두두두둑!

그리고 그로 인한 결과로 바닥에 힘을 잃고 떨어져 내리기 시작한 화살의 비!

시위를 떠날 때 몸에 담았던 모든 기력을 잃어버린 채 화살들은 대지 위로 떨어져 내렸다. 목표로 했던 천기신혜의 근처조차 도달하지 못한 채 무용지물로 변했다.

게다가 그건 시작에 불과했다.

다시 천기신혜로부터 일어난 초음파가 확장된 순간, 세상이 정지했다. 방금 전까지 지옥도 그 자체나 다름없던 공간에 정적이 깃들었다. 소리와 움직임이 사라지고, 모든 유(有)한 존재들이 무(無)의 존재로 변했다.

―전멸(全滅)!

단지 두 차례 초음파의 발현만으로 천기신혜를 공격해 들어왔던 모든 자들은 목숨을 잃었다. 치밀하게 준비해 놨던 어떤 후속 공격도 감행하지 못하고 절멸해 버렸다.

한데 갑자기 천기신혜의 아미가 살짝 찌푸려졌다.

'금모연, 과연 놀랍구나! 그 사이 내 마심마화멸신공을 상대할 방법을 연구했었던가?'

그렇다.

방금 전 천기신혜가 펼친 초음파의 정체는 멸신백병도와 함께 천마초절예에 속한 마심마화멸신공이었다. 오로지 태상마군 소리산과 신마대제 담대광을 죽이기 위해 자신의 생명을 불태워 가며 지옥에서 연마한 멸신멸마의 초절예였다.

그래서 그녀는 신마성궁의 영역에 들어선 후 줄곧 마심마화멸신공을 숨기고 있었다. 자칫 소리산이나 담대광을 상대하기도 전에 파훼법을 간파당할 것을 걱정한 까닭이었다.

그러니 마심마화멸신공을 발동시킨 이상, 생존자는 결코 남아 있어선 안 될 터였다. 금모연과 진마성교의 결사대 전부를 포함해서 말이다.

그때 드물게도 눈에 은은한 살기를 담고서 다시 멸신백병도의 기운을 일으킨 천기신혜 앞으로 금모연이 모습을 드러냈다.

느릿느릿한 움직임.

거의 힘이 느껴지지 않는 걸음걸이.

십팔마군에 속한 초절정고수답지 않은 그의 등장에 천기신혜가 미미하게 고개를 끄덕여 보였다.

"이런 방법으로 내 마심마화멸신공을 상대하다니! 금 가주의 용단을 존중하는 의미로 몇 마디 말을 들어 보도록 하지요!"

"마후의 배려에 감사드리겠소이다."

금모연이 평소보다 언성을 크게 높인 천기신혜를 향해 정중하게 고개를 숙여 보였다.

그럴 수밖에 없다.

현재 그는 자신의 얼굴에 십여 개가 넘는 침을 꽂아서 청각과 시신경의 기능을 극단적일만큼 퇴화시켜 놓았다. 덕분에 마심마화멸신공의 초음파 공격으로부터 생명을 건질 수는 있었으나 시력은 간신히 소경을 면했고, 청각 역시 귀머거리에 가까울 정도였다. 그녀가 알아서 목소리를 높여 주니, 사의를 표하지 않을 도리가 없었다.

물론 그는 천기신혜에게 나서기 전 할 말을 이미 정해 둔 상태였다. 굳이 시간을 끌 이유가 없다.

슥!

다시 정중하게 포권을 해 보인 그가 바로 본론에 들어갔다.

"방금 전 마후께서는 진마성교의 전력 중 삼 할을 몰살시키셨소이다. 특히 중추적인 역할을 맡고 있던 승천북리가는 칠 할가량 멸절된 것이나 다름없소이다. 그래서 진마성교의 총군사이자 마계금가의 가주인 금 모는 이제 족함을 인정할까 하외다."

"즉?"

"지금 이 순간부로 진마성교는 해체될 것이며, 마계금가는 봉문(封門)에 들어가겠소이다. 마후께서 무림에서 활동하는 동안 결코 다시 무림에 발을 내딛는 일은 없을 거외다."

"날 죽이지 못하면 좌마령을 태상마군이 살려 두지 않는다고 협박했을 텐데요?"

"과연 마후의 혜안은 놀랍소이다. 하지만 앞서 말씀드렸다시피 금 모는 족함을 알았소이다. 금일 최선을 다하고도 마후께 일패도지(一敗塗地)했으니, 북리 교주에 대한 의리는 다했다고 할 수 있을 것이외다."

"그렇군요. 하지만 내게 하고 싶은 말이 그것뿐은 아닐 거라 생각되는군요?"

"거기까지 듣고 싶으신 것이오?"

"물론이에요."

단호한 천기신혜의 말에 금모연의 안색이 살짝 어두워지더니, 곧 화제를 바꿨다.

"마후께서도 아시다시피 이같이 깊은 산중에는 어둠이 빨리 찾아옵니다. 우리가 대화를 나누는 동안 벌써 해가 산머리에 걸렸소이다."

"꽤 그럴듯한 야습을 준비해 놓으셨겠군요?"

"방금 전의 공격에 진마성교의 삼 할 전력만 투입했다고

했소이다. 다른 걸 준비하고 있는 자들이 없을 리 없지 않겠소이까?"

"궁금하군요. 지금 당장 확인해 보고 싶을 정도예요."

"그러실 필요 없소이다. 날이 완전히 어두워지면 곧 아시게 될 터이니까요."

"금 가주는 꽤나 자신이 있는 것 같군요?"

"그저 수일 전 청각을 스스로 포기한 자 칠백이 죽음을 무릅쓸 각오를 한 채 천라지망을 펼치고 있는 정도올시다. 어찌 마후 앞에서 자신감을 내세울 수 있겠소이까?"

"게다가 다른 변수도 있는 것일 테지요?"

"마후께서 생각하시는 게 옳을 거외다. 태상마군님은 항상 범인의 십여 수 앞을 내다보시는 분이니까요."

"그러니 나는 이만 금 가주가 내놓은 안을 따라야 하는 것이겠군요?"

"그리하면 좋은 일이 있지 않겠소이까? 마후나 금 모 양측 모두에게 말이외다."

"후후, 좋아요. 오늘은 금 가주의 체면을 세워 주도록 하겠어요. 하지만 그 전에 내게 한 가지 증명해 주셔야겠어요."

"금 모의 눈 한 쌍이면 어떻겠소이까?"

"나쁘진 않군요.. 하지만 그보다 매복해 있는 귀머거리들을 내주는 건 어떤가요?"

"그건……."

"어차피 청각을 포기하며 죽음을 각오한 자들일 거예요. 오로지 북리 교주에 대한 충성심만으로 말이에요. 그러니 그자들을 살려 놓는다면 금 가주와 마계금가의 미래에도 그다지 좋은 일은 아닐 거예요. 그렇지 않은가요?"

"……."

잠시간의 침묵.

그러나 금모연은 곧 천천히 고개를 끄덕였다.

그럴 수밖에 없었다.

천기신혜가 한 말은 정확히 핵심을 짚었다. 북리사경을 배신하고 마계금가의 안녕을 구하고자 한 이상 후환을 남겨 놓아선 안 될 터였다.

―발본색원(拔本塞源)에 삭초제근(削草制根)!

밟을 때는 철저하게. 절대 후환을 남기지 않고 끝장을 내는 것이 바로 마도의 율법이다. 이제 와서 북리사경이나 승천북리가에 대한 연민을 품을 이유는 없을 터였다.

스윽!

문득 금모연이 품에서 작은 영패 하나를 꺼내 천기신혜에게 전달했다. 진마성교 내에서 그 자신과 동일한 권위를 갖는 총군사령을 내준 것이다.

"마후, 그럼 이대로 작별을 고할까 하외다."
"잘 가세요. 금 가주는 분명히 오래 살 거예요."
"감사한 말씀!"
"좋은 의도로 한 말은 아니에요."
"……."
 웃는 낯으로 살짝 비꼼을 담아 말하는 천기신혜를 향해 금모연이 무심하게 포권을 하곤 신형을 돌려세웠다.
 앞서와 같이 느릿느릿한 발걸음.
 그러나 더 이상 당당함은 느껴지지 않는다. 어느새 살짝 굽어 버린 등에는 처연함이 감돌고 있었다.

　　　　　＊　　　＊　　　＊

"이걸로 결착이 났군."
 눈살을 찌푸린 채 중얼거리는 초운을 향해 유신영이 심각한 표정을 지어 보였다.
"초 대가, 결착이 났다니 무슨 소리예요?"
"영 매, 멸천마후가 금 가주를 죽이지 않고 돌려보냈다. 그게 무슨 의미이겠느냐?"
"그건……."
 잠시 말끝을 흐린 채 아미를 찌푸려 보이던 유신영의 눈에서 차가운 광채가 흘러나왔다.

"……금모연! 그 죽일 놈이 태상마군님의 명령을 거역하고 멸천마후에게 붙기로 한 거로군요!"

"금 가주는 그 정도로 무모한 자는 아니다. 하지만 그에 준할 정도의 양보를 했을 것이다."

"그렇다면 어서 도망가요!"

"뭐?"

"어찌 됐든 두 사람이 손을 잡은 것이나 다름없다면, 가장 먼저 할 게 뭔지는 뻔하잖아요! 멸천마후는 가장 먼저 우리를 죽이러 올 거예요!"

"그리하진 않을 것이다."

"어째서요?"

"멸천마후는 방금 전 금 가주와 손을 잡은 광경이 태상마군님께 전달되기를 바라고 있을 거다. 사실 그보다는 좌마령 북리사경에게란 게 더 정확한 표현일 테지만 말이야."

"호오?"

유신영이 눈을 반짝이며 감탄한 표정을 지어 보였다.

무공은 자신이 뛰어나나 이 같은 식견은 초운을 따르지 못한다. 그래서 항상 태상마군 소리산이 그를 자신보다 중용하는 것이리라.

'그래서 더더욱 훔치고 싶단 말이지! 이 사내의 마음과 몸, 모두를 말이야!'

어느새 후끈 달아오른 가슴의 열기를 식히기 위해 유신

영이 붉은 혀를 내밀어 입술을 살짝 빨았다.

흠칫!

그러자 그 요염하고 도발적인 모습에 놀라 살짝 경기를 일으킨 초운이 슬그머니 고개를 옆으로 돌렸다. 여느 때와 마찬가지로 그녀의 뜨거운 시선을 외면해 버린 것이다.

"험! 험! 그럼 영 매 이만 돌아가도록 하자!"

"그래요."

유신영이 새치름하게 대답했다.

살짝 서운한 기색을 드러냈기는 하나 어느 때보다 조신한 모습이다.

*   *   *

'생각보다 늦게 떠나가는군……'

점차 멀어져 가는 두 마군의 기운을 살피던 천기신혜가 문득 시선을 산머리로 돌렸다.

어느새 검붉은 기운만을 남긴 산야!

황혼마저 이젠 끝 무렵이다. 곧 급속도로 빠르게 어둠의 장막이 주변의 모든 것을 덮어 버릴 터였다. 세상의 모든 추악함과 더러움을 한 몸에 품어서 눈에 뜨이지 않게 할 터였다. 그러니 이젠 그만 움직일 차례.

"이리 와! 할 일이 있다."

"끄어!"

그녀의 뒤에 그림자처럼 머물러 있던 귀마 매종경이 다가들었다.

눈이 다가드는 암흑처럼 검게 번들거린다.

툭!

그에게 총군사령을 던져 준 천기신혜가 말했다.

"그걸로 귀머거리들을 새벽까지 끌어모아라! 가장 먼저 일출이 시작되는 곳이면 될 것이다!"

"알·겠·소!"

"더 정확하게 발음해야 할 것이다."

"알겠…… 소."

순식간에 발음이 정확해진 매종경에게 천기신혜가 살짝 손을 저어 보였다.

곧바로 출발하란 의미.

문득 흉측한 얼굴에 어울리지 않는 애잔한 눈빛을 던진 매종경이 곧 귀영으로 화했다. 영혼의 주인인 천기신혜의 명령을 따르기 위해 자신의 얼마 남지 않은 생명력을 모조리 쏟아 내기 시작한 것이다.

그러나 여전히 그에게 일별조차 하지 않는 천기신혜!

그녀의 시선이 어느새 산머리 위로 불쑥 머리를 추켜올린 하얀 달을 향했다.

밤의 시작!

그리고 사흘 전 그녀의 만년빙벽처럼 차갑게 얼어붙어 있던 마음에 커다란 생채기를 낸 상념이 시작되었다. 애써 마음 한구석으로 미뤄 뒀던 혼란된 감정의 편린이 다시 날카롭게 역린을 드러냈다.

'교주! 역시 살아 계셨군요. 그 지옥 속에서 결국 돌아오셨어요. 언제나 그랬던 것처럼 말이에요. 하지만…… 당신의 혜아는 이제 더 이상 과거와 같지 않답니다. 완전히 달라졌어요. 당신에 대한 증오와 원망으로 자신을 망치고, 더럽혀서 추악한 악취를 풍기게 되었어요. 그러니 이제 어찌할까요?'

촤륵!

상념과 함께 움직인 천기신혜의 가느다란 손가락이 수정 구슬 속으로 파고들었다. 빙옥처럼 매끄럽고 고운 한쪽 볼을 쓸어내렸다.

흡사 애무라도 하는 것 같은 움직임!

그런 것이 아니란 건 곧 밝혀졌다. 확인되었다.

투툭! 투두둑!

문득 수정 구슬들이 달빛 아래 갈라졌고, 기다렸다는 듯 천기신혜의 빙옥 같은 살결이 검푸른 기운으로 뒤덮였다. 흡사 나병 환자와 같이 썩어 문드러져 버린 것이다.

이것이 바로 인세에 존재해선 안 될 천마대조의 천마초절예를 얻기 위해 그녀가 바쳐야 했던 대가!

만년빙정으로 이뤄진 수정 구슬의 기운으로 억눌러 놓은 천마대조의 저주를 어루만지는 천기신혜의 입가에 문득 씁쓸한 미소가 스쳐 갔다.

"후후. 어리석구나, 계집! 그토록 깊은 지옥 속을 헤매고도 아직 교주에 대한 정념을 포기하지 못하고 있다니!"

자신에 대한 자책?

그보다는 확인이었다.

흔들리는 마음을 부여잡기 위한.

촤륵!

다시 수정 구슬을 본래대로 되돌린 천기신혜가 시선을 달로부터 떼어 냈다. 이제 각오가 되었다.

―신마대제 담대광!

미치도록 연모했던 그를 다시 만날 준비가. 자신을 집어삼킨 미칠 듯한 절망의 늪에 빠뜨려 죽일 준비가.

스으!

그녀의 신형이 달을 향해 날아올랐다. 끝없이 그곳을 향해 치솟아 올랐다.

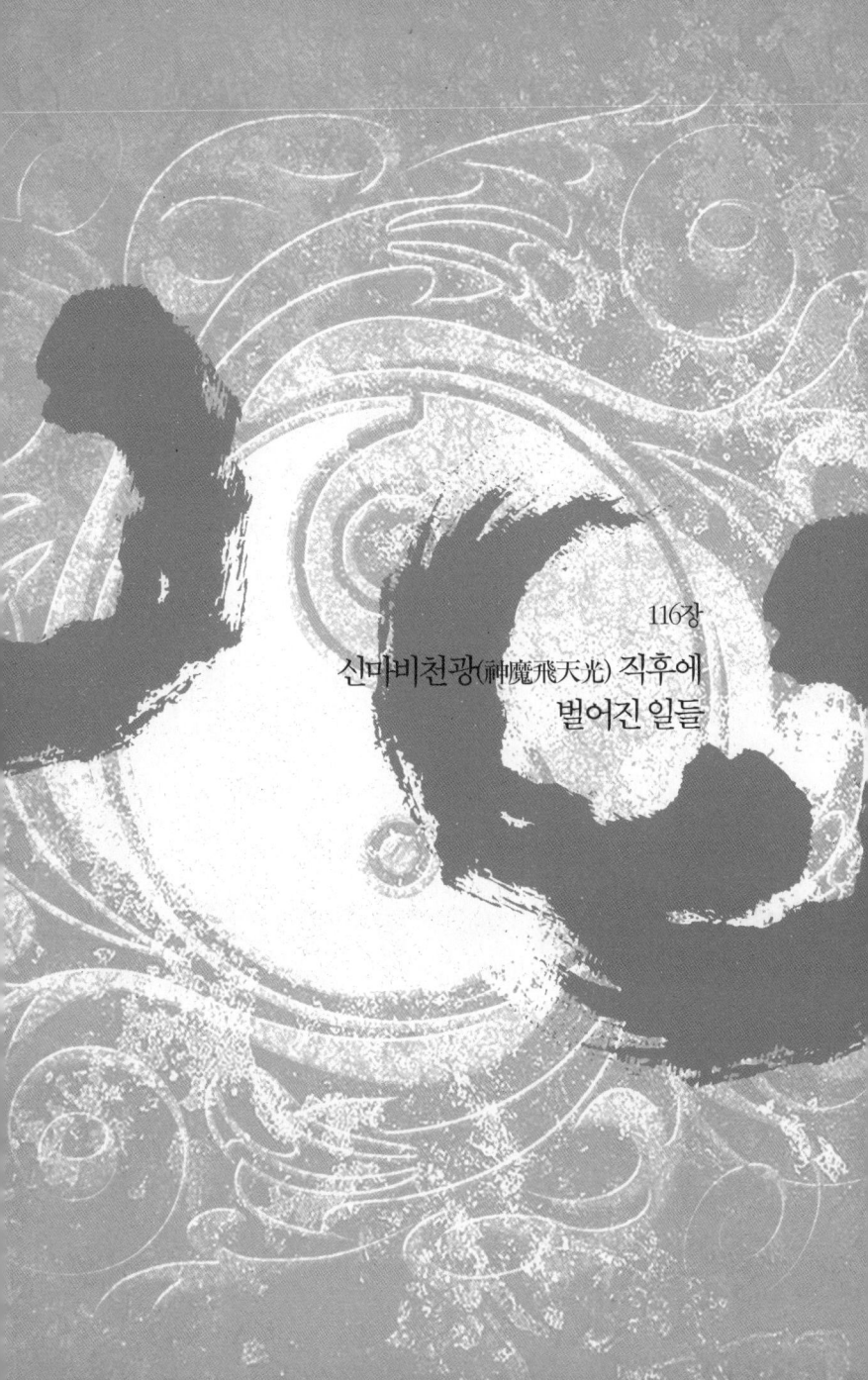

116장
신마비천광(神魔飛天光) 직후에
벌어진 일들

 신마좌 쟁탈전의 끝!

 수일 전 천마대전에서 벌어진 공전절후(空前絶後)의 대결전의 여파는 생각 밖으로 그리 크지 않았다. 그날 그 장소에 모였던 군마 중 상당수가 태상마군 소리산에게 깔끔하게 숙청당했기 때문이다.

 그래서였을까?

 그날 이후 신마성궁은 오히려 평상시보다 더욱 평화로웠다. 마치 교주 담대광이 신마좌에 앉아 있을 때처럼 압도적으로 강한 기운이 군마들 전체를 억누르고 있었다.

마뇌각.

언제나와 마찬가지로 따뜻한 찻물을 다구에 담은 채 짙은 다향에 취해 있던 태상마군 소리산의 입가에 흐릿한 미소가 매달렸다.

드르륵!

그의 배후에 위치한 책장이 움직이며 모습을 드러낸 진리의 두 볼이 살짝 부풀어 있는 모습을 짐작한 까닭이다. 굳이 돌아보지 않더라도 말이다.

"처음부터 이런 결과를 예상하고 계셨죠!"

소리산이 다구를 다탁 위에 내려놨다.

"소성녀는 질문의 핵심을 더욱 정확히 드러내야 하네."

진리가 냉큼 그의 앞에 다가와 앉았다. 얼굴을 마주 댄 독대다.

"마도천하를 포기하고 마천대전을 끝낸 신마대제 교주님이 천마총에 틀어박힌 직후 천마신교에는 많은 변화가 일어났어요. 젊고 강력한 교주님의 부재를 틈타서 신교의 분열을 꾀하는 자들이 나타났고, 외부에서도 무수히 많은 간자들이 침투한 거예요. 하지만 태상마군님은 그걸 그냥 놔뒀죠. 용인했어요. 아니, 오히려 부추기기까지 했어요. 그렇게라도 하지 않으면 교주님이 계속 천마총에 머물러 있을 거란 판단이었겠죠. 하지만 그게 오판이었던 거예요."

"오판이라……."

"예, 오판이었어요! 설마 젊고 기질이 강한 교주님이 삼십 년이 넘도록 천마총에 틀어박혀 있을 줄은 몰랐기 때문이에요. 그래서 천마신교는 완전히 난장판이 되어 버렸어요. 온갖 세력이 난립하고 사분오열되어 태상마군님의 강력한 통치력으로도 일거에 청소할 수 없게 된 거예요. 그리고 바로 그 시점에 교주님이 천마총을 떠난 거예요."

"……난처했겠군?"

"설마요? 태상마군님은 오히려 기회란 판단을 내리셨어요. 교주님을 이용해 사분오열된 천마신교를 하나로 만들고, 적아를 철저하게 가려내려 한 거예요. 그리고 드디어 이번에 성공하셨어요. 삼십여 년 만에 다시 천마신교의 모든 대권을 손에 쥐신 거죠. 그 점 정말 축하드려요."

"……"

비아냥거리듯 살짝 고개를 옆으로 꼰 채 포권해 보이는 진리를 소리산이 귀엽다는 듯 바라봤다.

이런 감정, 얼마 만인지 모르겠다.

눈앞에 있는 작은 성녀가 어느새 가슴 한편에 자리 잡았다. 꽤나 소중한 존재로 말이다.

하지만 그것도 잠시뿐.

곧 평상시와 다름없는 의뭉스런 기색을 회복한 소리산이 적당히 찻물이 우려진 다구를 들어 올리며 고개를 저어 보였다. 뭔가 이 푼가량 부족하다는 표정이다.

후룩!

찻물을 입에 머금는 소리산을 향한 진리의 눈매가 살짝 찌푸려졌다. 자신이 뭔가 놓쳤다는 걸 눈치챈 거다.

"다른 뭔가가 더 있었군요?"

"확신을 가지고 말하는 것인가? 아니면 그저 넘겨짚어 보려는 것인가?"

"확신이에요! 제가 뭔가 놓친 게 있다는 것만큼은……."

뒤로 갈수록 목소리가 줄어들어 가던 진리의 눈이 갑자기 이채를 발했다. 칠음절맥을 완치한 천무지체의 혜지가 순간적으로 폭발을 일으켰다.

"……그렇구나!"

"……."

소리산의 시선이 그제야 진리를 향했다. 그러자 그녀가 여태까지 보였던 조급함을 거둬 낸 채 말했다.

"태상마군님은 여전히 마도천하를 포기하지 않았어요! 중간에 몇 가지 변수가 발생했을지언정 지금까지의 모든 포석은 이 차 마천대전을 위한 거예요!"

"흠!"

"흠?"

진리가 작은 입매를 과도하게 비틀어 올렸다. 얼굴 안에 못마땅한 기색을 있는 힘껏 드러낸 것이다. 그러니 가뜩이나 그녀를 귀여워하는 소리산으로선 더 이상 참아 낼 도리가 없다.

"푸허헛!"

결국 유쾌함이 깃든 대소와 함께 다구를 다탁 위에 도로 내려놓은 소리산이 미미하게 고개를 끄덕여 보였다.

"나쁘지 않군. 나쁘지 않아."

"고작 그 정도인 건가요?"

"그럼 그 이상을 바랐던 것인가? 소성녀도 욕심이 과하군. 이미 내가 소성녀의 연치일 때와는 비교조차 안 되는 성취를 이뤄 놓고서도 말일세."

"그야…… 제게는 태상마군님이 계시니까요."

"그런가? 그렇게 생각해 주는 것인가?"

"살짝요."

진리가 겸연쩍은 표정을 한 채 말했다. 얼마 전까지 평생의 대적이라 지목한 채 약점을 파헤쳤던 상대에게 하기엔 참으로 쑥스러운 말이란 생각 때문이었다.

소리산으로선 그것만으로 충분했으리라.

다시 고개를 한 차례 끄덕여 보인 그가 얼굴에 담겨 있던 의뭉스런 기색을 지워 버렸다. 그리고 화제를 바꾼다.

"소성녀, 소교주에게 가 보고 싶지 않은가?"

"가 보고 싶어요!"

"어허, 조금 성장했는가 했더니, 소교주의 얘기가 나오니 바로 어린애가 되어 버리지 않는가?"

"그게 뭐 어때서요? 저는 아직 어려요."

"어리긴! 이제 한 명의 장부에게 시집가서 가정을 꾸려도 부족하지 않은 나이이거늘."

"그야 그렇긴 하지만…… 성녀는 시집가면 안 된다면서요?"

"그러니 성녀 따위 때려치우고 내 제자로 들어오게나. 그럼 지금 당장 소교주한테 놀러 가게 해 주겠네."

"우우……!"

소리산의 노골적인 말에 진리가 두 볼을 부풀린 채 상체를 가볍게 흔들어 보였다.

정말 거부하기 힘든 유혹이다.

그냥 확 성녀 따위 때려치우고 싶었다.

그러나 상대는 소리산이다. 이런 제의를 아무렇게나 던질 리 만무하다.

탁!

그 같은 생각과 함께 손바닥으로 다탁을 내려친 진리가 왈칵 소리쳤다.

"태상마군님 나빠요!"

"뭐가 나쁘단 건가?"

"그런 식으로 작은 계집아이를 놀리면서 즐거워하고 계시잖아요!"

"눈치챘는가?"

"역시!"

 손가락질을 해 대며 야유의 시선을 던진 진리가 작은 한숨과 함께 고개를 저어 보였다.

 "태상마군님의 제의는 감사하지만, 제 대답은 거절이에요."

 "지존성화를 포기할 수 없음인가?"

 "그래요. 교주님께서 돌아오실 때까진 절대 지존성화를 포기할 수 없어요."

 "그렇다기보다는 소교주가 신마좌를 차지할 때까지일 테지?"

 "……"

 진리가 다시 두 볼을 부풀리며 소리산을 쏘아봤다. 다시 노골적인 말로 처녀의 부끄러움을 상기시켜 주는 행태에 화를 낸 것이다.

 잠시뿐이었다.

 곧 그녀가 표정을 일신했다. 더 이상 소리산과 대화해 봐야 얻을 게 없다는 판단을 내린 까닭이다.

 "그럼 저는 다시 마뇌서고로 돌아가겠어요. 천마대조와 신마좌에 얽힌 비사가 정리된 서적들을 마저 검토해야 하거든요."

 "더 이상 그럴 필요는 없을 텐데?"

 "어째서죠?"

"왜일까?"

"아, 정말!"

발을 굴러 보인 진리가 소리산에게 살짝 혀를 내밀어 보이곤 벽장 안쪽으로 달려갔다. 더 이상 그와 얘기를 나눴다가는 머릿속 전체가 완전히 헝클어져 버릴 듯싶었기 때문이다.

그러거나 말거나 소리산은 한동안 빙글거리는 미소를 매단 채 즐거워했다. 이런 식으로 낚싯밥을 던졌으니, 이제 기다리기만 하면 될 터였다.

'허허, 부디 소성녀가 이번에는 제법 큰 대어가 되어 미끼를 물었으면 좋겠군. 그러다 미끼를 아예 따먹어 버리면 더욱 좋고 말이야.'

내심 뜻 모를 말을 중얼거린 소리산이 나머지 찻물을 마시며 한쪽에 밀어 뒀던 서류 중 한 장을 집어 들었다.

—무당파, 강남문파연합, 정파 무림맹, 천사련에 관한 보고서들!

지난 수일간 그에게 날아든 보고서 중 가장 중요하게 취급되던 멸천마후 천기신혜, 황천비영에 관한 것들과는 다른 종류다. 어느새 소리산의 관심이 이곳, 십만대산이 아닌 대륙의 반대편인 강남으로 이동했다는 의미일 터.

사락! 사락!

그렇게 서류가 한 장 한 장 넘겨졌다. 하나하나 소리산의 머릿속으로 이동되어 가고 있었다.

*   *   *

춘홍루.

지난 수일간 이곳은 평상시보다 족히 몇 배는 되는 인원이 몰려들고 있었다.

지극히 당연한 힘의 집중!

전날 천마대전에서 벌어진 신마좌 쟁탈전으로 인해 신마성궁 내성의 권력 구조는 완벽하게 재편되었다. 오랫동안 웅크리고만 있던 태상마군 소리산에 의해 대대적인 숙청이 이뤄진 까닭이었다.

그러니 어디에도 적을 두지 않고 있던 중도 계층의 군마들 역시 선택을 강요당하지 않을 수 없었다. 특히 마도십가에 속하지 않은 신마팔십팔세 출신들이 더욱 그러했다. 자칫 도도하게 흘러넘치기 시작한 거대한 시대의 흐름 속에서 도태되거나 몰락할 수 있다는 위기감의 발로였다.

그래서 그들 중 상당수가 태상마군 소리산에게 달려갔고, 나머지는 춘홍루로 향했다. 신마좌 쟁탈전 당시 소진엽이 보인 강력한 무위와 그의 친위대가 신마팔십팔세를 보호하기 위해 최선을 다했던 점이 복합적으로 작용한 결과였다.

―절반의 성공!

 소진엽 친위대 모사 집단의 필두인 장소량은 그런 평가를 내렸다. 명백히 천마신교 양대 세력의 하나가 된 상황임에도 그렇게 평가절하했다. 현재의 작은 성공이 태상마군 소리산의 관용하에 벌어진 일임을 누구보다 잘 알고 있는 까닭이었다.

 홍염각(紅艶閣).
 춘홍루에서 가장 넓어 소진엽 친위대의 회담장 역할을 하는 장소에 십여 명의 인물들이 아침 일찍부터 모여들었다. 하나같이 소진엽 친위대의 핵심이라 일컬어지는 자들.
 그들 모사 집단 중 상석을 차지한 채 앉아 있던 장소량이 심각한 표정으로 입을 열었다.
 "……앞서 여러분들에게 보고한 바와 같이 현 신마성궁의 상황을 본인은 일촉즉발이라 하겠소이다! 즉, 근래 불어난 친위대의 세력은 풍전등화나 사상누각에 비견할 수 있다는 것이외다."
 "아따, 그놈! 쉽게 풀어 말하거라!"

반대편에 앉아 있던 비마 뇌음신의 딴죽에 장소량이 가벼운 한숨과 함께 말했다.

"에휴, 그러니까 지금 당장 소교주님께서 계신 천마대전으로 달려가서 그분을 신마좌에 앉히든가, 우리 모두 신마성궁을 탈출해 각자 살길을 도모하든가 해야 한다는 뜻입니다."

"그게 쉬운 일인가?"

다시 딴죽을 거는 뇌음신에게 장소량이 강하게 말했다.

"되도록 해야지요! 비마 천좌님께서는 근래 신마성궁 내외에서 벌어진 숙청 작업을 보시고도 그런 한가한 말씀이 나오십니까?"

"누가 못 봤다더냐! 하지만 현재 신마좌는 이미 엉덩이를 걸치고 있는 사람이 있지 않느냐? 그 옆을 소교주님께서 그림자처럼 지키고 있고 말이야! 그렇지 않은가, 도마!"

도마 사마무군이 팔짱을 낀 채 묵묵히 고개를 끄덕여 보였다. 언제나와 같이 속내를 읽기 힘든 얼굴이나 묘한 곤혹스러움이 깃들어 있다. 그 역시 신마좌 쟁탈전 직후 벌어진 일련의 사건들에 대해 선뜻 의견을 개진하기가 힘든 까닭이었다.

그렇다면 다른 자들은 어떠할까?

장소량과 함께하고 있는 모사 집단을 제외하곤 모두 고개를 옆으로 꼬아 보인다. 이곳에 모인 모든 사람들 중 상당수가 그 사이 몇 번이나 천마대전에 찾아갔다가 낭패를 당한 터라 특별히 할 말이 없어 보인다.

그중 가장 많이 고난을 당했던 장소량이 울분에 찬 표정으로 말했다.

"정말 소교주님께서 그러시는 거 아닙니다! 마도의 사나이가 주색잡기(酒色雜技) 정도 하는 것이야 누가 뭐라 하겠습니까만……."

"거기까지만 하시오!"

홍염각의 문 가장 가까운 기둥에 등을 기댄 채 서 있던 철무정의 살기 어린 말에 장소량이 움찔 놀란 표정을 지어 보였다. 그동안 꽤 친분을 돈독히 쌓았다고 생각했는데 여전히 사람이 정을 안 준다. 주군인 소진엽에 대한 뒷담화가 시작되려 하자 바로 칼같이 잘라 낸다.

'쯥! 자기도 그 사이 계집 하나 생겼다고 소교주 편들어 주기는! 누구는 살 붙이고 사는 임자 한 명 없다던가! 망할 놈의 여편네! 자신만 믿으라며 천마대전으로 쪼르르 달려가더니, 아예 소식을 딱 끊어 버리다니!'

내심 여생을 함께할 상대로 생각하고 있는 반교연을 떠올린 장소량이 인상을 가볍게 일그러뜨렸다.

그녀와 소식이 끊긴 지 벌써 닷새가 지나가고 있었다. 있을 때는 잘 모르겠더니, 얼굴을 못 본 지 오래되자 왠지 가슴 한구석이 허전했다. 하루 종일 기분이 꿀꿀하고 짜증을 내는 일이 많아졌다.

역시 세상에서 가장 무서운 바람은 늦바람이었다!

그 같은 생각과 함께 그가 얼른 화제를 돌렸다. 정말 자연스러운 화법의 전환이다.

"……뭐, 그래서 우리는 더 이상 시간을 끌지 말고 한꺼번에 움직여야만 합니다! 여러분은 어떠신지 모르겠지만, 본인은 태상마군님이 무섭소이다. 특히 요즘의 그분은 너무 무서워서 가끔 자다가 경기를 일으키며 깨곤 한다고요."

"……"

다소 호들갑스럽기까지 한 장소량의 말에 좌중은 일제히 침묵했다. 평상시 툭하면 그를 무시하곤 했던 사마무기나 외성 삼부대의 부대장들조차 입을 굳게 다물고 있었다. 그만큼 현 상황은 그들 모두에게 절박함이란 감정을 불러일으켰다. 공포에 한없이 가까운 감정이 소진엽 친위대 지휘부 전체를 이미 감염시켜 버린 것이다.

그럼 이런 상황을 타개할 사람은 누구일까?

모두의 시선이 일제히 사마무군을 향했다. 누구나 인정하는 소진엽 친위대의 이인자가 결정을 내리란 무언의 압력이었다.

으쓱!

사마무군이 어깨를 가볍게 추어 보이곤 뇌음신에게 시선을 던졌다.

신마비천광(神魔飛天光) 직후에 벌어진 일들

"비마, 자네라면 신마좌가 있는 곳까지 침입할 수 있을 것 같은데?"

"내가 소교주님을 뵈려고 몇 번이나 천마대전을 갔는데, 여태까지 그곳에 안 가 봤을 거라고 생각했느냐?"

"북리사경을 만났겠군."

"네놈도 가 봤더냐?"

"멀리서 얼굴만 확인했을 뿐이다."

"망할 북리사경 놈! 지난번에 소교주님을 뵙고 돌아오던 중 그놈을 만나서 어렵사리 재생한 만리비붕익을 절반이나 날렸다."

"여전히 무섭다는 뜻이로군?"

"무섭다마다. 전날 그 빌어먹을 놈한테서 어떻게 살아서 도망칠 수 있었는지 궁금할 정도라고."

"그야 내 덕분이지."

"그런 말을 꼭 네놈 입으로 하고 싶은 것이냐?"

"나라도 하지 않으면 누가 대신 해 주겠나? 그렇게 부러우면 비마, 자네도 하던가. 뭐, 그래 봤자 딱히 할 만한 자랑도 없겠군."

"뭐라!"

뇌음신이 분노의 광망을 쏟아 내며 당장이라도 사마무군을 덮쳐들 듯 발작을 일으킬 때였다.

슥!

갑자기 자신의 자리를 이탈한 사마무군이 별다른 말도 없이 홍염각을 빠져나갔다.

뇌음신이 놀라 소리쳤다.

"도마! 설마 이대로 천마대전으로 가려는 것이냐?"

"딱히 다른 수가 없으니까."

"그럼 나도 같이 간다!"

"그럼 안 오려고 했나?"

"크악!"

뇌음신이 천연덕스런 사마무군의 말에 피를 토할 듯 소리를 질러 댔다. 아주 꼴 보기 싫어 죽을 것 같다는 표정. 그래도 어느새 그의 뒤를 바짝 쫓는다.

이렇게 된 이상 어쩔 수 없다.

별다른 방도가 없으니 직접 몸으로 부딪쳐 볼 수밖에.

그게 금일 장소량이 한 말의 핵심이었고, 사마무군과 뇌음신이란 양대 거물이 움직이게 된 배경이었다.

슥!

그러자 기둥에 등을 기대고 있던 철무정 역시 따라나선다. 처음부터 그럴 작정을 하고 있었다는 듯 묵검을 든 손에 힘이 살짝 감돈다.

사마무군이 무심하게 묻자,

"철 단주, 감당할 자신이 있는 것일 테지?"

철무정이 무심하게 받는다.

"부상은 이미 회복되었소이다."
"좋군."
짤막한 대답과 함께 사마무군이 다시 걸음을 옮겼고, 뇌음신과 철무정이 뒤따랐다.

'진작 좀 그럴 것이지!'
장소량이 홍염각을 떠나가는 삼 인을 바라보다 내심 입술을 삐죽거렸다.
항상 그놈의 자존심이 문제다.
저렇게 떼거리로 몰려가면 될 것을 뒤에서 점잔을 빼거나 혼자 천마대전의 담을 넘다가 사달이 났다. 장소량의 간절한 애원을 아랑곳하지 않고서 말이다.
그래도 드디어 장소량의 웅변이 통했다.
태상마군 소리산이란 거대한 그림자까지 끌어들여 공포심을 자극하자 비로소 거물들이 움직였다. 더 이상 시간을 끌고 있을 때가 아니란 판단을 내렸음이 분명하다.
그렇다면 이제 뭘 할까?
잠시 뒤로 물러서서 거물들의 드잡이질을 구경이나 할까 하는 생각을 떠올린 장소량이 얼른 고개를 가로저었다. 육체파들이 전면에 나섰으니 이젠 자신 같은 두뇌파가 다음을 준비할 때였다. 무엇보다 순식간에 신마성궁을 한 손에 틀어쥔 태상마군 소리산의 진짜 심사를 파악해야만 하는 것이다.

까닥! 까닥!

장소량이 갑자기 검지로 뒤에 서 있는 가진수를 불렀다.

"장 모사님, 부르셨습니까?"

장소량이 입가에 흐릿한 미소를 만들어 냈다.

"자네, 지금부터 날 호위해야겠네."

"호위라시면……."

"마뇌각에 갈 생각이네. 신마천문을 넘어갈 때 자네의 천살혈영대가 함께 해 줬으면 좋겠네."

"……천살혈영대만으로 되겠습니까?"

"그 이상이면 곤란하지 않겠나?"

"그 이하라도 곤란하겠지요."

"그래, 이쪽이 우습게 보여선 안 되니까."

"알겠습니다. 천살혈영대 전원을 곧바로 준비시키겠습니다. 그런데 한 가지만 묻고 싶습니다."

"살아서 돌아올 수 있겠냐고?"

"예."

잠시 뜸을 들인 후 장소량이 뒤통수를 박박 긁으며 말했다.

"상대는 태상마군님일세. 누가 있어 그분과 담판을 하러 가면서 장담을 할 수 있겠는가?"

"확실히!"

"뭐, 그래도 내가 태상마군님을 조금 아는데, 아직 소교주님과 적이 될 생각은 없으실 걸세."

"그건…… 교주님 때문인 겁니까?"

"거기까지! 가 대주, 자네는 제법 뛰어난 인재일세. 하지만 천하에 얼마나 많은 인재들이 뜻한 바 웅지(雄志)를 채 펼쳐 보지 못하고 죽었는지 아는가?"

"……."

"명심하게! 뛰어난 자가 살아남는 게 아니라, 살아남은 자가 뛰어난 걸세!"

"……예."

"그런 의미에서 태상마군님은 정말 무서운 분일세. 거의 백여 년이 넘도록 살아남았으니 말일세."

그 말과 함께였다.

문득 장소량이 자신의 염소수염을 떨리는 손으로 연신 쓰다듬었다.

멋있게 말을 하긴 했으나 죽을 맛이다.

그는 진심으로 태상마군 소리산을 두려워하고 있었다.

*   *   *

천마대전.

신마좌 쟁탈전을 갑자기 강제 종료시킨 신마비천광은 그

후 사흘 밤낮을 내리 존재하다 갑자기 소멸했다.

감쪽같이 없어졌다.

마치 그런 일 따윈 아예 존재하지도 않았던 것처럼.

그러나 군마들은 다시 천마대전으로 몰려들 수 없었다. 전광석화같이 벌어진 태상마군 소리산의 숙청 작업에 질겁하고, 휘둘렸으며, 우왕좌왕 몰려다니느라 정신이 없었기 때문이다.

물론 개중 호기심에 목숨을 건 자들도 있었다. 그보다 더 큰 욕심, 혹은 욕망에 눈이 뒤집힌 자들도 있었다.

연달아 몇 명이나 천마대전의 담을 넘었고, 영원히 돌아오지 못했다.

언제나 같은 결과다.

천마대전이 달리 오랫동안 신마성궁 삼대 금역이었던 게 아니니까.

아니다.

한 가지 소문과 다른 점이 있다.

사실 천마대전을 몇 번이나 드나들고도 목숨을 부지한 자들이 있었다. 소진엽의 친위대 핵심 고수 중 몇 명은 분명 그러했다. 그 와중에 꽤나 많은 고난을 감수해야만 했지만.

"여전히 대문이 활짝 열려져 있군."

눈앞에 훤하게 자신을 드러내고 있는 천마대전을 바라보는 사마무군이 눈살을 가볍게 찌푸려 보였다.

그답지 않다.

몸 전체에 은연중 무형의 기파가 넘실거리고 있었다. 긴장하고 있다는 의미다.

뇌음신이 입술을 가볍게 삐죽거려 보였다.

"잘난 척은 혼자서 다 하더니만……."

사마무군이 그에게 무심한 시선을 던졌다.

"비마, 먼저 문을 넘고 싶은 것 같군?"

"……항상 잘난 자가 앞장을 서는 것이지! 암! 당연히 잘난 자네가 앞장을 서는 게 옳은 게야!"

"인정하는 건가?"

"물론일세! 물론이야!"

뇌음신이 얼른 목청을 높였을 때였다.

슥!

그들을 조용히 따르고 있던 철무정이 갑자기 앞으로 나섰다. 수중의 묵검을 빼 든 채 기세등등하게 천마대전의 대문을 넘어간 것이다.

"과연 마검혈풍영이라는 건가? 누군가와는 확실히 배포가 다르군."

사마무군의 살짝 조소가 담긴 중얼거림에 뇌음신이 이를 갈면서도 별다른 말을 덧붙이지 않았다.

철무정의 무위!

어차피 두 사람 모두 잘 알고 있었다.

그동안 부상이 완치되었다고 하나 결코 칠마에 속한 두 사람에 비할 바는 못 되었다. 적어도 두 단계는 떨어진다고 보는 편이 무방했다.

그러나 그는 교주 담대광의 패왕혈검단주이자 소교주 소진엽의 총애를 받는 자였다. 갑자기 천마대전에서 목숨이라도 잃는다면 곤란했다. 그것도 자신들과 함께하고 있는 동안에 말이다.

'어쩌면 그라면 소교주님을 신마좌를 차지하고 있는 구양 마군의 곁에서 떼어 낼 수 있을지도 모르겠지만…… 그냥 이대로 내버려 두는 건 지나친 모험일 테지?'

'뻣뻣한 철 단주 녀석이 죽게 내버려 뒀다간 사달이 나도 단단히 날 터인즉! 만약 문제가 발생하면 모두 도마 녀석에게 떠밀면 될 테지만.'

짤막한 침묵과 동시였다.

각기 염두를 굴린 두 사람이 얼른 철무정의 뒤를 따랐다. 신마비천광 사태 이후 처음 있는 당당한 천마대전 방문이었다.

창!

천마대전 안에 들어서자마자 철무정은 수중의 묵검을 휘

둘렀다.

묵검참영!

순간적으로 그를 향해 달려든 혈강시의 목을 잘라 버린다.

묵검탈혼난비!

묵섬!

묵천사일!

그 뒤 연달아 절초를 펼쳐 내니 재차 달려든 혈강시 다섯이 거의 동시에 나뒹군다. 흡사 짚단을 자르듯 희대의 마물이라 일컬어지는 혈강시를 베어 넘긴 것이다.

당연히 그것만으로 끝일 리 없다.

곧 십여 개체가 넘는 혈강시들이 사방에서 튀어나왔다. 얼추 계산해 보니 갈수록 숫자가 배로 늘어난다. 어떤 침입자라도 신마좌가 있는 대전의 중심부에 도착하기 전에 사지를 찢어 죽이겠다는 의지를 분명히 드러내고 있었다.

그러자 다시 움직인 철무정의 묵검!

그의 묵색 장검이 검은 회오리를 일으키며 자신을 향해 천지사방에서 달려든 혈강시 떼를 쓸어버렸다. 근래 특히 많이 경험했던 죽음의 위기와 소진엽의 연무를 구경하며 얻은 심득을 마음껏 발휘해 낸 것이다.

그렇게 사방으로 튀어 나가고, 나뒹굴고, 널브러지는 혈강시들!

놀랍게도 단숨에 스무 개체가 박살 났다.

여태까지 그보다 무공이 조금 위라 알려져 있던 십팔마 군조차 쉬이 보일 수 없는 무위였다. 적어도 하위의 인물들 정도는 뛰어넘을 듯싶다.

하나 혈강시들은 포기하지 않았다.

이젠 아예 한꺼번에 스무 개체 이상이 다가들었다.

처음과 달라진 점은 서서히 포위진을 펼쳐 오고 있다는 것이었다. 개중 묵검에 가격당해 쓰러졌던 놈들까지 포함되어 있었음은 물론이다.

'과연 불사의 혈강시란 말인가!'

철무정의 무심한 얼굴에 처음으로 감정이 드러났다. 눈매가 살짝 가늘어진 채 자신을 향해 포위진을 좁혀 드는 혈강시들을 노려봤다. 이런 식의 공격을 감당한다는 건 여태까지완 전혀 다른 영역이라 할 수 있을 터였다. 지닌 바 무공보다는 패왕혈검단의 단주로서 집단전 전술에 능한 그이기에 곧바로 알 수 있는 일이었다.

그래서 오히려 궁금해진다.

그동안 얻은 무공의 심득이 어디까지 통용될는지 말이다.

파앗!

철무정의 묵검이 가벼운 사선을 그려 냈다. 혈조를 따라 한 줄기 기운이 흘러내린다. 혈강시를 베며 검날에 베어든

시독이 밖으로 배출된 것이다.

그리고 그와 동시였다.

스사삭!

천마대전의 문을 넘은 후 처음으로 철무정이 독문 신법인 묵영추월보를 펼쳐 냈다.

달빛을 따라잡는 검은 그림자가 되었다.

그렇게 묵검과 하나가 되어 혈강시 떼를 향해 돌격해 갔다.

묵향멸난비(墨香滅亂飛)!

그가 평생 동안 단 몇 차례밖엔 펼치지 않았고, 단 한 번도 완성한 적이 없던 최후 절초다. 그 완벽한 경지를 점차 포위진을 좁혀 들어오고 있는 혈강시 떼를 향해 쏟아 냈다.

파아앗!

검은색 검기 수십 가닥이 폭발적으로 쏟아진다. 아니다. 그러다 각기 더욱 작은 조각으로 나눠진다. 흡사 무형의 세침처럼 폭발해 버린 것이다.

그렇게 주변을 쓸어버렸다!

검기의 소나기를 시원스레 쏟아 내었다!

"허!"

사마무군이 감탄이 섞인 탄성을 터뜨렸다.

"끄응!"

뇌음신은 앓는 신음을 흘려 냈다.

두 사람 모두 무의식적으로 자신의 심사를 드러낸 것이었다. 그들이 보는 앞에서 순식간에 오십여 개체나 되는 혈강시를 날려 버린 철무정의 무위에 놀라지 않을 수 없었던 것이다.

사마무군이 뇌음신을 힐끔 바라봤다.

"비마, 단신으로 철 단주를 이길 자신이 있나?"

뇌음신이 발끈한 기색이 되었다.

"날 어찌 보고 그런 말을 하는 것이냐! 절대적으로 내가 이기지 않겠느냐!"

"설마 밤중에 몰래 암습을 하는 것까지 포함해서는 아닐 테지?"

"……."

뇌음신이 입을 다물었다.

그의 특기는 어디까지나 천하무쌍의 경공술과 인면지주를 이용한 암습이다. 사마무군처럼 정면으로 달려들어서 상대를 일도양단하는 것과 같은 위력의 무공은 발휘할 수 없었다.

사마무군이 피식 웃어 보였다.

"그런 표정 짓지 말게나. 아직 철 단주가 칠마의 반열이 오를 정도는 아니니까."

"아직은 아니지."

"그래, 하지만 이 정도 진보 속도라면 그리 긴 시일을 필요로 하진 않을 걸세. 후배들 중에서는 고독검마후가 가장 빨리 도달할 거라 생각했거늘."

"그나저나 이젠 슬슬 우리가 나서야 하는 게 아닌가?"

"그럴 필요 없을 것 같은데?"

"이대로 더 철 단주를 지켜보자는 건가? 이젠 그도 한계에 도달한 것 같은데?"

"그럴 테지. 그러니 다른 자가 나서지 않겠는가?"

"다른 자?"

"왔군."

사마무군의 짤막한 한마디와 동시였다.

철무정의 놀라운 무위에 초토화된 혈강시들이 다시 만들어 낸 포위진의 일각이 크게 흔들리기 시작했다. 마치 항거 불능의 대재난을 만난 것처럼 말이다.

카아아!

천마대전의 중심부에서 불쑥 날아든 한 마리의 붉은 새!

불꽃의 정령인 듯한 혈마조가 등장하자 혈강시 떼 전체가 혼란에 빠져들었다. 무시무시한 괴력을 발휘해 파죽지세로 신마좌를 향해 다가가고 있던 철무정을 막는 것도 잊은 채 사방으로 흩어졌다. 꽁지에 불붙은 것처럼 도망치기 시작했다.

그러자 먹이를 노리는 독수리처럼 하늘 위를 빙빙 돌기 시작한 혈마조!

곧 그 새가 한 사람의 검날에 날개를 접고 떨어져 내렸다.

마치 둥지로 돌아간 것이나 다름없는 형국.

그렇게 자신의 황룡혈마검에 혈마조를 거둬들인 북리사경이 철무정을 향해 시선을 던졌다.

황금색과 혈기가 묘하게 조합된 눈빛.

그 금혈안(金血眼)에 한 차례 직시당한 것만으로 철무정은 가벼운 현기증을 느꼈다. 두 명의 칠마가 인정한 강자인 그가 강렬한 강박증에 휩싸인 것이다.

잠시뿐이다.

파앗!

다시 한 차례 묵검을 휘두르는 것으로 철무정이 끈적거리며 달라붙어 오는 북리사경의 금혈안을 잘라 냈다. 그렇게 강렬한 투쟁심을 고쳐시켰다.

그러자 우르르 좌우로 물러서기 시작한 혈강시 떼!

저벅! 저벅!

공포에 질린 기색을 한 채 진형을 무너뜨린 마물들 사이로 걸어 들어온 북리사경이 무심하게 말했다.

"신마좌의 주인께서 부르신다. 더 이상 소란을 피우지 말고 날 따라오도록!"

'신마좌의 주인?'

철무정이 눈에 이채를 담은 것과 동시였다.

슥! 스스슥!

어느새 사마무군과 뇌음신이 그의 배후로 날아들었다. 북리사경이 등장하자마자 합공을 준비하고 있지 않고선 보일 수 없는 쾌속한 움직임이었다.

그러나 북리사경의 금혈안은 여전히 무심할 뿐.

감정이 전혀 깃들지 않은 시선을 그들에게 한 차례 던진 그가 천천히 신형을 돌려세웠다. 철무정을 대할 때와 변한 게 전혀 없어 보인다.

"우리를 무시하는 것이냐!"

울화가 치밀다 못해 폭발하려는 뇌음신을 사마무군이 얼른 제지했다.

"비마, 진정하게."

"도마, 아직도 옛정을 생각하는 것이냐? 그렇다면……."

"그는 지금 정상이 아니다."

"뭐?"

"……."

놀란 기색이 된 뇌음신에게서 시선을 떼어 낸 사마무군이 먼저 북리사경의 뒤를 쫓았다. 그러자 철무정이 묵검을 거두곤 묵묵히 그 뒤를 따랐고, 뇌음신 역시 마찬가지였다.

―천마신교의 좌마령! 진마성교의 교주!

 그 북리사경의 뒤를 쫓아서 신마좌의 주인을 만나러 갔다. 소교주 소진엽이 그곳에서 특유의 넉살 좋은 미소와 함께 자신들을 맞이하길 기대하면서 말이다.

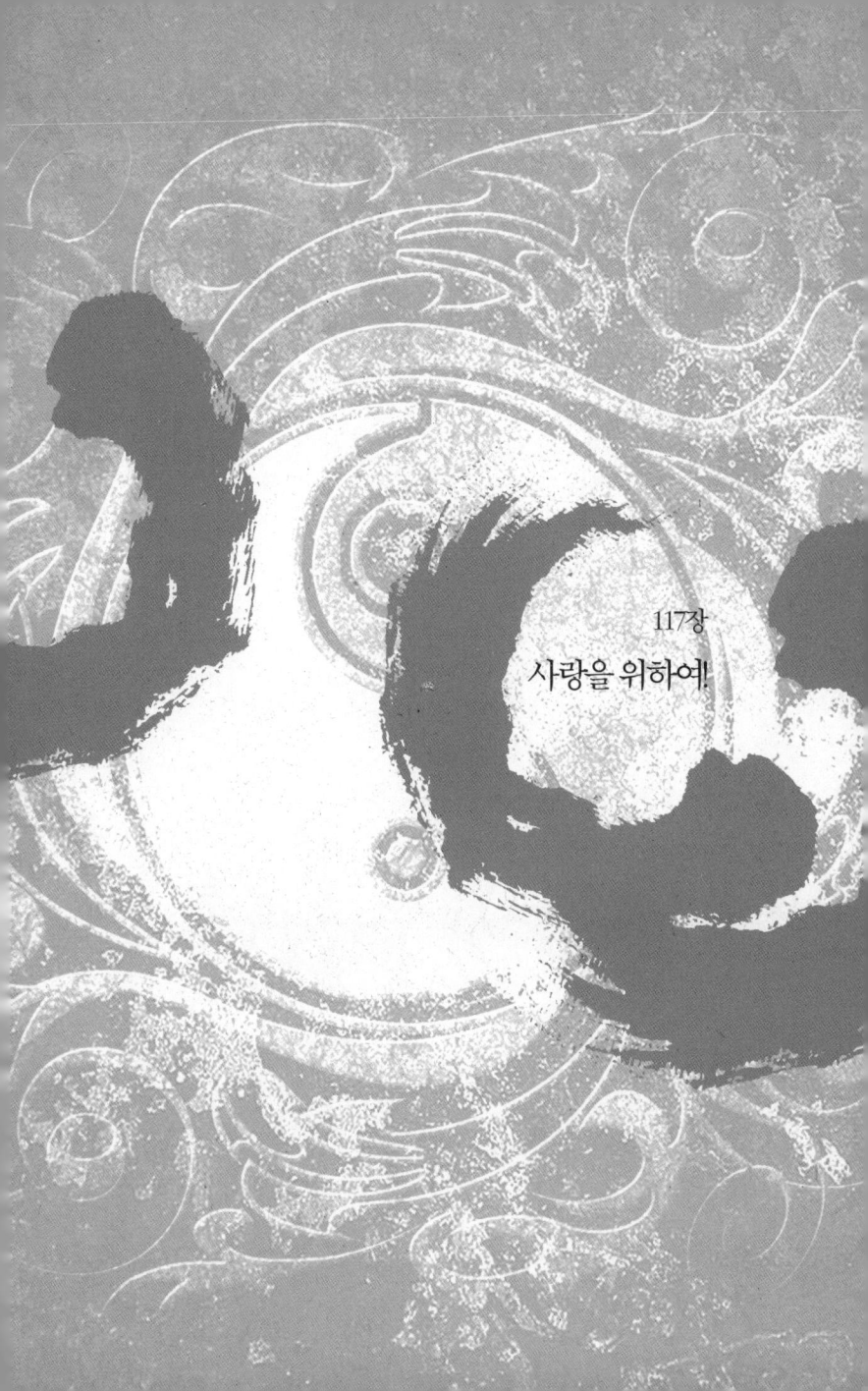

마뇌각.

천살혈영대 전원의 호위를 받으며 기세등등하게 신마천문을 넘은 장소량은 지금 극도로 공경한 표정으로 엎드려 있었다.

다향을 즐기며 앉아 있는 태상마군 소리산.

그리고 그의 옆에서 묵묵히 차를 다리고 있는 성녀 진리.

두 사람을 앞에 두고서 장소량이 할 수 있는 일은 그다지 많지 않았다. 지모에 자신이 있는 그이나 눈앞에 있는 사람들 앞에서는 그야말로 고양이 앞의 쥐나 다름없었기 때문이다.

문득 소리산이 다구에서 손을 떼어 냈다.

"담판을 짓기 위해 왔다고?"

장소량이 얼른 얼굴을 치켜들었다. 염소수염이 바들거리며 떨리고 있다.

"어찌 감히! 태상마군님께서는 부디 천부당만부당한 말씀은 하지 말아 주십시오!"

"아니란 말이로군?"

"당연히 아닙니다! 소인은 그저 오늘 태상마군님의 존안을 뵙고 문후 여쭙고자 찾아왔을 따름입니다!"

"그럼 잘됐군. 온 김에 차나 한 잔 마시고 돌아가도록 하게나."

소리산의 말이 떨어지기가 무섭게 진리가 찻주전자를 들어 다른 다구에 찻물을 담았다.

"어이쿠! 성녀님께서 어찌 소인 같은 놈에게……."

장소량이 소리산 때에 버금갈 만큼 호들갑을 떨며 다구를 받아 들었다. 진심으로 감격한 표정이 얼굴에 가득하다. 당장 눈물이라도 떨굴 듯싶다.

그러자 진리가 입가에 가벼운 한숨을 매달았다.

"하아, 소 대가는 자신의 제일 모사만 믿는다고 하셨는데……."

"……예?"

조심스레 찻물을 마시던 장소량의 표정이 변했다. 진리

가 소진엽을 입에 담자 사람 자체가 갑자기 달라진 것 같다.

잠시뿐이었다.

"앗! 뜨, 뜨거!"

단숨에 찻물을 흡입하려다 입천장을 홀랑 덴 그가 오두방정을 떨며 전신을 꼬아 보였다. 진심으로 고통스러워 정신을 차릴 수 없어 보인다.

"키득!"

결국 진리가 그 모습에 미소를 터뜨리고 말았다.

그냥 보고만 있어도 웃긴다.

평상시 이와 같은 사람을 본 적이 없던 그녀이기에 웃음보가 터지지 않을 도리가 없다.

그러자 헤벌쭉 그녀에게 미소를 지어 보인 장소량이 진지하게 소리산을 바라봤다.

"태상마군님, 소인 차 잘 마셨습니다. 태상마군님의 강건하신 모습을 뵈었으니, 이만 물러가도록 하겠습니다."

'호들갑스럽던 말투가 가라앉지 않았는가? 과연! 그사이 머리를 굴렸다는 뜻이렸다!'

소리산이 내심 눈을 빛내곤 천천히 고개를 끄덕여 보였다.

"하긴 급하기도 하겠네. 지금쯤 천마대전 쪽에 보낸 사람들이 궁금할 터이니 말이야."

"그, 그런 것까지 알고 계셨습니까?"

"임시라곤 하나 신마좌를 차지한 사람이 생겼네. 어찌 내가 그쪽에 신경을 쓰지 않을 수 있겠는가?"

"시, 신마좌를 차지한 자가 생겼다니요? 그게 무슨……."

"임시라고 했네. 하지만 그 임시란 꼬리표가 어느 날인가 떨어지는 일이 발생할 수도 있을 테지. 소교주가 나와 한 약속을 지키지 못한다면 말일세."

"……역시!"

"역시?"

"태상마군님께서는 이미 소교주님과 독대를 하신 것이로군요?"

"했지."

"그, 그럼……."

"아쉽게도 아니라네."

"……예?"

"내가 진심으로 권했는데도 소교주는 신마좌를 거절했다네. 그렇지 않은가, 소성녀?"

진리가 하얀 얼굴에 가벼운 그늘을 드리웠다.

"예, 사실이에요."

장소량의 안색이 검게 변했다.

"그, 그렇다면 현재 신마좌를 차지한 사람은……."

"자네 생각대로일 걸세."
"……그런 말도 안 되는 일이!"
장소량이 털썩 바닥에 주저앉았다.
신마비천광 사건 직후부터 줄곧 찜찜하게 생각했던 일이 현실이 되었다. 황당하고, 어처구니없고, 기가 막혀서 일시 어찌할 바를 모르게 될 수밖에 없었다.

같은 시각.
어딘가 이상해 보이는 북리사경을 쫓아서 사마무군, 뇌음신, 철무정이 천마대전의 중심부에 도착했을 때였다.
후다닥!
처음부터 기다리고 있었다는 듯, 한 여인이 뛰어나왔다. 며칠 전 미리 천마대전에 잠입해 있던 반교연이었다. 재빨리 북리사경을 쫓아온 삼 인의 면면을 살핀 그녀의 얼굴에 가벼운 실망감이 스쳐 갔다.
'망할 염소 영감탱이! 자기를 위해 이런 사지에까지 뛰어들었는데 찾아오지도 않아? 확! 그냥 이번 기회에 딴 사내나 챙겨 버릴까 보다!'
반교연이 내심 장소량을 욕하면서도 얼른 삼 인을 향해 허리를 접어 보였다. 속내야 어떻든 여전히 구양령의 비녀를 자처하고 있는 자신의 역할에 충실하려 한 것이다.
"안에서 신마좌의 주인께서 기다리신 지 오래십니다! 비녀를 따라오시도록 하세요!"

"신마좌의 주인이란 건 혹시……."

"비녀를 따라오시면 모든 의문이 풀리실 겁니다."

"……그러지."

사마무군이 대답한 것과 동시다.

갑자기 표정을 딱딱하게 굳힌 반교연이 북리사경에게 냉담하게 말했다.

"당신은 여기서 대기하도록 하세요!"

"……."

북리사경이 고개를 까닥이곤 입을 다물었다. 놀랍게도 반교연의 명령에 가까운 말이 먹힌 것이다.

그러자 놀란 기색이 역력한 삼 인에게 애교 섞인 미소를 던진 반교연이 앞장섰다. 삼 인은 북리사경을 놔둔 채 그녀의 뒤를 따를 수밖에 없었다.

그렇게 도착한 신마좌!

천마신교의 교주만이 앉을 수 있는 마도제일좌의 주변은 기괴하고 역겨운 검은 핏물로 범벅되어져 있었다.

족히 몇 사람의 것은 되어 보이는 분량이다.

마기, 귀기, 독기를 물씬 뿜어내며 위대한 신마좌 주변을 난장판으로 만들어 놨다. 웬만한 사람은 곁에 다가서기도 전에 피가 역류해 죽어 버릴 정도의 악기(惡氣)를 마구 뿜어내고 있는 것이다.

반교연의 뒤를 따라 가장 먼저 신마좌 앞에 도달한 사마무군의 눈에 이채가 스쳐 갔다.

'이 피의 주인은 사신마령이겠군. 어쩐지 신마비천광 이후 전혀 모습을 드러내지 않더라니…… 자신들의 몸을 대법의 제물로 바쳐서 멸천마후로부터의 구속을 풀어낸 것이었구나!'

멸천마후 천기신혜의 무서움을 그만큼 잘 아는 자도 없을 터였다. 방금 헤어진 좌마령 북리사경만 해도 강적인데, 그녀는 한술 더 떴다. 달리 천마신교 수백 년 내 제일의 무공 천재란 말을 듣는 게 아니었다.

당연히 그런 천기신혜가 직접 나서고도 신마좌를 쟁취하지 못한 건 쉽사리 납득이 가지 않는 일이었다. 신마비천광 직후 태상마군 소리산에 의한 이뤄진 정리 작업으로 여태까진 억지로 납득하고 있었을 뿐이다.

그런데 지금 눈앞에 보이는 광경이라니!

재빨리 주변에 펼쳐진 파사진의 흔적과 악기를 내뿜는 핏물의 경로를 살피다 보니, 대충 당시 어떤 일이 벌어졌는지 알겠다. 짐작이 간다. 연달아 벌어진 말도 안 되는 대사건의 뒤에는 사신마령의 지금과 같은 자기희생이 존재했던 것이리라.

그렇다면 현재 신마좌의 주인은 누구인가?

역시 소교주 소진엽인가?

그가 드디어 신마좌를 쟁취한 것인가?

꼬리에 꼬리를 잇는 의문과 함께 사마무군이 반교연을 힐끔 바라봤다. 자신들을 비어 있는 신마좌 앞으로 인도한 그녀에게서 무엇이든 정보를 얻어 내기 위함이었다.

한데, 그때 갑자기 비워져 있던 신마좌에서 기묘한 변화가 일어났다.

스륵!

기묘한 악기로 가득 차 있던 대기가 가벼운 파랑을 일으키더니, 한 명의 여인이 모습을 드러냈다. 절색의 용모, 피비린내가 감도는 검붉은 무복, 한령마검을 손에 든 고독검마후 구양령이 신마좌를 차지한 것이다.

"으음!"

사마무군, 뇌음신, 철무정이 거의 동시에 짤막한 신음을 토해 냈다.

그럴 수밖에 없다.

그들은 북리사경과 헤어진 후에도 줄곧 바짝 긴장하고 있었다. 여태까지 신마좌 부근에 침입하려다 당한 일이 아주 많았다. 긴장의 끈을 늦출 수 있을 리 만무했다.

한데, 이게 무슨 일인가!

명실상부한 절대고수인 삼 인 중 누구도 신마좌에 모습을 드러낸 구양령의 존재를 인식하지 못했다. 그냥 놀랐을 뿐이었다. 강하게 허를 찔려 버렸다.

그래서였을 것이다.

슥!

문득 사마무군이 암천흑룡등천도를 뽑아 들었다.

잠시 혼란에 빠진 다른 두 명과 달리 그는 확실하게 선택했다. 감히 교주만이 앉을 수 있는 신마좌를 차지한 구양령을 결코 용인할 수 없다는 것을.

파스슷!

거대한 암천흑룡등천도가 대기 전체를 찢어발긴다. 날카로운 칼 바람으로 용권풍을 만든다. 수천 개가 넘는 칼날을 맹렬히 회전시킨다. 그리고 와선처럼 회전하며 신마좌에 앉아 있는 구양령을 향해 파고들었다.

―와선륜도형(渦旋輪刀形)!

그동안 소진엽과 벌인 수백 번의 비무!

곁에서 구경하던 철무정만 심득을 얻었을 리 없다. 그동안 소진엽과 누구보다 많은 비무를 치르고, 꼬박꼬박 복기해 왔던 사마무군 역시 얻은 게 적지 않았다. 이미 지고의 경지를 바라보고 있던 터라 무공 그 자체가 상승하진 않았으나 새로운 형(形)은 독창해 낼 수 있었다.

독문 도법의 완성!

그 정점이라 할 수 있는 게 바로 와선륜도형이었다. 다른 누구도 아닌 북리사경의 혈마조검경을 깨부수기 위해 만든 비장의 절초였다.

한데 그걸 지금 사용했다. 아낌없이 펼쳐 냈다. 얼마 전까지 동료였으며 한 수 아래라 평가하고 있던 구양령을 향해서 말이다.

'죽인다! 반드시 일격에 죽이고야 말리라!'

사마무군의 눈에 살기가 감돌았다.

구양령에 대한 필살의 의지를 노골적으로 드러냈다.

감히 신마좌의 주인을 참칭한 그녀를 결단코 용납할 수 없었다.

그런데 갑자기 그의 암천흑룡등천도가 가벼운 진동을 일으켰다.

도첨!

흑룡의 역린(逆鱗)이 흔들렸다.

와선륜도형을 완성하기 직전에 그렇게 되었다.

"큭!"

그리고 사마무군이 짤막한 신음과 함께 신형을 뒤로 물렸다. 놀랍게도 구양령을 지나쳐 돌아온 와선륜도형에 오히려 내상을 당하고만 것이다.

그러자 뇌음신이 공중으로 날아올랐다.

만리비붕익을 펼친 채 위에서 아래로 내려 꽂혀 갔다. 그 역시 신마좌에 앉아 있는 구양령을 결코 용납할 수 없었다.

당장 천참만륙하여 죽여야만 할 터였다.

파파파파파팟!

그러나 그 순간 신마좌를 중심으로 일어난 피의 악기가 뇌음신의 전신을 휘감았다. 만리비붕익을 이용해 공중에서 현란한 공중제비를 돌던 그를 거미줄처럼 옥죄었다. 단숨에 붙잡아서 바닥에 강하게 내동댕이쳤다.

쾅!

뇌음신이 바닥에 처박혔다. 진짜 아프게 처박혔다.

그럼 철무정은?

그는 묵검을 절반쯤 뽑은 채 딱딱하게 굳었다. 어느새 자신을 서늘하게 바라보고 있는 구양령에게 영혼, 그 자체가 금제를 당하는 듯한 충격을 느낀 까닭이었다.

부들!

묵검이 가벼운 떨림을 보인다.

그게 전부였다.

그가 보인 저항의 끝이었다.

그렇게 순식간에 소진엽 친위대 최강 고수 삼 인을 제압한 구양령이 다리를 살짝 꼬았다. 태도가 평상시의 그녀와 사뭇 달라 보인다.

"이제 아셨겠지요? 신교의 제자들 중 신마좌에 앉아 있는 주인을 어찌할 수 있는 자는 없어요. 그건 교주님의 지존심어를 뛰어넘는 권능에 가까워요. 하지만 너무 염려하실 필요는 없어요. 사신마령의 희생으로 펼쳐진 주박은 언젠가 풀릴 테니까요. 그때가 되면 신마좌는 새로운 주인을 요구하게 될 거예요."

"……"

"모두 내 말을 이해한 것 같군요. 그럼 이제 대화를 나눠 보도록 하죠. 사신마령의 주박이 풀리기 전까지 소교주님의 친위대로서 해야 할 일에 대해서 말이에요."

"……!"

구양령의 담담한 말에 사마무군, 뇌음신, 철무정의 눈이 각자의 색깔을 띤 채 번뜩였다. 눈앞에 있는 신마좌의 주인이 여전히 소교주 소진엽의 사람임을 확인한 까닭이었다. 아직까지는 말이다.

그러자 그들로부터 멀찍이 떨어져 있던 반교연이 내심 콧잔등을 찡그려 보였다.

'쳇! 그나저나 소교주님은 도대체 어찌 된 거람? 그동안 주인년을 애지중지하며 간호하더니, 정신을 차리자마자 갑자기 사라져 버렸네!'

신마비천광 직후부터다.

소진엽은 천마대조의 화신체가 되어 날뛰다 정기가 완전히 고갈되어 버린 구양령을 지극정성으로 간호했다. 자신의 모든 기력을 다 사용해 가며 그녀의 바짝 말라붙은 정기를 회복시킨 것이다.

그 모습은 반교연에게도 충격적이었다.

평생 요악한 삶을 살아왔던 그녀가 보기에도 소진엽의 그 같은 모습은 아름다웠다. 여태까지 구양령에게 가졌던 원한마저 잠시 잊어버릴 만큼 숭고했다.

하지만 그것도 잠시뿐.

소진엽은 구양령이 의식을 회복하자마자 천마대전을 떠났고, 구양령은 예전보다 더욱 지독하게 변했다. 신마좌를 떠나지 못하게 된 터라 비녀인 반교연을 평상시보다 훨씬 더 들볶아 대기 시작한 것이다.

결국 반교연의 원념은 고스란히 소진엽을 향하게 되었다.

그가 갑자기 자취를 감춘 덕분에 구양령이 살아났고, 자신은 다시 시녀가 되어 온갖 수발을 드는 꼴이 되었다. 그렇게 이를 갈고 있을 수밖에 없었다.

*   *   *

운룡정.

천하에 이름 높은 구파일방 중 하나인 곤륜파가 위치해 있는 곳. 여러 도관 중 본궁인 삼청궁의 삼청(三淸: 이는 태청(太淸), 옥청(玉淸) 상청(上淸)을 가리킨다)이라는 말의 발상지이며 중원 도가무학의 본류 중 한 곳이기도 하다.

하나둘 떨어져 내리기 시작한 눈발을 맞으며 걸음을 옮기던 소진엽의 눈에 이채가 어렸다.

수일 전 그는 내곤륜의 심처인 십만대산에 위치한 신마성궁을 떠나 여태까지 외곤륜의 산봉을 헤집고 다녔다. 여전한 곤륜산맥의 광대함과 험악함에 치를 떨면서도 중간에 단 한 순간도 쉬려 하지 않았다.

그렇게 도착한 곳이 바로 눈앞에 보이기 시작한 고색창연한 도관들이 운집한 운룡정이다. 점차 심해져 가는 눈발 사이로 언뜻 언뜻 보이는 웅장한 자태에 안도하는 마음이 들지 않을 수 없었다.

'다행히 오늘은 풍찬노숙(風餐露宿)은 피할 수 있겠군.'

내심 고개를 끄덕여 보이는 소진엽의 뇌리로 갑자기 퉁명스런 목소리가 파고들었다.

[지랄!]

담대광이다.

그는 어느새 소진엽의 머리 위에 불쑥 나타나 마안을 있는 대로 번뜩이고 있었다. 태도가 사뭇 위압적인 것이 당장이라도 소진엽을 비 오는 날 먼지가 나도록 두들겨 팰 것만 같다. 과거 봉황선부에서 연무할 때보다 훨씬 더 심각한 형태로 말이다.

그러나 이게 어찌 된 일인가!

소진엽은 담대광 쪽으로 일별조차 하지 않는다.

　그의 욕설이 머릿속에서 폭발적으로 터져 나왔음에도 애써 외면하며 여전히 운룡정 쪽에만 시선을 던졌다.

　완벽한 개무시!

　사부 담대광에게 철저히 그렇게 했다.

　그러자 담대광이 방방 날뛰기 시작했다. 그의 머리 주변을 빙글빙글 돌면서 있는 대로 소리를 질러 댔다.

　[이 녀석, 계속 그렇게 나오겠다는 것이냐? 진짜로 나랑 끝까지 해보겠다는 거야! 이렇게 날 물 먹이겠다는 거냐고!]

　'…….'

　소진엽은 여전히 대답하지 않았다.

　대신 귓구멍을 소지로 후비적거릴 뿐이다. 신마비천광 이후 계속 그래 왔던 것처럼 담대광의 접속 시도를 있는 힘껏 거부하고 있는 것이다.

　그게 담대광을 폭발시켰다.

　분노케 했다.

　[놈!]

　담대광이 노성과 함께 소진엽에게 달려들었다. 항상 그래 왔듯이 폭력으로 현 상황을 타개하려 했다.

　벼락같이 쏟아지는 권각!

　폭풍 같은 주먹과 발길질이 소진엽을 노렸다. 구타하려

했다. 하지만 상황은 전혀 담대광이 원하는 것과 다른 방향으로 전개되었다.

휘획! 휘휘획!

무쌍이라 할 법한 담대광의 권각은 전혀 소기의 목적을 이루지 못했다. 그냥 헛되이 허공만을 휘저어 댈 뿐이었다. 목표로 했던 소진엽의 곁을 이리저리 스쳐 가고 있었다. 구타는커녕 단 한 대도 제대로 때리지 못했다.

게다가 구타를 거듭할수록 실체가 점차 흐릿해져 가기까지…….

결국 담대광이 제 풀에 지쳐 나가떨어졌다.

소진엽에게서 떨어져 그사이 거의 보이지 않을 만큼 흐릿해진 실체를 추슬렀다. 괜스레 성질을 폭발시켰다가 이틀 만에 이룬 실체화가 무너질 뻔했다.

[됐다! 관두자! 관둬!]

숨을 씨근덕거리며 담대광이 소진엽을 노려봤다. 어느새 마안조차 빛이 흐릿해졌다. 어찌 보면 신마비천광 당시 천마대조와 일대 결전을 벌인 직후보다 더 힘들어하는 것 같다.

어쩌면 당연한 일일 터였다.

연옥을 빠져나온 담대광이 계속 현실 세계에 실체화할 수 있는 원동력은 어디까지나 소진엽에게 있었다. 그에게서 원정지기를 뽑아 먹으며 영혼이 소멸하지 않게 유지했다.

이를테면 숙주와 기생체의 관계였다.

그러니 지금처럼 소진엽과 접속이 중단되는 기간이 길어지는 건 곤란했다. 점차 힘이 빠져서 현실 세계에 남아 있을 수 없게 되기 때문이다.

지난 이틀 동안과 같이 말이다.

'못된 놈! 나쁜 놈! 죽일 놈! 고깟 늙은 계집 한 명 잘못됐다고 하나밖에 없는 사부한테 반항하는 게 말이 돼? 천마대조와 싸우다가 구양 계집애의 원정지기가 완전히 고갈될 줄 내가 어찌 알았겠냐구? 애초에 그런 걸 생각하면서 싸우는 게 말이 돼?'

거짓말이다.

새빨간 거짓말이다.

담대광은 처음부터 구양령을 그릇 삼아 강림한 천마대조와 싸울 작정으로 소진엽에게 마신마체를 강압했다. 천마총에서 은거하는 동안 경험했던 천마대조의 파편과는 비교조차 할 수 없는 화신체의 등장에 호승심이 끓어오른 까닭이었다.

―역사상 유일무이한 마도천하를 이룬 절대자!

모든 마도인들의 위대한 어버이이자 불멸의 마신인 천마대조와 싸울 수 있는 거의 마지막 기회다. 포기할 수 없었다. 그러고 싶지도 않았다.

그래서 그는 소진엽을 속였다.

구양령을 구하기 위해 어쩔 수 없다는 말로 불완전한 마신마체에 들어가게 했고, 천마대조의 화신을 각성시켰다. 극한까지 마기를 폭발시켜서 신마비천광을 만들고 구양령의 몸을 뛰쳐나온 천마대조와 공전절후의 대결전을 벌인 것이다.

짜릿했다.

평생 경험했던 어떤 싸움보다 몸이 후끈 달아올랐다.

과거 숭산에서 소림신승 파불과 채 끝내지 못했던 싸움을 다시 하는 것 같았다. 너무 즐거워서 시간이 가는 줄도 몰랐다. 지나칠 만큼 몰입했다.

그게 문제를 야기했다.

그와 천마대조가 천마대전의 하늘 위에서 미친 듯 싸우는 동안 숙주인 소진엽과 구양령은 완전히 황폐화되었다. 원정지기가 고갈되고 몸에 부하가 걸려서 주화입마 바로 직전까지 몰려 버렸다.

그때 나선 게 사신마령이었다.

맨 처음 천마대조를 불러내기 위해 자기를 희생한 사령왕과 같은 방식으로 호마왕, 암흑왕, 청마수가 연달아 신마비천광 속으로 뛰어들었다. 천마대조의 그릇이 된 구양령을 구하고 신마좌를 보호하기 위한 어쩔 수 없는 선택이었다.

그래서 담대광은 좋았다.

아주 살판이 났다.

그는 천마대조와 정말 마음껏 싸울 수 있었다. 평생 다신 경험할 수 없는 화끈한 싸움을 벌였다. 그리고 얻은 업보가 바로 지금과 같은 상황이었다.

'……저 녀석, 설마 앞으로 다시는 나와 접속하지 않으려 하는 건 아닐 테지?'

내심 켕기는 기분이 된 담대광이 슬그머니 소진엽에게 다가들었다. 그의 주변을 정신없이 이리저리 떠돌면서 떠들어 대기 시작했다.

[인석아, 그만 화내라. 태상마군 늙은이가 방도를 강구하겠다지 않더냐? 아리 아가도 동의했고 말이야.]

'……'

[그리고 만약 그 늙은 너구리가 실패한다면 구양 계집애를 신마좌에서 벗어나게 할 수 있는 건 이 사부밖엔 없다. 천마대조를 다시 그 계집애에게서 끄집어내서 끝장을 봐야 하니까 말이다.]

'……'

[설마 이 사부를 못 믿는 것이냐? 그때 네놈과 펼친 불완전한 마신마체 상태로도 나는 천마대조와 호각의 싸움을 벌였다. 만약 조금만 더 네놈이 버틸 수 있었다면 결국엔……]

'제 잘못이라는 겁니까?'

[……누가 그렇다더냐? 다 이 사부가 부족한 탓이지. 내가 그동안 너무 안이하게 살아왔어.]

신마비천광 직후 처음이다.

드디어 자신과의 접속을 허락해 준 소진엽에게 담대광이 히죽 웃어 보였다. 눈치를 슬금슬금 보는 게 살짝 비굴해 보인다. 그의 인생에 전혀 없던 일이 발생한 것이다.

그러나 소진엽은 엄했다.

'방금 전 하신 말씀, 믿어도 됩니까?'

[당연하지! 다시 한 번만 붙으면 제아무리 천마대조라 해도 그냥…….]

'천마초절예의 파훼법을 알아내신 겁니까?'

[……아니.]

'……'

소진엽의 얼굴에 짜증 어린 기색이 어리자 담대광이 얼른 목소리를 높였다.

[너무 안이하게 살아왔다고 했지 않더냐! 조금만 더 시간을 주거라!]

'알겠습니다.'

[그럼…….]

'지금 당장 멸천마후 선배를 만나러 갈 생각은 없습니다!'

[……왜 안 된다는 거냐! 설마 늙은 너구리가 한 말을 곧이곧대로 믿는 건 아닐 테지?]

'방금 전에는 태상마군님을 믿으라 하셨잖습니까?'

[그야 그건…….]

'게다가 지금 멸천마후 선배를 만나선 안 된다는 말을 한 건 아리 역시 마찬가지였습니다. 당시 그분이 천마대전에서 진짜 실력을 드러낸 게 아니라면 현재의 저로선 결코 상대가 되지 않을 테니까요.'

[……내가 있잖느냐! 내가!]

'태상마군님한테 들은 말을 다시 해 드릴까요? 그러길 원하시는 겁니까?'

[…….]

방금 전까지 방방 뛰며 소리치고 있던 담대광이 갑자기 조용해졌다. 노골적인 소진엽의 말에 부끄러움과 짜증을 동시에 느낀 까닭이었다.

게다가 당시 소리산이 한 말은 쉽사리 부인하기 어렵다.

정곡을 찌르는 바가 있었다.

'확실히 현 상황에서 신혜, 그 아이를 만나는 건 그리 좋은 선택은 아닐 것이다. 어쩌면…… 그 아이를 내 손으로 죽여야 하는 상황이 올 수도 있을 테니까.'

끔찍한 일이다.

절대 바람직하지 못한 일이었다.

사랑을 위하여! 217

분명 이성은 그리 말하고 있었다.

하지만 차갑게 가라앉은 머리와 달리 가슴이 뛰논다. 뜨겁게 달아올라 열기를 뿜어냈다. 지난 수십 년간 줄곧 외면해 왔던 한 여인을 향해 달려가길 종용하고 있었다.

'삼십 년…… 그것만으론 부족했더란 말인가…….'

결국 쓰디쓴 고소를 입가에 매단 담대광이 갑자기 몸을 작게 만든 채 소진엽의 어깨에 떨어져 내렸다.

발라당!

그리고 아무렇게나 드러누운 그가 퉁명스럽게 말했다.

[그래, 곤륜파 말코 녀석들한테나 가자! 가서 황천비영주인지, 황천비천주인지 하는 녀석의 꼬리를 붙잡아 보자고! 그런데 곤륜파의 말코 녀석들도 겁대가리를 상실했구만. 마천대전 때 백 년 동안 봉문하겠다고 애걸복걸했던 놈들이 뒤에서 호박씨를 까고 있었다니 말이야.]

'그게 다 사부님 덕분이죠.'

[내 덕분?]

'태상마군님이 말씀하시길 사부님께서 마천대전을 중간에 포기해서 황실과 정파 무림이 감히 천마신교에 딴마음을 품게 되었다고 하더군요.'

[헛소리! 그거 다 헛소리야!]

'반론하실 게 있으십니까?'

[당연하지! 상황을 이렇게 만든 건 모두 태상마군 늙은이

야! 그 늙은 너구리의 음모라구!]

'태상마군님이 천마신교를 고의적으로 약화시켰다고요? 왜 그러셨을까요?'

[그야…….]

잠시 말끝을 흐린 담대광이 갑자기 엄지로 자신을 가리키며 거만한 표정을 지어 보였다.

[……나 때문이지! 날 천마총에서 빠져나오게 하기 위해서 일부러 천마신교에 문제를 만들어 낸 것이니라!]

'그렇군요.'

[왜 그런 표정을 짓는 거냐?]

'제 예상과 부합한 말씀을 하셔서 그럽니다.'

[흐흐, 이제야 이 사부의 대단함을 알겠느냐?]

'아뇨.'

[아냐?]

'이제야 확실해졌다고 생각했을 뿐입니다. 사부님께서 모든 혼란의 원흉이라는 것이요.'

[원흉!]

담대광이 인상을 팍 써 보였다.

갈수록 태산이라고, 소진엽의 말버릇이 점점 불손해진다고 여긴 까닭이었다.

그러나 그것도 잠시뿐.

곧 그가 천연덕스런 표정이 되었다.

[뭐, 그렇게 봐도 무방할 테지. 그러니 네 녀석도 계집한테 빠져서 해롱대지 말고 사부를 본받아 일로정진하거라.]

 '일로정진이요?'

 [그래, 사부처럼 어떤 상황에서건 존재 자체만으로 천하의 중심이 될 수 있는 거물이 되려면 매사 일로정진해야 하는 것이다.]

 '……'

 뻔뻔함을 넘어 후안무치하기까지 한 담대광의 말에 소진엽이 입을 다물었다. 침묵할 수밖에 없었다. 일시 무슨 말을 해야 할지 모르게 되었다.

 그러는 사이 더욱 심해진 눈보라!

 슬슬 움직이지 않으면 곤란하겠다는 생각과 함께 소진엽이 눈을 가볍게 빛냈다. 수일 전 천마대전을 찾아온 태상마군 소리산과 진리가 했던 말을 떠올린 까닭이었다.

 '사신마령 전체의 희생으로 현재 구양 소저는 천마대조의 불완전한 화신체가 되었다. 본래의 그녀 자신과 천마대조의 영혼 파편이 혼재되어 제삼의 인격을 지닌 화신체가 되어 버린 거야. 그러니 그녀를 다시 예전처럼 돌려놓기 위해선 천마대조의 영혼 파편을 제거하고, 소모된 원정지기를 회복해야만 한다. 그런데 그게 과연 가능한 일일까?'

 듣는 것만으로도 골치가 아팠다.

 워낙 복잡해서 진리가 세세한 부분까지 설명해 주고서야

대충이나마 알아들을 수 있었다. 사부 담대광이 그답지 않게 자신 없는 태도를 보이는 것도 무리는 아닐 터였다.

그래도 한 가지는 확실했다.

짧으면 반년!

길면 일 년!

천마대조의 불완전한 화신체인 구양령이 신마좌에 펼쳐진 사신마령의 주박을 이용해 버틸 수 있는 기간이었다. 그녀의 생명력이 완전히 말라 사라질 때까지의 기간이었다.

시한부인생이다.

그녀에게 남겨진 많지 않은 시간이었다.

그 시간을 늘리고, 한 가닥 실낱같은 삶의 희망을 잡기 위해 소진엽은 소리산의 제안을 받아들였다. 그가 구양령을 구할 방도를 강구하는 동안 신마성궁을 떠나 황천비영의 우두머리인 황천비천주를 찾아 나선 것이다. 야망의 종착역이나 다름없던 신마좌를 깨끗이 포기하고 말이다.

사랑!

그 어설픈 감정 하나에 모든 것을 걸었다. 단 한 순간의 망설임도 없이 그리했다.

그걸 위한 첫 번째 목표가 바로 눈앞의 곤륜파였다.

이곳에 남아 있는 황천비영의 흔적을 추격해서 기필코 반년 안에 황천비천주를 찾아내고 말 작정이었다. 그러기 위해 할 수 있는 모든 일을 다 할 작정이었다.

잠시 후.

운룡정에 도착한 소진엽은 눈살을 가볍게 찌푸려 보였다. 점차 모습을 드러내기 시작한 도관들의 상태가 멀리서 볼 때와는 사뭇 달라보였다.

고색창연?

분명 멀리서 볼 때는 그러했다.

그러나 지금 눈앞에 드러난 도관의 모습은 전혀 딴판이었다. 확실히 오래되고 웅장한 자태이긴 한데, 관리 상태가 정말 심각했다. 낡고 오래된 건물을 떠받친 기둥이나 대문은 하나같이 썩어 가고 있었고, 벽돌 담장은 허물어지고, 석상들 역시 본래 모양을 파악하기가 힘들 만큼 훼손되어 있었다.

황폐함, 그 자체!

어디에서도 정파를 대표하는 구파일방의 일좌, 곤륜파의 위용을 확인할 순 없었다. 그냥 다 망해 가는 도관들의 잔해만 느껴질 따름이었다.

까닥!

소진엽이 고개를 한 차례 꺾으며 걸음을 멈추자 담대광이 느물거리는 미소를 지어 보였다.

[클클클, 이거 곤란하게 되었지 않느냐? 어렵사리 찾은 곤륜파는 쫄딱 망한 모양새이고, 말코 녀석들 하나 보이지

않으니 말이다.]

'어떻게 된 일인지 아시는 게 있으십니까?'

[나한테 묻는 거냐?]

'예.'

소진엽이 고개를 끄덕여 보이자 담대광이 얼굴 가득 오만한 기색을 지어 보였다.

[곤륜파는 오랫동안 봉문 상태였다. 이런 꼴이 된 것도 무리는 아닐 것이다.]

'봉문하는 동안 제자들이 모조리 도망쳤다는 겁니까?'

[그렇기에 하겠느냐? 하지만 그동안 새 제자를 받을 수 없었고, 무림 행사에 나설 수도 없었을 테니 점차 문파 자체를 존속하는 것이 어려워졌을 게야.]

'봉문을 선택한 문파의 숙명이란 거군요? 하긴 무당파도 반봉문 상태로 인해 현재 성세가 전성기의 절반도 안 된다고 하더군요.'

[절반? 삼분지 일도 안 된다고 봐야 할 것이다. 과거 무당파가 달리 천하제일문파라 불렸던 게 아니니까 말이야.]

'그럼…… 현재의 곤륜파는 전성기 때의 십분지 일 정도나 될까 말까 한 성세겠군요?'

[그건 모를 일이지.]

'예?'

[늙은 너구리가 말했지 않더냐? 곤륜파의 배후에 황천비

영이 있다고 말이다.]

'즉, 황천비영의 지원으로 인해 곤륜파는 오히려 전력이 상승했을 수도 있다는 겁니까?'

[충분히 가능성이 있는 일이라 생각하지 않느냐?]

'…….'

소진엽이 묵묵히 고개를 끄덕여 보이곤, 곧 한 가지 가능성을 떠올렸다.

'이런, 내가 한 걸음 늦었구나! 신마성궁에서 황천비영의 밀정이 모조리 제거된 걸 눈치챈 곤륜파가 본거지인 운룡정을 포기하고 도망친 거야!'

기가 막힌 현실이다.

믿기 힘든 일이었다.

어찌 구파일방의 일좌인 곤륜파가 자신들의 본거지를 내동댕이치고 야반도주한단 말인가!

고심 끝에 내려진 결론에 소진엽이 잠시 어이없어하고 있을 때였다. 그에게서 떨어져 나와 주변을 이리저리 둘러보고 있던 담대광이 갑자기 접속해 왔다.

[긴장해라!]

'예?'

[빈집이 아니었다! 기다리고 있던 사람이 있었어!]

'누구…….'

소진엽이 담대광에게 질문을 던지다 가볍게 얼어붙었다.

문득 황폐한 도관들 중 한 곳에서 더할 나위 없이 아름다운 백합 한 송이가 모습을 드러냈다.

한 번 보면 결코 잊을 수 없을 듯 우월한 미모!

그리고 그와 같은 미모를 뛰어넘는 강렬한 존재감의 소유자!

멸천마후 천기신혜다.

그녀가 인근에 위치한 도관 지붕에서 훌쩍 뛰어내렸다. 마치 소진엽을 기다리고 있었던 것 같이 말이다.

118장
운룡정(雲龍頂)에서의 만남

사락!

처음 봤을 때와 마찬가지다.

한 떨기 백합과도 같이 우아한 자태를 드러낸 천기신혜가 하늘을 밟으며 소진엽 앞에 떨어져 내렸다.

흡사 한 폭의 천상천녀도가 인세에 현신한 것 같다.

그런 비합리적인 생각을 강요했다.

그런 등장이었다.

그러나 소진엽은 곧 이성을 회복했다. 강제로 그리할 수밖에 없었다. 담대광의 벽력같은 목소리가 뇌리 속에서 쾅쾅 터져 나왔기 때문이다.

운룡정(雲龍頂)에서의 만남 229

[인석, 넋 놓지 마라! 당장 마신마체에 들어간다! 어서 빨리!]

'그럴 수 없습니다.'

[뭐야?]

'……그렇다기보다는 불가능합니다.'

[어째서?]

'몰라서 물으시는 겁니까?'

소진엽이 갑자기 짜증을 부리자 담대광이 움찔한 기색이 되었다. 그제야 잠시 잊고 있던 마신마체에 대한 기본적인 사항이 떠올라서다.

[설마 전날의 마신마체 후유증에서 아직 벗어나지 못했더냐?]

'예, 어떤 분 덕분에요.'

소진엽의 신랄한 대답에 담대광이 안색을 있는 대로 일그러뜨렸다.

그럴 수밖에 없었다.

아직 불완전한 마신마체를 강행했던 건 바로 그였다. 천마대조와의 대결에 정신이 팔려 일각이란 한계 시간을 아랑곳하지 않았던 것도 그였다.

덕분에 신마비천광 이후 상당한 시일이 지난 오늘에까지 소진엽은 여전히 원정지기의 고갈에 시달리고 있었다. 마신마체는 고사하고 그보다 아래 단계인 '천마충천, 사방마계'조차 시도하기 힘들었다.

 오랜만의 접속에도 불구하고 단숨에 그 같은 상황을 빛의 속도로 파악한 담대광이 잠시 침묵에 빠졌다. 평상시의 자존광대조차 잠시 빛을 잃어버린 듯하다.

 무리도 아니다.

 그와 멸천마후 천기신혜의 관계는 한마디로 정의 내릴 수 없을 정도로 복잡했다. 사승관계로 시작해 연인이 되었고, 다시 혈육지간임이 밝혀졌다. 천하에 거칠 것이 없던 담대광을 좌절케 하여 천마총에 칩거하게 만들었다.

 그리고 현재는…….

 잠깐 사이다.

 접속의 영향으로 담대광의 이루 말할 수 없을 만큼 복잡한 심경을 전달받은 소진엽이 가볍게 한숨지었다. 여태까지 사부 담대광에게 갖고 있던 원망과 분노가 이 순간 아주 많이 희석되었다.

 어쩔 수 없이 그렇게 되었다.

 그 역시 마찬가지다.

 한 여인에 대한 애정을 품은 한 남자였다.

 담대광의 천기신혜에 대한 복잡한 심경을 탓하고 싶진 않았다.

 그러자 천기신혜의 매혹적인 눈이 가벼운 이채를 발했다. 그리고 여전히 얼굴의 상당 부분을 가린 수정 구슬로 된 주름이 가벼운 흔들림을 보인다.

"마음에 들지 않는구나."

"제 어디가 마음에 들지 않는다는 겁니까?"

"눈빛."

"눈빛이라…… 어떤 여자들은 남자답고, 매력적인 눈이라고 하던데요?"

"내겐 마음에 들지 않는 눈빛일 뿐이다."

"이런!"

소진엽이 살짝 과장되게 어깨를 으쓱해 보였다. 담대광조차 호들갑을 떨게 한 대적을 만났음에도 그다지 크게 긴장한 것 같지 않다. 일단 겉으로 보기엔 그러했다.

천기신혜에겐 달리 보였나 보다. 그녀가 가볍게 고개를 저어 보였다.

"긴장할 것 없다. 지금 이 자리에서 널 죽일 생각은 없으니까."

"티가 났습니까?"

"아주 많이."

"그렇구나……."

소진엽이 살짝 낙심한 표정으로 뒤통수를 긁적거렸다. 내심 제법 괜찮게 허장성세(虛張聲勢)를 보였다고 생각했는데, 천기신혜쯤 되는 거물을 속이기엔 역부족이었던 것 같다.

천기신혜가 주변에 시선을 던지며 무심하게 말했다.
"내게 묻고 싶은 게 있을 텐데?"
"대답해 주시겠습니까?"
"봐서."
"황천비천주는 어디에 있습니까?"
"너무 나갔어."
"그럼 곤륜파의 황천비영 책임자는 누구입니까?"
"백결노선이다."
소진엽의 눈동자가 가볍게 확장되었다.
"곤륜 장문인!"
"그래, 그 곤륜 장문인이 현재 곤륜산맥 전체 중 유일하게 남은 황천비영의 주구다. 아마 지금쯤 신마성궁 내부에 침투한 황천비영 모두가 전멸한 상황을 황천비천주에게 전달했을 거야."
"그리고 곤륜파 전원을 데리고 곤륜산맥을 떠나고 있겠군요?"
"똑똑한 자라면 당연히 그리했겠지."
"백결노선은 똑똑한 자가 아닌 겁니까?"
"똑똑하지 않은 자가 곤륜파의 장문인이 될 수 있을까?"
"그럼……."
"하지만 정파인들은 가끔 서푼어치도 안 되는 명예나 자존심 때문에 천하에 다시없는 바보가 되기도 하지. 네가 보기에 백결노선은 어떨 것 같더냐?"

"……."

갑작스런 천기신혜의 질문에 소진엽이 입을 다물었다.

그는 마도인이다.

뼛속 깊숙이까지 분명 그러했다.

그러나 스스로도 장담할 수 없는 심중 깊숙한 곳에는 아직 정파에 대한 감정이 남아 있었다. 소림사에 입문해 소림신승 파불의 제자가 되려 했고, 담대광에 의해 억지 태극무검선제의 후계자가 된 역사가 가슴 한구석에 오롯하게 새겨져 있었다. 무당파의 태극검주로서 모용세가의 창천검무대주로 활동한 즐거운 나날과 함께 말이다.

그래서 가슴이 뛰었다.

대놓고 명예를 위해 모든 것을 거는 정파인들의 행동을 폄하하는 천기신혜의 말에 울컥한 심사가 되었다. 자연스럽게 그런 심경의 변화가 일어났다.

그러자 묘한 변화를 보인 천기신혜의 눈빛.

여태까지완 달리 감정이 담긴 그녀의 시선이 소진엽을 향했다.

"이제야 알겠구나."

"예?"

"방금 전까지 네 눈빛이 어째서 마음에 들지 않았는지 알겠다는 뜻이다."

"……."

"네 눈빛, 교주를 닮았어. 아니, 방금 전까지 그랬고, 지금은 아니야. 갑자기 바뀌어 버렸어."

그 순간 담대광이 소진엽과의 접속을 끊어 버렸다.

마치 도망가듯 그리했다.

그러자 천기신혜의 시선이 다시 변화를 보였고, 곧 처음과 같은 무심함을 회복했다.

"이제 질문 끝났느냐?"

"그야 뭐……."

"그럼 이제 내 차례다."

"……말씀하십시오."

"너는 진실로 교주의 후계자이더냐?"

"물론입니다."

"다시 묻겠다. 교주는 널 제자로 인정했느냐?"

"대답은 똑같습니다."

"알겠다."

담담한 대답과 함께 천기신혜가 천천히 신형을 돌려세웠다. 소진엽에게 반드시 확인해야 했던 일이 끝났다. 이제 더 이상 그와 얼굴을 마주하고 있을 이유는 없었다.

슥!

그리고 천기신혜가 하늘로 뛰어올랐다. 나타날 때와 마찬가지로 뜬금없는 퇴장이었다.

"후아!"

소진엽이 참았던 숨을 토해 냈다.

얼마나 긴장했던지 뒷목이 뻣뻣해져 왔다.

방금 전 천기신혜와 나눈 몇 마디 대화의 과정은 그야말로 칼날 위를 걷는 것과 같았다. 사신마령을 상대하기 위해 사 인 고수의 연수합격을 홀로 감당할 때보다 훨씬 강한 압력을 받을 수밖에 없었다.

'쳇! 이럴 땐 또 자기 맘대로 접속을 끊어 버리지!'

소진엽이 내심 투덜거리면서도 담대광을 다시 불러들이진 않았다. 이번만은 먼저 접속을 끊은 그의 행동을 탓할 마음이 들지 않았기 때문이다.

꼬르륵!

문득 자신이 오늘 하루 종일 아무것도 먹지 않았다는 걸 깨달은 소진엽이 천천히 움직이기 시작했다. 배가 고프다 못해 아파 오고 있었다. 뭐라도 일단 먹자면 황량한 눈앞의 도관들 주방이라도 털어 봐야 할 터였다.

* * *

곤륜파 장문인 백결노선 구엽진인의 고뇌는 갈수록 심화되어 가고 있었다.

현재 그의 명령에 의해 본궁인 삼청궁을 비롯한 곤륜파

를 이루는 대부분의 도관이 집결해 있는 운룡정은 텅 비워져 있었다. 한 명의 제자조차 남기지 않고 싹 비웠다. 며칠 전 멸천마후 천기신혜에게 들은 경고를 허술하게 넘길 수 없었기 때문이다.

당연히 문제가 없을 리 만무하다.

동시다발적으로 발생했다.

첫째로 가뜩이나 오랜 봉문으로 불만이 쌓인 곤륜파 제자들의 반발이 보통이 아니었다. 차라리 칼을 물고 죽는 게 낫지 이런 식으로 비굴하게 삶을 구걸할 순 없다는 의견이 마구 쏟아져 나왔다.

둘째로 운룡정을 비운 기간이 길어지자 각종 질병이 창궐했다. 어느새 겨울로 들어선 곤륜산맥의 추위는 상상을 불허할 정도였다. 계속되는 풍찬노숙에 곤륜파의 노쇠한 제자들 중 상당수가 시름시름 앓기 시작했다.

셋째로 수일 전 황천비영 쪽에 원조를 요청하기 위해 운룡정을 떠난 곤륜파 제자들에게서 연락이 완전히 끊겼다. 마치 처음부터 존재하지 않았던 것처럼 감쪽같이 흔적 자체가 지워져 버렸다.

그리고 마지막 네 번째!

구엽진인은 수일 전 장문령을 어기고 숙영지를 벗어난 자신의 막내 사제로 인해 골치가 지끈거렸다. 본래 어려서부터 사고뭉치에 제멋대로인 성품이었으나 문파존망의 위기 상황에서 이런 돌발 행동을 보일 줄은 몰랐다. 제아무리 곤륜파 역사상 손꼽히는 무재를 타고났다고 해도 절대 이번만큼은 좋게 넘어갈 수 없다고 생각했다.

그때 구엽진인에게 사제 구허자(九虛子)가 다가왔다. 그는 곤륜파의 마지막 기둥이라 불리는 육장로 중 수좌였다.

"장문인, 아무래도 막내 사제는 삼청궁에 간 것 같습니다."

"구허 사제는 어째서 그리 생각하는가?"

"막내 사제는 지나칠 만큼 자존심이 강합니다. 어떠한 상황이 오더라도 외인들에게 삼청궁의 조사전이 더럽혀지는 것을 용인할 수 없었을 겁니다."

"그럴듯한 얘기로군."

"예?"

"장로들…… 아니, 사제들은 그런 식으로 막내 사제를 옹호하기로 한 것인가?"

"그, 그런 것이 아니라……."

겸연쩍은 표정으로 변명하려는 구허자의 말허리를 구엽진인이 손을 들어 잘랐다.

"사제들이 막내 사제를 귀애하는 걸 내 모르지 않네. 나 역시 막내 사제를 어찌 아끼지 않겠는가? 하나, 이번 일은 결코 묵과할 수 없네. 제아무리 막내 사제가 곤륜의 미래라 해도 반드시 합당한 벌을 내릴 작정이네."

"……하나 장문인, 막내 사제가 삼청궁에 간 건 사실입니다!"

"조사전을 지키기 위함이 아니라 서왕모궁에 간 것일 테지!"

"……."

"그동안 사제들이 막내 사제의 적절치 못한 행실을 감싸 왔던 게 오늘 같은 해악을 끼친 걸세. 더 이상 막내 사제에 대한 말은 듣고 싶지 않으니 이만 물러가 보게!"

단호한 구엽진인의 말에 구허자가 한숨과 함께 고개를 숙여 보였다.

평상시엔 무골호인 같은 구엽진인이나 이렇게 나오면 도리가 없다. 곤륜파의 미래이자 유일한 후기지수라 할 수 있는 막내 사제 호연작은 향후 큰 벌을 면치 못할 터였다.

'이만큼 말했으니 알아서 막내 사제를 데려올 테지……'

멀어져 가는 구허자를 은근하게 바라보며 구엽진인이 내심 눈을 빛냈다.

사실 그 역시 막내 사제 호연작을 굉장히 귀여워했다.

곤륜파의 삼십여 년이 넘는 봉문 기간 중 거의 유일하게 받아들인 제자가 바로 호연작이었다. 곤륜산맥 중턱에서 호랑이에게 물려 가던 아기를 구한 게 바로 그의 사부인 전대 장문인 곡양진인(谷陽眞人)인 까닭이었다.

그 후 구엽진인을 비롯한 사제들은 온갖 고생을 마다치 않고 막내 사제의 젖동냥을 다녔다. 혹한의 곤륜산맥이 허락한 갓난쟁이를 위해 모든 노력을 다했다. 봉문한 곤륜파에서 그 외엔 딱히 할 일도 없었다.

그렇게 삼십여 년이 흘러 호연작은 당당하게 곤륜파 육장로의 마지막 자리를 차지했다. 천재적인 무학에 대한 재능과 그 자신의 부단한 노력, 사형제들의 보살핌이 만들어 낸 일종의 기적이었다.

그러나 구엽진인이 호연작에게 갖고 있는 기대는 그 정도가 아니었다.

좀 더 컸다!

그는 어떻게든 막내 사제이자, 제자이자, 아들이나 다름없는 호연작에게 천하를 웅비할 커다란 날개를 전해 주고자 했다. 절대로 봉문한 곤륜파에 가둬 둘 생각이 없었다.

'……그러니 이번 기회에 벌을 빙자해 곤륜파를 떠나게 하는 것도 나쁘진 않을 것이다. 막내 사제는 아직 도적에 이름을 올리지 않아 봉문에 영향을 받지도 않으니까 말이야.'

십수 년 전, 처음으로 황천비영에 몸을 담으며 세웠던 계획을 이제 실행에 옮길 때였다. 이번 일이 어떻게 흘러가더라도 바꿀 생각은 없었다.

잠시 후 운룡정 쪽으로 다섯 명의 노도가 빠르게 신형을 날려 갔다.

 곤륜파의 마지막 기둥!

 육장로의 남은 다섯이 삼청궁으로 막내 사제 호연작을 찾으러 떠나간 것이다.

 그리고 그와 거의 비슷한 시각.

 운룡정에서 천기신혜는 소진엽과 만나 몇 마디 대화를 나눴고, 곧 헤어졌다. 곤륜파 장문인 백결노선 구엽진인에 대한 정보를 소진엽에게 남기고서 말이다.

 이유는 별것이 없다.

 그냥 변덕이었다.

 소진엽을 죽이러 왔다가 마음이 변했다. 담대광을 닮은 그의 눈빛에 차마 손을 쓸 수 없었다.

 그래서 그녀의 다음 행선지는 구엽진인이 되었다.

 소진엽을 죽이지 않았으니, 그에게 새로운 볼일이 생겼다. 지금 반드시 처리해야만 할 일이 말이다.

　　　　　　＊　　　＊　　　＊

 삼청궁.

 몇 개의 도관을 거쳐 곤륜파의 본궁에 들어선 소진엽의 걸음이 점차 빨라지고 있었다.

그를 이곳으로 불러들인 결정적인 원인!

얼마 전부터 코끝을 자극하고, 위장을 마구 뒤흔들며, 입 속에 침을 고이게 하는 천상의 향기였다. 그의 생존 본능이 신선한 고기가 구워지고 있는 장소가 그리 멀지 않다고 마음껏 소리쳐 대고 있었다.

식욕!

인간의 본연적인 욕구 중 으뜸이라 할 만하다.

절대 한번 발동하면 쉽사리 진정되지 않는다.

그렇게 인간의 몸은 형성되어져 있었다.

때문에 소진엽은 현재 지난 수일간 단 한 번도 경험하지 못했던 강렬한 욕구에 사로잡혀 있었다. 그동안 참아 왔던 식욕의 폭풍이 한꺼번에 몰아쳐서 이성을 한꺼번에 날려 버렸다. 흔적도 없이 소멸시켰다.

'꿀꺽! 이 냄새는 분명 토끼고기다! 그것도 초벌이 끝나고 재벌의 중간 과정이야!'

숭산 시절부터 산짐승 요리에 일가견이 있던 소진엽이다.

냄새만으로도 충분히 짐작이 가능했다.

곤륜산맥 일대에서 구경조차 어려운 토끼가 지금 먹기에 충분할 만큼 노릇노릇하게 익혀져 있다는 것을.

슥!

그렇게 한껏 무르익은 냄새를 쫓아서 소진엽이 가지런히

이어져 있던 작은 담장 하나를 뛰어넘었을 때였다.

피잉!

마치 기다렸다는 듯 날아든 암기!

귓전을 때린 파공성보다 빠른 속도다.

쏜살같이란 말조차 무색할 만큼 빠르게 소진엽을 노리며 파고들었다.

파팟!

소진엽은 손가락을 사용했다.

식지와 중지를 뻗어서 자신을 노리며 날아든 암기를 중간에서 낚아챘다.

'이건?'

뒤늦게 암기의 정체를 눈치챈 소진엽의 눈에 이채가 어렸다.

조그만 뼛조각!

그것도 살점이 두어 점가량 달라붙어 있다. 방금 전에 추려진 것이란 뜻.

꼬르륵!

다시 배에서 아우성이 터져 나왔다. 그동안 그를 미치게 유혹했던 냄새에 살점이 달라붙은 뼛조각까지 더해지니, 배 속이 당장 광란이라도 일으킬 듯 요동쳤다.

그러자 의아해하는 기색의 목소리가 들려왔다.

"어랏?"

소진엽에게 암기를 던진 삼십 대 초반가량의 중년 도사다.

그는 현재 오 장가량 떨어진 청석 바닥에 피워진 모닥불 위에 얹어진 토끼고기를 들고 있었다. 입가에 기름이 번질거리는 게 식사에 열중하고 있던 참이었나 보다.

"꿀꺽!"

소진엽이 침을 꿀꺽 삼켰다. 중년 도사의 손에 들려 있는 큼지막한 토끼고기에 자동적으로 침이 고여 버린 것이다. 그 정도로 정말 잘 익혀진 듯싶다.

"그거 혼자서 먹기엔 너무 양이 많은 게 아니요?"

중년 도사의 눈에 이채가 어렸다.

그가 소진엽에게 펼친 암기술은 곤륜파 비전의 상문정(喪門釘)의 묘리가 담겨져 있었다.

못처럼 생긴 모든 암기를 정이라 한다.

침(針) 등에 비해 무게가 있기 때문에 주로 손으로 던지는데, 중년 도사는 소매를 잘 사용했다. 넓은 소매 속에 상문정을 담아 놨다가 펼쳐 내면 거의 백발백중에 가까운 명중률을 자랑하는 것이다.

당연히 한낱 뼛조각이라곤 하나 웬만한 무공 실력으론 감히 소진엽처럼 처리할 수 없었다. 손가락이 부러지고 몸에 구멍이 뚫리지 않으면 다행일 터였다.

'하지만 마기나 사기는 느껴지지 않는군?'

내심 고개를 갸웃해 보인 중년 도사가 천천히 고개를 끄덕여 보였다.

"배고픈 도우(道友)로군. 어서 오시게. 사해는 본래 동도라고 하지 않던가?"

"사양하지 않겠소."

소진엽이 얼른 중년 도사에게 다가가 아직 그대로 남아 있는 나머지 토끼고기에 손을 뻗었다. 일단 배부터 채우고 볼 작정이었다. 눈앞의 중년 도사가 누구든지 간에.

중년 도사는 눈을 살짝 크게 떠 보이긴 했지만 그다지 크게 개의치 않는 듯, 별 소리 없이 식사를 계속했다.

그렇게 두 사람은 한동안 게걸스레 토끼고기를 흡입했다.

언제 암기를 날리고, 받아 내며 대립했냐는 듯 식사에 몰입했다. 각자의 방식대로 두 사람 모두 우열을 가릴 수 없을 만큼, 참으로 더럽게 먹어 댔다. 대화 따윈 일체 나누지 않았다.

"쪽! 쪽!"

토끼 한 마리를 게 눈 감추듯 하고서다. 손가락에 묻은 기름기를 진지하게 빨아먹고 있는 소진엽에게 중년 도사가 갑자기 호리병 하나를 집어던졌다.

탁!

소진엽이 가볍게 낚아챈 후 얼른 호리병의 뚜껑을 열고,

코를 벌름거렸다. 확 하고 몰려드는 냄새가 꽤나 독하다. 과거 전장에서 몇 차례 맛본 적이 있던 마유주에 버금갈 만큼 세다.

"독주로군."

"독주지. 마셔 볼 담량이 되는가?"

"술은 별로 좋아하지 않지만…… 마셔 보지, 뭐."

소진엽이 어깨를 가볍게 추어 보이곤 호리병을 입가에 가져갔다. 꿀꺽꿀꺽하고 시원스레 마셔 댔다. 순식간에 호리병이 절반이나 비워졌다.

탁!

그리고 돌려주자 중년 도사가 호리병을 한 차례 흔들고는 품에 집어넣었다.

"안 마시는군?"

중년 도사가 태연하게 말했다.

"나는 도사니까."

"도사라 토끼는 잡아먹어도 술은 마시지 않는다는 건가?"

"그럴 리가."

"그럼?"

"도관 안에서 술을 삼갈 뿐이야. 예전에 몰래 이 천일취(千日醉)를 마시다가 사형들한테 걸려서 백 일이나 면벽해야 했거든."

"천일취? 곤륜의 백년설련으로 담근다는 그 천일취를 말하는 건가?"

"어? 아네?"

"곤륜산에 오르기 전 들렀던 객점에서 충고를 들었던 일이 있었지. 웬만한 보약보다 몸에 좋지만 한 잔을 마시면 하루를 쉬어야 하고, 두 잔을 마시면 이틀을 쉬어야 할 만큼 독한 술이니, 조심하라고 말이야."

"정확해. 그런데 이것도 아나?"

질문과 함께 득의만면한 표정이 된 중년 도사가 말했다.

"내가 조합한 천일취는 좀 달라."

"궁금하군."

"뭐, 별거 아냐. 천일취의 주정에 독특한 기운이 깃들어서 내공이 심후한 사람도 한번 취하면 대책이 없는 정도니까."

"그렇군."

"아직 감이 오지 않지? 하지만 단숨에 내 천일취를 그만큼이나 마셨으니 곧 알게 될 거야. 대취한다는 게 어떤 기분인지 말이야."

"이렇게 말인가?"

소진엽이 태연한 대답과 함께 식지를 불쑥 앞으로 내밀었다. 그러자 갑자기 끝에 맺히기 시작한 하얀 액체!

똑! 똑!

그리고 방금 전 마신 천일취를 몇 배쯤 뛰어넘는 주향이 일시 주변에 감돌았다. 식지로 배출해 낸 주정(酒精)의 순도를 짐작케 하는 변화였다.

"이런!"

중년 도사가 가볍게 탄성을 발했다.

소진엽이 천일취의 주정을 배출하는 고명한 수법에 잠시 할 말을 잃어버린 거다.

잠시뿐이었다.

곧 그가 품속에서 호리병을 다시 끄집어내더니, 남은 천일취를 남김없이 마셨다. 마지막 한 방울까지 혀로 빨아 먹었다. 그리고 아쉽다는 듯 말한다.

"쳇! 다 마셨네."

"그렇군."

"그럼 배도 채웠고, 술도 다 마셨으니 슬슬 시작해 볼까?"

"뭘 시작하자는 거지?"

"뻔하잖아!"

중년 도사가 퉁명스런 말과 함께 자리를 박차고 일어섰다. 소진엽과 달리 천일취를 마시고 주정을 밖으로 배출하지 않았음에도 낯빛 하나 변함이 없다.

창!

검을 뽑는 동작 역시 마찬가지다.

명문의 제자답게 절도가 있다. 방금 전까지 보였던 느슨

함 따윈 순식간에 자취를 감춰 버렸다.

'나이답지 않게 훌륭한 기세! 과연 구파일방의 하나인 곤륜파라는 건가?'

소진엽이 내심 눈을 빛내곤 천천히 일어섰다. 중년 도사가 검을 빼 든 것에 크게 개의치 않는 모습이다. 애초 이렇게 상황이 전개될 걸 알고 있었던 것 같다.

그러자 중년 도사가 피식 웃으며 말했다.

"형장도 진짜 여간내기는 아니로군. 나는 곤륜파의 호연작이라 하네."

"소진엽이라 하오."

"소진엽? 설마 그……."

"요즘엔 신마무적성이라 불리고 있는 것 같더군."

"……진마성교의 교주 북리사경과 동수를 이뤘다던데, 그게 사실인가?"

"그래 보이오?"

"……"

호연작이 잠시 입을 닫고 소진엽을 노려봤다. 곤륜파의 삼대 신공 중 하나인 심귀일기공(心歸一氣功)으로 안력을 극한까지 끌어 올린 것이다.

그러자 흡사 투명화된 듯 변한 소진엽의 전신!

단숨에 그의 오장육부와 기경팔맥, 전신세맥까지 하나도 빠짐없이 심귀일기공으로 확인한 호연작이 인상을 가볍게 찌푸려 보였다. 절정의 마공을 연마한 마도인에게서 보이는 기경마맥의 존재를 확인할 수 없었기 때문이다.

'게다가 오히려 이 기운은 오히려 본파와 비슷하잖아? 설마 도가 계열의 무공을 연마한 건가?'

곤륜파를 달리 중원 도맥의 원류 중 하나라 하는 게 아니다. 무당파를 비롯한 상당수 도가 문파와 곤륜파의 무공 간에는 상당한 유사점이 존재했다.

당연히 태극무검선제의 후계자인 소진엽에게서 자신과 같은 현문정종의 기운을 발견한 호연작은 혼란스러웠다. 일시 소진엽이 거짓말을 했다는 의심까지 들었다.

소진엽이 히죽 웃었다.

"그렇게 심각하게 볼 것 없소. 도장이 생각하는 것과는 다르니까."

"어떻게 다르다는 거지?"

"내가 어딜 봐서 신마무적성이겠소?"

"그럼 내게 거짓말을 한 건가?"

"그럴 리가! 내 이름은 진짜 소진엽이오."

"……."

"하지만 마교의 신마무적성 소진엽이 아니라 무당파의 제자인 소진엽이오."

"동명이인이란 뜻이로군?"

"그렇소."

"증명할 수 있겠나?"

"뭐, 이런 정도면 되겠소?"

소진엽이 품속에서 태극문양이 새겨진 동경을 꺼내 보였다. 무당파를 떠나기 전 장문인 신풍진인에게 받은 태극검주의 상징이었다.

하나 곤륜파 제자 호연작이 그런 걸 알아볼 리 없다.

삼십여 년 동안 봉문했던 곤륜파와 거진 오십여 년간 반봉문 상태인 무당파의 제자들이 만났다. 둘 다 아는 바가 없기에 잠시 서로를 바라보며 멀뚱거리고 있을 수밖에 없었다.

침묵을 먼저 깬 건 호연작이었다.

"우리 그냥 싸울까?"

"그러는 게 차라리 낫겠군."

"말이 통하는 사람이군."

기분이 좋아진 호연작이 검을 가볍게 휘저어 보이곤, 태청용형검(太淸龍形劍)의 기수식을 취해 보였다. 아직 소진엽이 무기를 꺼내지 않았기에 잠시간의 여유를 준 것이다.

진짜 잠시뿐이었다.

정갈한 기수식이 끝난 것과 동시였다.

스스슥!

일순 태청용형검의 특화된 역린형의 검형으로 소진엽의 전신을 에워싼 호연작이 맹렬한 쇄도를 보였다.

용형보(龍形步)!

그중 가장 빠르고 맹렬한 비룡축전(飛龍逐電)이다. 태청용형검과 합쳐져 그야말로 전광석화같이 소진엽을 몰아쳐 갔다. 그런 위력을 발휘했다.

반면 소진엽의 대응은 그야말로 평이했다.

흔들.

소진엽은 호연작이 비룡축전으로 쇄도하는 것에 대응해 추수를 발휘했다.

사량발천근!

광폭하게 몰아쳐 오는 상대의 기운을 그대로 받았다가 고스란히 돌려줬다. 자신의 힘은 전혀 담지 않은 채 가벼운 추수의 손짓으로 기운의 전이를 이룩해 낸 것이다.

"헛!"

호연작이 나직이 신음을 터뜨렸다.

순간적으로 발이 꼬여서 바닥에 자빠질 뻔했다. 태청용형검 역시 마찬가지다. 한 쌍이 되는 용형보와 같이 미묘하게 검형이 방해를 받아 역린의 칼날이 고스란히 돌아왔다. 목표로 했던 소진엽이 아니라 그 자신에게 말이다.

그러나 호연작은 곤륜파가 자랑하는 천재였다.

슥!

그는 부지불식간에 꼬인 용형보를 운룡대팔식으로 바꿨다. 그리고 가볍게 바닥을 박차고 하늘로 날아오름으로써 자신을 향해 날아든 태청용형검의 역린검형 역시 피해 냈다.

게다가 그것만으로 끝일 리 없다.

휘리릭!

천하 경공 가운데 공중에서의 변화가 가장 극심하다 알려진 운룡대팔식이 곧 놀라운 재간을 발휘했다. 일시 소진엽의 머리 위에 무수히 많은 용형의 그림자를 양산해 낸 것이다.

'제법!'

소진엽의 눈에 이채가 스쳐 갔다.

호연작의 임기응변이 예상을 뛰어넘었기 때문이다.

그러나 단지 그뿐.

만년거암과 같은 정중동 상태를 그대로 유지한 채 그의 수장이 가벼운 회전을 보였다.

면장.

부드럽고 끈적거리는 기운으로 운룡대팔식의 변화에 맞선다. 움직임에 고정으로 맞선다. 느림으로 빠름에 맞선다.

스파앗!

그러자 결국 공중에서 내력의 부족을 느낀 호연작이 다시 공격에 나섰다.

신룡선무(神龍先務)!

신룡이 먼저 힘을 쓰고,

신룡파미(神龍波尾)!

신룡의 꼬리가 물결을 만들어 낸다.

그 같은 변화와 함께 호연작의 검이 다시 용의 역린을 만들어 냈다.

단 하나!

날카롭고 강한 하나로 소진엽의 정수리를 찔러 왔다. 그가 만들어 낸 면장의 방어를 꿰뚫었다.

그러자 순간, 가벼운 회전을 보인 소진엽의 양 수장.

면장 역시 변화했다.

기운을 바꿨다.

부드러운 끈끈함에서 날카로움으로.

칼날 같은 기운이 역린의 검형을 받아 냈다. 튕겨 냈다. 그리고 유선형으로 회전하며 호연작의 호수구를 스쳐 간다.

"큭!"

호연작이 나직한 신음과 함께 바닥에 떨어져 내렸다. 면장의 변형인 지도풍에 베인 호수구에서 피가 뚝뚝 떨어져 내리고 있다.

그럼 검은?

어느새 왼쪽으로 이동해 있다.

호수구를 베이자마자 이 차 공격에 대비해 검을 옮긴 것이다.

'하지만 공격하지 않았군.'

호연작이 지혈할 생각도 없이 소진엽을 바라봤다. 처음 자세에서 거의 변함이 없는 그의 모습에 살짝 기가 질리는 기분이었다.

잠시뿐이다.

곧 호연작이 다시 검을 들어 올렸다.

자세가 바뀌었다.

태청용형검으론 소진엽을 상대할 수 없다는 판단을 내렸다. 더욱 강력한 검법이 필요했다. 곤륜파를 곤륜파로 존재케 하는 태허도룡검(太虛屠龍劍) 같은 것 말이다.

한데, 그때 소진엽이 갑자기 고개를 삐딱하게 기울여 보였다.

"아무래도 불청객이 도착한 것 같은데?"

"불청객?"

소진엽에게 잔뜩 신경을 집중하고 있던 호연작이 뒤늦게 삼청궁 쪽으로 다가드는 익숙한 기운을 간파했다. 모두 다섯. 드디어 자신을 찾으러 늙은 사형들이 몰려온 것이다.

'하필이면 이럴 때……'

호연작이 내심 눈살을 찌푸리곤 검을 거뒀다. 사형들이 몰려온 이상 오랜만에 가슴을 뛰게 했던 소진엽과의 비무는 끝났다는 판단이었다.

그만의 생각이었다. 착각이었다.

슥!

그 순간 소진엽이 일보삼장세를 펼쳐 호연작을 덮쳐 갔다. 그동안 유지하고 있던 정중동을 포기하자 그 속도는 그야말로 번개가 무색할 정도다. 그렇게 순식간에 검을 거둔 호연작을 제압해 버렸다.

창!

바닥에 검을 떨군 호연작에게 소진엽이 말했다.

"주량보다 못한 실력이군."

"큭!"

"아니면 실전 경험이 부족했거나."

"……."

호연작이 얼굴을 일그러뜨린 채 입을 다물었다.

패자(敗者) 유구무언(有口無言)이다.

한순간의 방심으로 패한 터에 달리 할 말이 있을 리 만무했다.

한데, 그때 다시 상황이 급변했다.

쉬악! 쉬악! 쉬악! 쉬아아악!

호연작을 제압한 소진엽을 노리며 네 개의 검이 날아들었다. 다양한 검기를 줄기줄기 발산하며 쏟아져 왔다. 소진엽과 호연작의 사이를 떼어 놓으려는 듯 날카로운 기운을 있는 대로 뿜어냈다.

위위구조(圍魏救趙)다!

막 삼청궁에 도착한 곤륜 오장로는 누가 먼저랄 것 없이 비검술을 펼쳐 냈다. 막내 사제인 호연작을 구하기 위해 각자 자신들의 최고 절기를 한꺼번에 쏟아 낸 것이다.

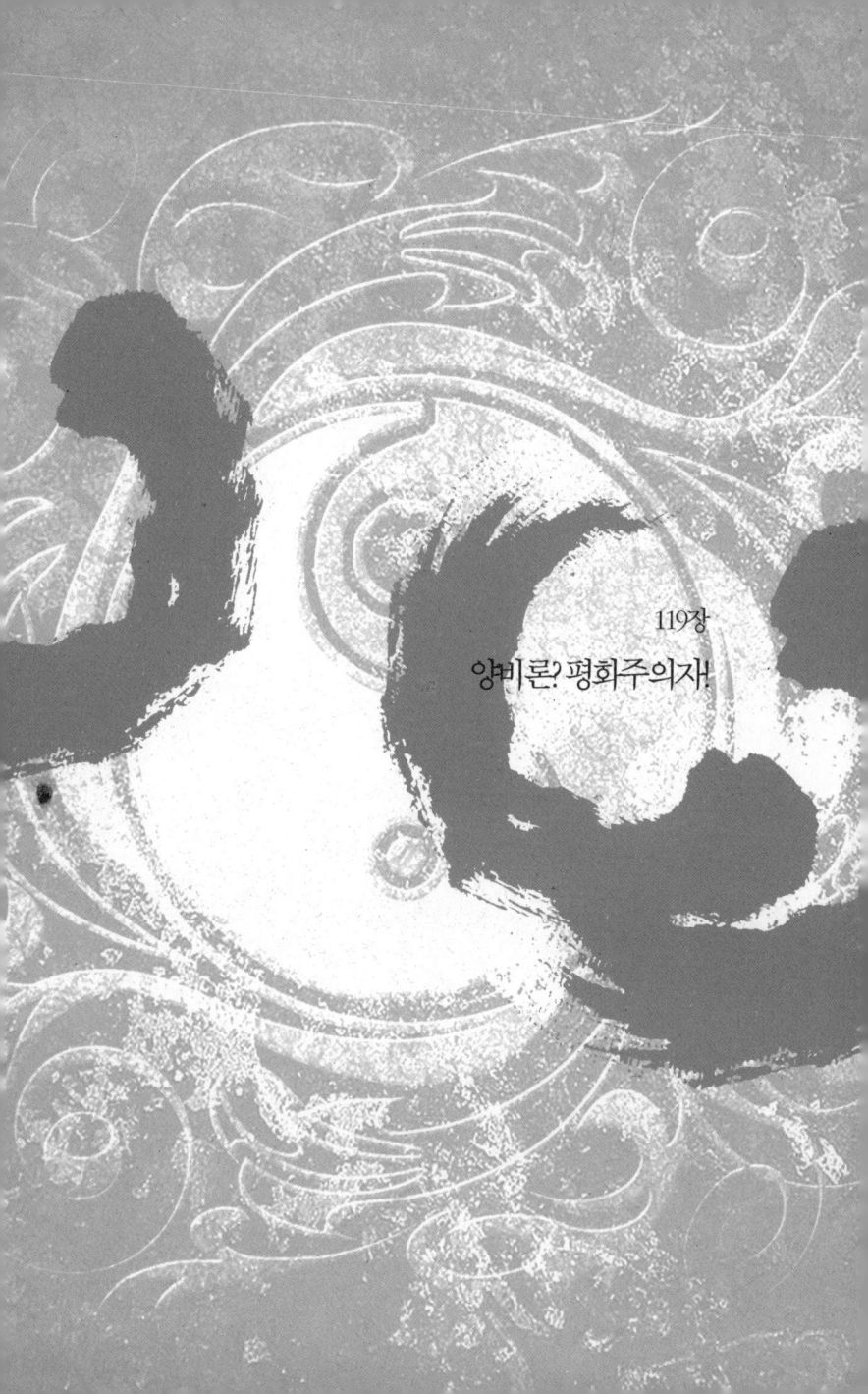

'사형들! 날 죽일 셈인 거요!'

호연작이 내심 비명을 터뜨렸다. 순간적으로 공간을 가로지른 네 개의 검은 천공에서 떨어지는 뇌전이나 다름없었다. 하나같이 방금 전 그가 펼치려 했던 태허도룡검의 검리(劍理)를 담고 있었기 때문이다.

그러나 그 순간 소진엽이 움직였다.

슥!

호연작을 덮칠 때와 다름없다.

그는 한쪽 다리를 살짝 뒤로 빼더니, 가볍게 신형을 회전시켰다.

제압한 호연작과 함께였다.

아주 자연스럽게 그의 몸을 방패로 삼았다. 자신을 노리며 떨어져 내리는 네 개 검의 방향을 그런 식으로 뒤틀어지게 만들었다.

차창! 창!

소진엽이 불쑥 내민 호연작의 바로 앞에서 불꽃이 튀었다. 검과 검이 부딪치며 벌어진 일이다. 소진엽에게서 호연작을 구하려던 위위구조가 실패한 것이다.

물론 그것만으로 끝일 리 없다.

상황은 다시 반전되었다.

불꽃과 함께 사방으로 튀어 오른 네 개의 검!

그 사이로 뒤늦게 움직인 검형 하나가 존재했다. 하늘을 가로지르는 비룡처럼 자유롭게 유영을 보이며 호연작을 찔러 들어왔다.

퓨슛!

착각이었다.

검이 찌른 건 호연작이 아니었다.

절묘하게 그의 옆구리 사이를 비집고 들어갔다. 마치 살아 있는 생명체처럼 그리 했다.

'이기어검술(以?馭劍術)?'

소진엽의 눈에 이채가 어렸다.

설마 곤륜파에서 이 정도 수준까지 검을 연마한 고수를

만나게 될 줄은 몰랐다. 절대 쉬운 일이 아니기 때문이다.

스파앗!

소진엽이 다시 지도풍을 일으켰다.

부드럽고 강인한 칼날로 이기어검술의 공격을 막아 냈다. 강력한 방어벽을 쳐서 자신을 보호했다.

그러자 자연스럽게 느슨해진 호연작에 대한 영향력!

스슥! 스스슥!

기다렸다는 듯 하늘로 날아오른 검을 회수한 두 명의 노도가 양쪽에서 달려들었다. 방금 전 실패했던 위위구조를 다시 시도하기 위함이었다.

쉬쉭! 쉬쉬쉭!

검끝에 담긴 기운이 자못 강대하다. 비검을 날렸을 때와는 비교조차 되지 않는다.

게다가 여전히 지도풍으로 만든 방어벽 주변을 맴도는 이기어검!

투팍!

소진엽이 갑자기 호연작을 밖으로 밀어냈다. 애초 그의 소용은 첫 번째 공격을 가로막는 것으로 끝났다. 계속 인질극을 벌일 이유가 없었다.

파창!

그리고 은밀하게 일으킨 태극무한신공!

그의 주변을 맴돌고 있던 이기어검의 변화에 영향을 끼

친다. 놀랍게도 검학의 대종이라 할 수 있는 이기어검에 이화접목을 발휘한 것이다.

"헉!"

"으헉!"

결과는 경악스러웠다.

측면에서 공격해 들어온 두 명의 노도가 비명과 함께 뒤로 물러났다. 소진엽이 태극무한신공으로 비틀어 버린 기운에 휘말린 이기어검에 직격을 당해 버린 까닭이었다.

그러나 그들은 명색이 곤륜파를 대표하는 장로들이었다.

오랜 봉문 기간 동안 제자도 키우지 않고 오로지 무공만 연마하며 지내 왔다. 비록 갑작스런 변화에 당황하긴 했으나 곧 평상심을 되찾았다.

스파앗! 파팟!

두 장로의 검에서 일순 정순한 기가 모인 검강이 일어났다.

뿐만 아니다.

두 개의 검강은 빠르게 서로의 기운을 교차시켰다.

검강 두 개의 기운을 합쳐서 이기어검에 대항하기 시작한 것이다. 같은 무공을 오랫동안 연마한 동문 사형제가 아니고선 감히 보일 수 없는 신기!

카카캉!

결국 이기어검이 요란한 굉음과 함께 하늘로 날아올랐

다.

소진엽의 마지막 방어막이 사라져 버린 거다.

촌각가량 늦었달까?

소진엽을 공격한 자들보다 한 발 늦게 도착한 두 명의 노도가 호연작에게 달려들었다.

슥! 스슥!

"막내야! 괜찮느냐?"

"우리 막내가 어쩌다가 이리된 것이냐! 누가 우리 막내한테 이런 짓을 했어!"

호연작을 업어 키우고, 똥 기저귀를 갈아 준 사형들이다. 그들의 호들갑에 마혈이 제압되었을 뿐 정신만은 또렷하던 호연작이 전신을 부르르 떨었다.

'으아! 그냥 죽고 싶다! 하필 구학(九鶴), 구진(九眞) 사형들 앞에서 이런 꼴을 당하다니!'

구학자와 구진자.

그들은 다른 장로들과 마찬가지로 호연작에 대한 애정이 깊었다. 아주 귀여워했다. 그러나 성격에 문제가 있었다. 말이 너무 많았고, 호들갑을 잘 떨었다.

그러니 오늘 일이 조용히 묻히긴 글렀다.

그냥 포기해야 할 터였다.

며칠도 되기 전에 곤륜파 전 제자들에게 퍼질 터였다. 그동안 힘겹게 쌓아 온 육장로의 명성과 위엄은 이제 완전히 끝장이었다.

꽈악!

생각만 해도 끔찍한 자신의 미래에 호연작이 눈을 감았다.

할 수만 있다면 영원히 뜨고 싶지 않았다.

그러자 구학자와 구진자가 초조한 기색으로 호연작의 맥을 짚어 본다. 전신의 경혈을 어루만지며 추궁과혈(推宮過穴)을 한다며 난리를 피워 대기 시작했다. 소진엽이 호연작의 마혈을 제압한 태극무한신공의 기운을 쉽사리 간파할 수 없었기 때문이다.

'저 친구도 삶이 꽤 피곤하겠군……'

소진엽이 잠시 호연작 쪽을 살피곤 자신의 눈앞에 기세등등하게 서 있는 두 명의 노도를 바라봤다.

구운자(九雲子)와 구난자(九難子).

곤륜 육장로 중 수좌인 구허자를 제외한 최강의 고수들이다. 각기 곤륜파를 대표하는 팔대검법 중 운룡십삼검(雲龍十三劍)과 류홍분심검(流虹分心劍)을 대성하고 있었다.

그래서였을 것이다.

방금 전 비검술을 펼치고, 소진엽의 태극무한신공에 포로가 된 이기어검을 공동 대처했을 때와 기세가 달라졌다.

각기 운룡십삼검과 류홍분심검을 펼쳐서 승부를 결할 마음을 품었음이 분명하다.

점차 증폭되는 검세!

점차 구체화되는 검기!

노골적으로 소진엽을 압박하고 있었다. 억눌러 왔다. 강압적으로 윽박질렀다.

그러자 소진엽 역시 그냥 당하고만 있을 순 없다.

점차 강해지는 두 장로의 기세를 그는 태극무한신공으로 모조리 받아넘겼다. 이화접목의 수법을 발휘해 모든 공격을 고스란히 되돌려준 것이다.

우열은 금세 드러났다.

"으음!"

"크으으!"

침묵의 공방이 시작된 지 채 일수유도 되지 않아 구운자와 구난자의 안색이 검붉게 달아올랐다. 소진엽에게 쏘아보낸 검기가 태극무한신공의 이화접목에 의해 점차 더 강하게 되돌아오고 있었다. 순식간에 두 사람이 힘을 합친 것을 훌쩍 뛰어넘을 정도가 되었다.

개미지옥이다!

압도적이지 않은 대신 빠져나갈 길이 없었다.

점차 쑤욱쑤욱 빠져들었다.

이대로 잠시만 더 공방이 계속된다면 두 장로는 내상을

당하다 못해 주화입마에 빠지고 말지도 몰랐다.

'야단났다!'

'세상에 이런 신공이 존재했을 줄이야!'

구운자와 구난자가 낭패한 심경으로 서로를 바라봤다. 상대방에게 현 상황을 타개할 방법이 있는지 확인하기 위함이었다.

헛된 기대다.

그런 일이 있을 리 만무했다.

평생 동안 함께해 온 동문 사형제다. 비슷한 수준의 무공을 익혔다. 어찌 새로운 무리(武理)가 갑자기 튀어나올 수 있겠는가. 그런 기연은 쉽사리 발생하기 어려운 법이다.

결국 두 장로는 소진엽을 간절히 바라보게 되었다.

그의 자비를 구하는 수밖에 없다는 판단이었다.

굴욕적이지만 이대로 주화입마에 빠질 순 없지 않겠는가.

한데 갑자기 상황이 변했다.

소진엽에게서 되돌아오던 검기가 씻은 듯 사라졌다. 마치 중간으로부터 싹둑 칼에 잘려 버린 것 같이 말이다.

"헉!"

"으헉!"

두 장로가 그제야 탁한 호흡과 함께 뒤로 물러났다. 개미지옥에서 가까스로 벗어난 것이다.

그와 함께였다.

두 장로의 머리 위로 한 명의 노도가 모습을 드러냈다.

하늘을 노니는 한 마리 비룡이 이러할까?

흡사 구름을 희롱하는 한 마리 용처럼 노도는 하늘을 가로질러 왔다. 수중의 검과 혼연일체가 되어 순식간에 소진엽을 향해 쏘아져 왔다.

피슛!

파공성조차 작다.

흡사 문풍지를 스쳐 가는 바람 소리 같다.

그러나 그로 인해 벌어진 결과마저 작지는 않았다. 아주 거대했다.

일 장?

그보다 더 크다.

족히 이 장은 넘을 듯한 검형이 순식간에 소진엽의 머리 위를 점령한 채 수직으로 떨어져 내렸다. 환상처럼 빠르고 단호하게 그의 머리를 직격했다.

구운자와 구난자가 동시에 소리쳤다.

"태허도룡참(太虛屠龍斬)!"

"단매에 용의 목을 베어 내는구나!"

그들의 얼굴에는 감탄의 기색이 역력했다. 태허도룡검의 삼대 절초 중 하나가 완전한 형태로 모습을 드러냈기 때문이다.

반면 소진엽은 살짝 눈살을 찌푸려 보였다.

'환상 따위가 아니다?'

마신마체의 부작용으로 인해 현재 소진엽의 내공 수준은 두 단계 아래로 떨어져 있었다. 절대지경은커녕 초절정경조차 안 되는 상태였다.

게다가 신마절기 역시 봉인된 상태!

오로지 무당파의 무공과 태극쌍극진기에만 의지해야 하는 터라 연이은 곤륜파 장로들과의 대결이 쉽지 않았다. 고작해야 절정경가량을 오락가락하는 자들의 공격을 막기 위해 호연작을 방패막이로 삼아야만 했을 정도였다.

그런데 한술 더 뜬다 할까?

지금 그를 공격해 오는 노도의 무공은 놀랍게도 초절정경 밑이 아니었다. 내공은 충실하고, 검술은 정묘하여 진실된 고수라 할 만했다.

스파앗!

떨어져 내리면 내릴수록 빠르고 거대해지는 검형에 소진엽의 안색이 점차 굳어 갔다. 그만큼 강한 기운을 느꼈다. 여태까지와는 확실히 달랐다.

하지만 단지 그뿐.

흔들.

검형의 낙하가 극에 이른 순간, 소진엽이 다시 추수를 펼쳐 냈다. 자신을 두 조각으로 잘라 버리기 직전, 살짝 방향을 틀어 버렸다. 촌분가량의 차이를 남긴 채 그를 지나쳐 단단한 청석 바닥에 팍하고 내리꽂히게 만든 것이다.

슥!

소진엽이 움직인 건 그 이후였다.

살짝 발끝으로 지축을 박찬 그의 신형이 유려한 공중제비를 펼쳐 냈다. 다시 노도에게 공격당하기 전에 거리를 넓히고자 한 것이다.

그러자 노도의 입에서 가벼운 탄성이 터져 나왔다.

"제운종?"

소진엽이 삼 장 밖에 떨어져 내린 후 말했다.

"제운종을 알아보는 걸 보니, 이제야 제대로 된 대화를 나눌 만한 분이 오셨군요."

"무당파의 제자이신가?"

"그렇습니다."

"한데 무슨 일로 균현을 떠나 수천 리 먼 운룡정에까지 오셨는가?"

'곧바로 추궁인가?'

소진엽이 내심 피식 웃고 대답했다.

"그 전에 도장의 신분부터 밝혀 주셨으면 합니다만?"

"실례를 범했군. 빈도는 구허자라 하네. 곤륜파 육대장로의 수좌를 맡고 있지."

"몰라 뵈었습니다. 후배는 무당파 제자 소진엽으로 귀 파를 찾았다가 호연작 호 도장을 만나서 잠시 양 파의 무공을 절차탁마(切磋琢磨)하던 중이었습니다."

"무공을 절차탁마했다?"

"예."

소진엽이 담담하게 대답하자 구허자의 시선이 아직도 바닥에 누워 있는 호연작을 향했다. 그에게 소진엽이 한 말이 사실인지 확인하기 위함이었다.

꿈틀!

그 순간 호연작의 마혈이 풀렸다. 소진엽이 은밀하게 태극무한신공을 일으켜 격공타혈을 발휘한 것이다.

'격공타혈?'

구허자가 놀란 시선을 소진엽에게 던졌다가 내심 고개를 저어 보였다. 방금 전 손속을 나눈 터라 소진엽의 내공이 아직 격공타혈을 펼칠 만한 경지에 오르진 않았다고 여긴 까닭이다.

그때 호연작이 자신에게 엉겨 붙어 있던 사형들을 힘겹게 밀어내곤 두 사람에게 다가왔다.

"구허 사형, 오해를 하신 겁니다! 더 이상 싸우지 마십시오!"

"오해를 했다?"

"예, 구허 사형, 거기 있는 도우는 마도의 인물이 아니라 무당파 제자입니다."

"그럼 진짜 무공을 절차탁마하고 있었던 것이냐?"

"예, 그렇습니다. 보시다시피 제가 일방적으로 패하긴 했지만요. 크하하!"

호연작이 대답과 함께 호탕하게 웃어 보였다. 이미 소진엽에게 패한 것을 크게 개의치 않는 것 같다.

'이런 녀석하고는……'

오히려 막내 사제의 털털한 모습에 내심 못마땅한 표정을 지어 보인 구허자가 검을 거뒀다. 이렇게 된 이상 계속 소진엽을 핍박하긴 어렵다는 판단이었다.

그때 떨어져 내리던 눈이 폭설로 변했다.

삽시간에 주변이 제대로 파악되기 어려울 만큼 강한 눈보라가 몰아쳐 댔다. 마치 곤륜산맥의 신령들이 한꺼번에 재채기라도 터뜨린 것 같았다.

소진엽이 말했다.

"도장들, 일단 눈을 좀 피하는 게 어떻겠습니까?"

호연작이 얼른 화답했다.

"어이쿠! 맞습니다! 사형들 일단 안으로 좀 들어갑시다! 이러다 몽땅 눈사람이 되고 말겠습니다!"

"그래야겠군. 도우. 사제들 잠시 안에 들어가 눈을 피하도록 하세나."

"원시천존!"

구허자의 말에 다른 장로들이 도호로 대답을 대신했다.

그들은 누가 먼저라 할 것 없이 가장 가까운 곳에 위치한 서왕모궁으로 뛰어 들어갔다.

* * *

"헉!"

백결노선 구엽진인의 반개해 있던 눈이 크게 뜨여졌다.

단지 그뿐이다.

그의 절반가량 벌어져 있는 입 밖으로 흘러나온 건 최초의 짤막한 신음이 전부였다. 그 이상은 없었다.

그럴 수밖에 없다 할까?

풀썩! 풀썩! 풀썩!

어느새 구엽진인에게서 그리 멀지 않은 장소를 지키고 있던 제자들이 하나둘 쓰러졌다. 갑자기 썩은 짚단이라도 된 것처럼 혼절해 버린 것이다.

'어찌 이런 조화가……'

평생 처음 보는 이변에 구엽진인은 긴장과 함께 얼른 상청무상신공(上淸無上神功)을 일으켰다. 곤륜파 장문인만이 익힐 수 있는 비전의 신공으로 먼저 자기 자신을 보호했다. 그게 최우선이란 생각이었다.

그렇게 새파란 기운에 휩싸인 그의 모습!

상청무상신공이 구성의 경지에 도달해야만 발휘할 수 있

다는 상청호체기막(上淸護體氣膜)이 형성되었다. 금강불괴를 뛰어넘는 강력한 방어막이 그의 몸을 중심으로 한, 방원 일 장가량의 공간을 조밀하게 얽어 낸 것이다.

그러자 대기가 가벼운 일렁임을 보였다.

뒤틀림을 일으켰다.

그에 따라 흔들리기 시작한 상청호체기막!

순식간에 상청무상신공의 기운이 쭉쭉 달아 가는 걸 느낀 구엽진인이 갑자기 일성대갈을 터뜨렸다.

"갈!"

대기가 뒤흔들린다.

불문의 사자후에 버금가는 음파가 주변으로 확장되어 갔다. 그렇게 약화된 상청호체기막의 기운을 보충했다.

그러나 그 순간 다시 일어난 예의 일렁임!

연속적으로 신공을 발휘했음에도 호전된 게 없다. 변함이 없다. 계속해서 서서히 압박해 들어왔다.

"원시천존! 마후, 이제 그만합시다······."

결국 구엽진인이 백기를 들었다.

허탈한 표정으로 상청무상신공을 거두고, 항복 선언을 했다.

그러자 사라진 대기의 일렁임!

더불어 한 명의 백합을 닮은 여인이 모습을 드러낸다. 마치 처음부터 그 자리에 있었던 것처럼 어떠한 위화감도 느꺼지지 않는다.

'멸천마후, 무섭구나! 진정 무서워!'

내심 고개를 저어 보인 구엽진인이 멸천마후 천기신혜에게 떨리는 목소리로 말했다.

"마후, 설마 본파의 제자들을 해친 것은……."

"염려할 거 없어요. 그들은 그저 잠시 잠이 든 것뿐이니까요."

"……그렇구려."

뒤늦게 천시지청술을 발휘해 주변 제자들이 잠들어 있는 걸 확인한 구엽진인이 미미하게 고개를 끄덕여 보였다. 노안 가득히 안도의 감정이 잔뜩 묻어 나온다.

천기신혜가 피식 웃어 보였다.

"진인은 정말 좋은 장문인이로군요."

"무능한 장문인일 뿐이외다."

"현재의 곤륜파에는 그런 장문인이 필요해요. 그렇지 않은가요?"

굴욕적인 말이다.

굴종을 강요케 하는 말이었다.

그러나 구엽진인은 별다른 반응을 보이지 않았다. 평생 남들에게 무골호인이란 말을 듣고 살아온 것과 다름없이 허허 웃어 보일 뿐이었다.

천기신혜가 화제를 바꿨다.

"부탁할 것이 있어 왔어요. 들어주겠어요?"

"천에 관련된 것이외까?"

"비슷해요."

"말씀하시오."

"운룡정에 지금 신마무적성이 와 있어요."

"신마대제의 제자를 자처한다는 자를 말씀하시는 것이외까?"

"그래요."

"그렇다는 건 역시 태상마군 소리산이 본파를 멸절시키기로 마음먹었다는 것이겠구려……."

"그렇진 않아요. 신마무적성은 혼자 운룡정을 찾았어요."

"……하면?"

"그는 황천비천주에 대한 정보를 뒤쫓고 있어요. 아마 태상마군의 명을 받은 것일 테지요."

구엽진인의 안색이 어두워졌다.

신마무적성 소진엽 혼자서 운룡정을 찾은 건 다행스런 일이다. 현재 곤륜파로선 천마신교의 강력한 무력에 대항할 힘이 전혀 없으니까.

하나 황천비천주가 언급되다니!

이는 곧 곤륜파의 새로운 위기가 닥쳤음을 의미한다. 그가 아는 소리산은 뱀처럼 집요하고 무서운 사람이었다. 한

번 문 먹잇감을 결코 쉽사리 놓으려 하지 않을 터였다.

천기신혜가 말을 이었다.

"그러니 진인은 결정을 내려야만 해요."

"무얼 결정해야만 하는 것이외까?"

"죽느냐, 사느냐!"

"마후께서 부디 어리석은 빈도에게 자세히 하명해 주시기 바라외다!"

구엽진인이 일파지존이란 존귀한 신분조차 아랑곳하지 않고 바닥에 부복했다.

그 자신의 목숨을 구걸하기 위함이 아니었다. 그는 곤륜파 전체의 존망을 걸고 굴욕을 감내했다.

천기신혜가 미미하게 고개를 끄떡여 보였다.

"결정을 내린 걸로 알고 말하겠어요."

"예."

"진인은 신마무적성에게 황천비영과 관계된 사항을 가감 없이 말하도록 하세요."

"그건……"

"물론 전부를 말할 필요는 없어요. 무당파와 관련된 정도면 충분해요."

"……설명을 부탁해도 되겠소이까?"

"신마무적성은 태극무검선제의 전인이기도 해요. 그러니 무당파와 황천비영이 관련되었다는 걸 안다면 더 이상 곤륜파에게 책임을 물으려 하진 않을 거예요."

"그게 정말이시외까?"

"내가 직접 손속을 겨뤄 봤어요. 설마 내 식견을 무시하려는 건 아닐 테지요?"

"어찌 빈도가 감히!"

당황해 목청을 높인 구엽진인의 표정이 은밀해졌다.

"하면 신마무적성의 진정한 정체는 무엇이외까?"

"그건 아직 나도 잘 모르겠어요. 그래서 확인해 보고자 하는 거예요. 그의 본심을 말이에요."

"……."

구엽진인이 잠시 침묵에 빠졌다.

천기신혜가 한 말이 워낙 충격적이라 일시 공황 상태에 빠져 버린 것이다.

그러자 천기신혜가 미소와 함께 말했다.

"그럼 이만 작별하도록 하죠."

"마, 마후!"

구엽진인이 당황해 목청을 높였으나 천기신혜는 어느새 자취를 감춰 버렸다. 처음부터 존재하지 않았던 것처럼 감쪽같이 사라졌다. 나타날 때와 마찬가지로 가벼운 대기의 일렁거림만을 남기고 말이다..

"원시천존!"

구엽진인이 나직이 도호를 터뜨렸다.

황망한 기분을 그렇게나마 추스르려 했다. 그게 지금 그가 할 수 있는 일의 전부였다.

 곤륜파가 모여 있던 운룡정 부근의 동혈을 빠져나오고 얼마나 지났을까?
 문득 신형을 멈춘 천기신혜의 눈빛이 가벼운 흔들림을 보였다. 문득 기이한 기운이 주변을 떠도는 듯한 느낌을 받은 까닭이었다.
 그녀 정도의 초고수에게 쉽사리 일어나지 않는 일이다.
 언뜻 운룡정에서 만난 소진엽을 떠올렸다.
 그에게서 느꼈던 익숙한 기운!
 바로 신마대제 담대광의 자취를 머릿속에 구현시킨 것이다.
 "교주이신가요? 설마 지금 제 주변을 맴돌고 계신 건가요?"
 뇌까림이다.
 아무도 없는 설산 위에서 헛되이 그런 말을 내뱉었다.
 당연히 대답은 돌아오지 않는다.
 잠시 마음을 흔들리게 했던 기이한 기운 역시 더 이상 느껴지지 않는다.
 그런데 이 근거 없는 확신은 무언가.
 살랑!

문득 천기신혜가 고개를 가로저었다. 수정 구슬 사이로 내비치는 입가에 씁쓸한 고소가 번져 나왔다.

"후후, 어쩌면 제가 진짜 미쳐 가고 있는지도 모르겠군요. 하지만 교주, 만약 제 주변에 있는 게 맞다면 이 말을 똑똑히 기억해 두세요. 어떻게 다시 돌아온 건지는 몰라도 저는 결코 교주를 용서할 마음이 없어요. 반드시 제 손으로 없애 버리고 말 거예요. 교주의 모든 것이었던 천마신교와 함께 말이에요. 그러니 막아 볼 테면 막아 보세요. 기꺼이 응해 주겠어요."

여전히 돌아오지 않는 대답!

처음부터 그러리라 짐작했던 듯 천기신혜가 다시 신형을 움직였다.

축지성촌!

여태까지완 비교조차 할 수 없는 속도로 신형을 날렸다. 천하의 어떤 자도 감히 따를 수 없을 만큼 빠르게 사라져 갔다.

[신혜…….]

천기신혜가 떠나간 자리.

담대광은 잠시 넋을 놓고 서 있었다.

운룡정에서 소진엽과 접속을 끊은 후 줄곧 천기신혜의 뒤를 따랐으나 여기까지였다.

더 이상은 힘들었다.

숙주인 소진엽으로부터 더 이상 멀리 떠날 수 없었기에.

그래서 그는 천기신혜가 고백하듯 내뱉은 뇌까림에 대답조차 할 수 없었다. 그냥 망연히 듣는 것밖엔 할 수 있는 게 없었다. 멀어져 가는 천기신혜를 멀거니 바라보고 있을 수밖에 없었다.

천언만어가 무슨 소용이 있으랴.

그냥 마음이 찢어지는 것 같았다.

지난 삼십여 년간 애써 외면하고 있던 한 여인의 마음, 고백, 분노, 한(恨). 그 모든 것을 동시에 듣게 되었다. 어떤 변명도 내뱉지 못한 채 듣고 있을 수밖에 없었다.

그게 고통스러웠다.

단단한 마음 한구석이 무너져 내리는 것 같았다.

[……이 바보 같은 것!]

결국 힘겹게 한마디를 내뱉은 담대광이 천천히 신형을 돌려세웠다.

이만하면 충분했다.

천기신혜의 진심을 알았으니 되었다.

* * *

밤.

내내 내리던 눈이 그친 운룡정 위로 달이 떠올랐다.

새파란 달빛을 떨궈 내어 주변의 도관 지붕과 바닥에 쌓인 눈을 반짝거리게 만들고 있었다.

그 모습이 흡사 보석처럼 아름다웠다.

인세에 더 이상의 것이 없을 만큼 진귀한 광경을 연출하고 있었다.

그 가운데 위치한 삼청궁.

꽤 오랫동안 비워져 있던 곤륜파의 중심에 지금 훈훈한 기운이 감돌고 있었다. 집을 비웠던 곤륜파 제자들이 모두 돌아와 불을 피우고, 밥을 짓느라 한참 동안 부산을 떤 덕분이었다.

저벅! 저벅!

소진엽이 자신의 처소로 배정된 객관을 벗어나 걸음을 옮기다 눈에 이채를 발했다.

언제부터 있었던 것일까?

낮에 육대장로의 수좌인 구허자의 소개로 인사를 나눴던 곤륜파 장문인 백결노선 구엽진인이 밤하늘을 올려다보고 있었다. 반짝거리는 달빛 아래 비추인 모습이 본래의 추레함을 더욱 돋보이게 한다.

"잠자리가 불편하신가?"

구엽진인의 질문에 소진엽이 걸음을 멈췄다.

'과연 일파지존이란 거로군. 확실히 구허자보다 한 수 위의 고수라 할 수 있겠어.'

마신마체의 후유증이 남은 상황이라곤 하나 무공의 식견까지 떨어지진 않았다.

소진엽은 한눈에 구엽진인이 칠마보다 조금 낮은 수준의 무공을 지녔다는 걸 알 수 있었다. 실제로 목숨을 걸고 싸우면 어떨지 모르겠지만, 십팔마군 중에서도 그를 이길 자는 그리 많지 않을 터였다.

그 같은 생각도 잠시뿐.

곧 평상시처럼 살짝 느슨한 표정을 지어 보인 소진엽이 씨익 웃어 보였다.

"하하, 오랜만에 따뜻한 침상 위에 누웠습니다. 어찌 불편함을 논할 수 있겠습니까?"

"그렇소이까?"

"예, 초저녁부터 살짝 잠이 들었다가 방금 전에야 깼을 정도입니다."

"그럼 지금은 명료한 정신 상태이겠구료?"

"물론입니다."

"그럼 빈도와 잠시 산책이라도 하는 게 어떻겠소이까?"

"기꺼이 따르겠습니다."

소진엽의 대답이 떨어지자마자 구엽진인이 밤하늘에서 시선을 거두고 천천히 걸음을 옮기기 시작했다. 더는 소진엽에게 말하지 않고 벌써 저만치 앞서 가고 있었다.

'흥미진진한 전개인걸?'

소진엽이 내심 눈을 빛내고 구엽진인의 뒤를 따랐다. 그에게 뒤처지지 않을 정도로만 걸음 속도를 조절했다.

그렇게 얼마나 걸었을까?

삼청궁의 너른 뜰을 가로질러 조사전 앞에 도착한 구엽진인이 나직한 도호와 함께 중얼거렸다.

"원시천존! 밤하늘은 어둡디 어둡고, 새벽은 여전히 멀기만 하나니……."

"본시 새벽이 오기 전이 가장 어두운 법!"

"……오래전 본파의 조사이신 곤륜삼성(崑崙三聖)과 삼봉진인께서 나눈 문답을 알고 있다니, 도우는 역시 무당파의 제자가 맞으시구료!"

"물론입니다."

"한데 어찌 마교의 주구가 된 것이외까?"

"주구라……."

느닷없는 일격이었다. 확 찌르고 들어왔다. 이미 모든 걸 다 알고 있다는 선언이었다.

덕분에 잠시 말끝을 흐려 보인 소진엽이 어깨를 가볍게 추어 보였다. 그리 기분 나쁜 기색이 아니다.

"……진인께서 그렇게 말씀하시니, 저도 속내를 그냥 털어놓겠습니다. 무당파가 동창의 감시를 받기 시작한 세월이

오십여 년. 귀 파가 봉문을 선언한 게 삼십여 년입니다. 그 사이 무림에서 무당과 곤륜 양 파는 잊혀진 존재가 되었으니, 마교의 주구가 되는 게 무슨 대수이겠습니까?"

"궤변!"

"아니면 귀 파처럼 무당파를 줄곧 핍박해 온 황제의 개가 되어야 하는 것입니까?"

"……."

"뭐, 절 대역무도하다고 말하셔도 어쩔 수 없습니다. 저는 황제를 폐위시킨 태극무검선제의 후예니까요."

"신마대제가 태극무검선제의 무공까지 이은 것이외까?"

"그렇진 않습니다."

"하면?"

"그냥 제가 두 분의 무공을 모두 이었을 뿐입니다. 좀 운이 좋았죠."

"그걸 빈도더러 믿으라고 하는 것이외까?"

"확인해 보시겠습니까?"

갑자기 분위기가 바뀐 소진엽의 도전적인 눈빛에 구엽진인이 저도 모르게 어깨를 가볍게 떨어 보였다.

은은하게 몸 밖으로 흘러나오는 기파!

그가 평생 동안 참오해 온 상청무상신공이다.

심기체가 하나 되는 경지에 이른 그의 심리 변화에 따라 자연스럽게 신공이 발동했다. 하늘에서 떨어져 내리고 있는 달빛보다 더욱 서슬 푸른 기운이 후광처럼 그의 전신을 통해 뿜어져 나왔다.

그러나 구엽진인은 망설였다.

당장 지척에 있는 소진엽을 때려죽이고 싶은 심사와 그래선 안 된다는 마음이 팽팽하게 맞섰다. 천기신혜에게 들었던 말 때문만은 아니다. 그보다 훨씬 근원적인 문제였다.

'분명히 나보다 훨씬 약한 기세다. 사실 사제들 중 으뜸인 구허와 비교하기에도 손색이 있어. 그런데 어째서 망설여지는 것인가?'

살심의 부재 때문일까? 지난 삼십여 년간 단 한 번도 생사를 가르는 싸움을 해 보지 않은 경험의 부재가 이 순간 심술을 부린 것일까? 과연 그런 이유인가?

'쳇! 사부님이 마천대전 당시 곤륜파를 그냥 놔둔 이유를 알겠군. 이렇게 하나같이 마음이 약해서야……'

내심 고개를 저어 보인 소진엽이 살짝 일으켰던 기세를 거뒀다.

한번 싸워 볼까 했던 마음을 접었다.

굳이 그럴 이유가 없다고 여긴 까닭이었다.

"진인, 저는 곤륜파를 죽이기 위해 온 게 아닙니다."

"광오한 말이로다!"

"아니면 곤륜파 단독으로 천마신교를 상대할 능력이 있다고 생각하시는 겁니까?"

"그, 그건……."

"그런 표정 지으실 건 없습니다. 마천대전 당시 천마신교는 단독으로 천하 무림 전체를 멸망시킬 수 있는 전력을 지니고 있었고, 그건 지금도 변함이 없는 일이니까요. 그래서 천마신교는 지금 자중지란에 빠져 있습니다. 넘쳐 나는 힘을 삼십여 년 동안 세상 밖으로 발산하지 못해 자신들끼리 물고 뜯고 하는 겁니다. 그게 정파 무림을 위해 좋은 일이겠습니까? 나쁜 일이겠습니까?"

"……무슨 말을 하고 싶은 것이외까?"

"간단합니다. 저는 신마대제의 제자이기 이전에 태극무검선제의 후계자입니다. 천마신교가 천하의 공적이 되어 멸망당하는 걸 바라지 않을뿐더러, 정파 무림이 마도에 굴욕을 당하는 것 역시 원치 않습니다."

"양비론이외다!"

"그보다는 평화주의자라 말해 주십시오. 무림에 저 같은 사람도 한 명 정도는 있어야 두루두루 평화롭게 살지 않겠습니까? 그러니 절 의심하실 필요는 없습니다."

"빈도가 그 말을 믿어도 되겠소이까?"

"믿으십시오. 사실 그럴 수밖에 없지 않습니까?"

"……."

구엽진인이 침묵 속에 소진엽을 바라봤다.

여전히 그의 전신에는 푸른 기운이 넘실거리고 있었다.

상청무상신공은 건재했다. 당장이라도 전력을 몽땅 쏟아 낼 수 있을 터였다.

그러나 단지 그뿐.

그 이상의 어떤 것을 할 순 없었다. 그냥 헛되이 기운만을 낭비하고 있을 뿐이었다.

결국 구엽진인이 상청무상신공을 거두고, 나직한 한숨을 토해 냈다.

"하아, 빈도가 황천비영과 관련 있는 걸 알고 찾아온 것일 테지요?"

"그렇습니다."

"그전에 본파에 대한 마교의 불가침을 재확인해 주셨으면 하외다!"

"황천비영과 척을 지실 생각이십니까?"

"어차피 곤륜 일대의 황천비영 세력은 얼마 전 완전히 몰살당했소이다. 황궁에서 대병이라도 이끌고 오지 않는 이상 빈도 대에 마교 토벌은 물 건너간 셈이지 않겠소이까?"

"후대의 일은 후대에게 맡기겠다는 뜻이로군요?"

"이젠 그럴 수밖에 없지 않겠소이까? 그러니 불가침을 재확인해 주셨으면 하오."

"그러죠."

소진엽의 대답이 떨어지자 구엽진인이 눈을 반개하고서 황천비영에 대해 말하기 시작했다. 천기신혜에 이어 소진엽을 만난 후 그는 확실한 깨달음을 얻었다. 현 무림에 곤륜파가 설 자리는 극히 작다는 것을. 그래서 더욱 굳건히 봉문하는 것만이 문파의 명맥을 유지할 유일한 방법이라는 것을.

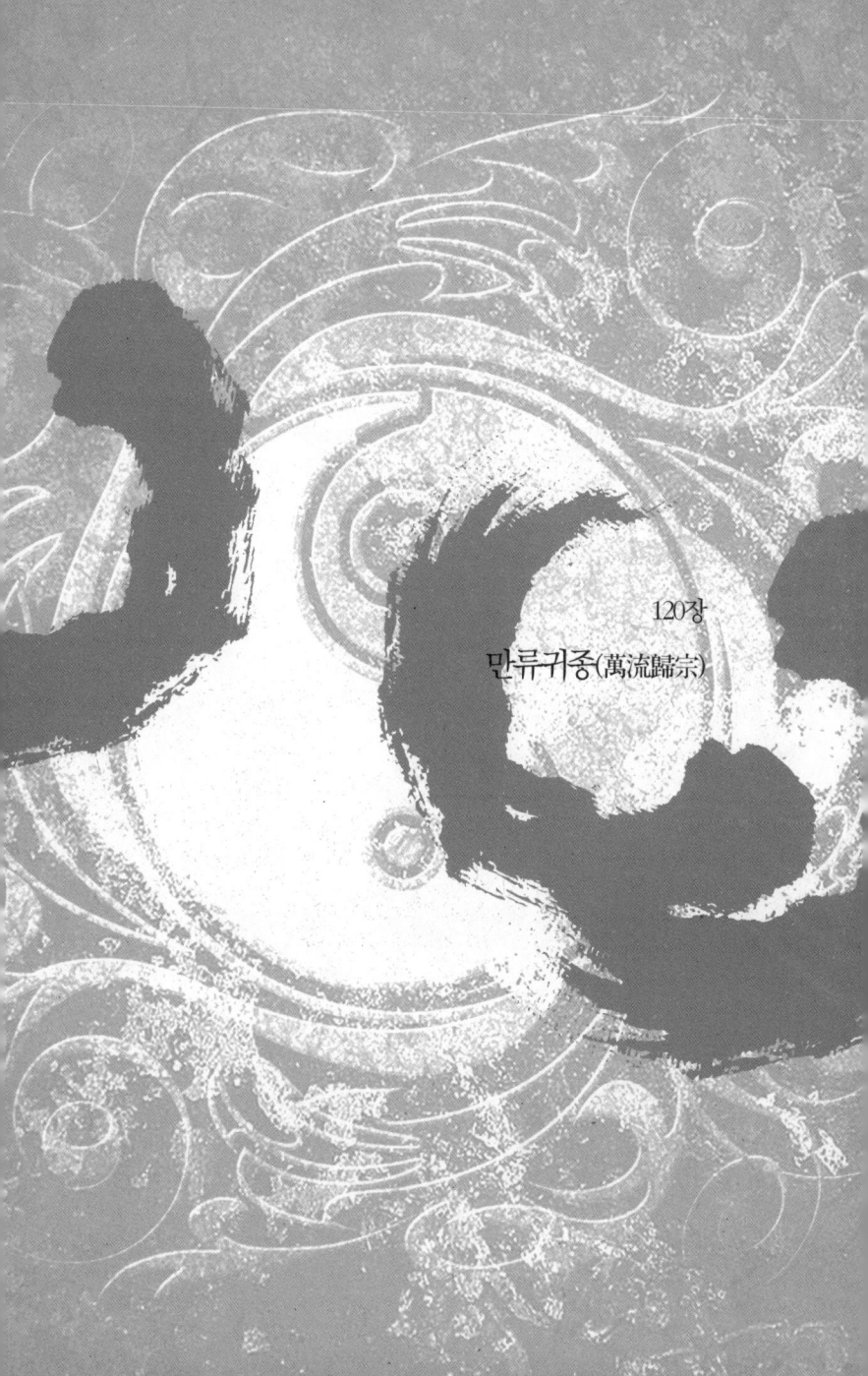

저벅! 저벅!

구엽진인과 헤어져 객관으로 돌아오던 소진엽이 문득 걸음을 멈췄다.

문득 그의 앞에 만들어진 그림자 하나.

필경 자신의 것이다.

그 외엔 다른 어떤 종류의 이질감도 느껴지지 않았다. 오롯하게 분명한 소진엽만의 그림자였다.

한데 묘하다.

이상하게도 달라 보였다.

"내가 이상해진 게 아니라면……."

소진엽의 뒷말은 마음속에서 이어졌다.

'……사부님께서 돌아오신 것일 테지요. 그렇지 않습니까?'

[허!]

'맞군요.'

[어찌 알았냐? 그냥 때려 맞힌 건 아닐 테지?]

'그렇게 공교로운 일이 있겠습니까?'

[아니면?]

'그냥……'

잠시 말끝을 흐린 소진엽이 히죽 웃어 보였다.

'……어쩌다 보니 알게 되었습니다.'

[어쩌다 보니 알게 되었다? 결국 자기도 어떻게 이리되었는지 모르겠다는 말이로군.]

'뭐, 그런 셈이죠.'

[변변찮은 놈!]

담대광이 나직이 투덜거리곤 갑자기 실체화되더니, 소진엽의 어깨 위로 떨어져 내렸다.

거진 하루 동안 접속을 끊었다.

거의 실체화를 유지할 수 없을 만큼 멀어지기까지 했다.

덕분에 현재 담대광의 기운은 심각할 정도로 약해져 있었다. 평상시보다 훨씬 약한 타박을 한 것만 봐도 알 수 있는 일이었다.

물론 잠시뿐이었다.

곧 접속을 통해 충분할 만큼 소진엽의 기운을 빨아들인 담대광이 예의 생기발랄함을 되찾았다. 마안이 다시 빛을 발하고, 특유의 광오한 기질 역시 살아났다.

[그렇군! 그런 것이었어!]

'뭐가 그런 것이었다는 겁니까?'

[그사이 네놈의 무공이 상승한 것 같다. 아마도 태극쌍극진기 중 태극무한신공일 테지.]

'태극무한신공이요?'

[그래, 단천뢰심강에는 그런 공효가 없으니까 태극무한신공일 거다.]

'하지만 그동안 저는 사부님한테 지존천강력과 지존성마검을 익히느라 태극쌍극진기는 거의 방치하다시피 했습니다. 죽기 살기로 수련했을 때도 진보가 멈췄었는데, 이렇게 갑자기 무공이 오를 수도 있는 겁니까?'

[그게 바로 만류귀종이란 거다.]

'만류귀종이요?'

[그래, 네놈이 근래 내게 지존천강력과 지존성마검의 핵심 요결을 익히다가 태극쌍극진기 역시 함께 진보한 것일 게다. 물론 가장 결정적인 원인은 나와 마신마체에 들어간 탓일 테지만.]

'마신마체 때문이라고요?'

[그래, 그렇게 질색하는 마신마체의 결과로 네놈은 기연을 잡은 게다. 복도 많은 놈.]

'잘 이해가 가지 않는데요?'

소진엽이 고개를 갸웃해 보이자 담대광이 혀를 찼다. 얼굴 가득 한심하다는 기색이 가득하다.

[쯔쯧, 이것이야말로 돼지 목에 진주 목걸이가 아닌가! 천무지체를 타고난 아리 아가라면 단숨에 이해했을 것을.]

'죄송합니다. 천무지체를 타고나지 않아서.'

[인석, 그렇다고 접속을 끊으려 할 것까지야 없잖느냐!]

'어? 제가 그랬었나요?'

[모른 척하기는! 언제 이런 재주는 또 배운 것이냐?]

'저는 천무지체가 아니라서······.'

[되었다!]

짜증 섞인 목소리로 소진엽의 말을 중간에서 끊은 담대광이 그답지 않게 자세히 설명했다.

[네 녀석도 알다시피 마신마체에 들어가는 순간 우리는 그야말로 한 몸이 된다. 그리고 그건 내 무학적인 깨달음 역시 네놈의 몸을 통해 구현된다는 의미니라.]

'그럼 사부님과 마신마체를 이룬 동안 제가 갑작스레 무학의 새로운 깨달음을 얻었다는 겁니까?'

[뭐, 대충 그런 셈이지.]

'하지만 왜 하필 태극무한신공인 겁니까? 사부님께서는

태극쌍극진기를 직접 수련하신 적이 없으시지 않습니까?'

[그게 바로 천재와 범인의 차이이니라.]

'예?'

[네놈한테 가르치는 동안 나도 모르게 무의식중에 태극쌍극진기의 깊은 도리를 체득했다는 의미니라.]

'그건 훔쳐 배운 게 아닙니까?'

[훔쳐 배우다니!]

버럭 소리를 지른 후 담대광이 잠시 생각에 잠겼다.

태극쌍극진기!

그중 태극무한신공은 정말 난해했다. 근래 소진엽은 단천뢰심강을 비롯해 무당 무공의 근본을 거의 완성했으나 태극무한신공만은 아직 진보가 더뎠다. 육성가량도 채 터득하지 못한 상태였다.

당연히 태극무한신공의 상승지경은 여전히 신비의 영역이었다. 어떤 신묘한 공효가 있는지 담대광조차 채 파악하지 못한 게 수두룩했다.

한데 마신마체로 인해 단지 일성가량 진보한 것만으로 이런 놀라운 공효를 보일 줄이야!

'흠! 그러고 보니 얼마 전 곤륜파 장문인 백결노선 말코가 갑자기 전의를 잃어버린 것 역시 태극무한신공의 공효겠구나. 낮에 곤륜파 육장로와 연달아 싸울 때부터 뭔가 이상하다 생각했던 게 바로 이거였어.'

내심 생각을 정리한 담대광이 소진엽을 새삼스럽게 바라봤다. 그가 얼떨결에 얻은 태극무한신공의 깨달음은 생각할수록 제법이었다. 어떤 부분에 있어선 자신의 신마절기를 뛰어넘는 점도 있었다.

물론 아직은 부족함이 눈에 띄었다.

살기의 부족!

결기의 부족!

그렇게 불안한 상태에서도 구엽진인은 태극무한신공을 일으킨 소진엽을 몇 번이나 공격하려 했다. 처음부터 망설임이 깃들어 있지 않았다면 그렇게 쉽사리 마음을 돌이키게 할 수는 없었을 터였다.

마찬가지로 담대광의 기운을 발견한 것 역시 완벽하진 않았다.

어찌 보면 요행수에 가까웠다.

소진엽은 문득 달빛에 비추인 자신의 그림자에서 묘한 점을 발견했고, 그냥 보아 넘기긴 어려웠을 터였다.

[어떠냐? 이제 슬슬 새롭게 터득한 태극무한신공의 요결을 제어할 수 있을 것 같으냐?]

'사부님은 정말 제 배 속의 회충이십니다.'

[욕하는 게냐?]

'그럴 리가요! 제가 태극무한신공을 참오하기 시작한 건 어찌 아셨습니까?'

[네놈을 가르친 지 벌써 육 년이 넘어가고 있다. 무슨 생각을 하고 어찌 행동하는지 정도를 아직 파악하지 못했을 것 같으냐?]
 '과연 대단하십니다!'
 소진엽이 진심을 담아 비꼰 후 자신이 파악한 태극무한신공의 깨달음을 구술하기 시작했다. 언제나와 마찬가지로 사부 담대광의 가르침을 받기 위함이었다.

 잠시 후.
 객관에 들어 침상에 드러누운 소진엽은 가슴이 가볍게 뛰노는 걸 느꼈다.
 오늘 깨달은 태극무한신공의 공효는 생각보다 놀라웠다.
 솔직히 대박이었다.
 담대광의 자세한 해설 덕분에 확실하게 태극무한신공의 화후를 일정 이상 끌어올렸다. 그동안 가장 진보가 늦었던 만큼 무궁한 위력에 놀라움을 금치 못했다.
 보물산을 눈앞에 두고 계속 지나쳤다고나 할까?
 어쩌면 담대광조차 애를 먹였던 천마대조의 천마초절에 조차 태극무한신공은 뛰어넘을지 몰랐다. 궁구하면 궁구할수록 무수히 많은 변화가 일어나 사람을 놀라게 했기 때문이었다.
 그러나 곧 소진엽은 마음을 가다듬었다.

담대광이 접속을 끊기 전 한 말이 떠올라서다.

―인석, 적당히 흥분해라. 현재 네놈이 태극무한신공으로 처리할 수 있는 건 고작해야 일, 이류의 하류배 정도다. 오늘 상대한 곤륜파 말코들처럼 제대로 된 싸움 한 번 해본 적이 없는 나약한 것들이거나 말이다.

'쳇! 그래도 그게 어디야! 덕분에 오늘 손 한 번 안 대고 코를 풀었는데…….'
내심 혀를 차 보인 소진엽이 앞으론 좀 더 많은 사람들한테 태극무한신공을 실험해 봐야겠다고 단단히 결심했다. 자신의 구술을 듣고 심각해졌던 담대광의 얼굴을 잊을 수 없었기 때문이다.
천하의 신마대제 담대광!
그 무적의 마신을 정색케 하는 신공이다.
세상에 그런 신공을 어디서 다시 찾을 것이며, 어찌 애써 익히지 않을 수 있겠는가. 반드시 대성해서 더 이상 담대광에게 돼지 목에 진주 목걸이란 이죽거림을 듣지 않을 작정이었다.

* * *

서왕모궁.

호연작은 아침 일찍부터 이곳에 틀어박혀서 그림을 그리는 데 집중하고 있었다.

사삭! 사사사삭!

세필이 바삐 움직인다.

유려하게 곡선을 만들어 내고, 미세한 부분까지를 신중하게 묘사해 갔다.

먼저 그려 놓은 곤륜을 닮은 산정.

그 속을 한 명의 선녀가 생동감 넘치는 표정으로 거닐고 있었다. 마치 방금 전에 하늘에서 떨어져 내린 것처럼 비현실적인 아름다움을 자아내고 있는 것이다.

바들!

문득 호연작의 붓끝이 가벼운 떨림을 보였다.

여태까지의 거침없던 붓놀림과는 사뭇 다른 모습이다.

긴장을 여실히 드러내 보인다.

"후아!"

호연작이 잠시 붓을 거두고 호흡을 가다듬었다. 내공까지 일으키진 않았으나 정기신을 빠르게 하나로 일치시켰다. 그렇게 함으로써 그림의 마지막 부분을 장식하려 했다.

그리고 이뤄진 화룡점정(畵龍點睛)!

잠시 머뭇거렸던 호연작의 붓끝이 단숨에 선녀의 머리

장식을 그려 내었다. 발랄하고 신비롭던 선녀에게 기품과 위엄을 선사해 한 명의 귀부인으로 승화시킨 것이다.

툭!

그런 후 바닥에 내동댕이쳐진 붓.

호연작이 잠시 자신이 완성한 환상의 귀부인을 바라보다 입을 헤 하고 벌렸다.

지난 보름간 고생해 그린 그림이다.

이를 완성하기 위해 구엽진인이 내린 장문령조차 어기고 서왕모궁으로 왔다. 그림에 사용할 귀한 재료가 망가지기 전에 반드시 완성시켜야만 했기 때문이다.

그래서인가?

눈앞의 곤륜하선도(崑崙下仙圖)는 꽤나 마음에 들었다. 그가 아주 오랫동안 꿈꿔 왔던 이상적인 모습을 하고 있었다. 꿈속에서 봤던 것에 거의 근접했다.

"만약 내게 어머님이 계시다면 이런 모습이실 테지?"

그림속의 여신선을 바라보며 나직이 중얼거린 호연작이 눈시울을 가볍게 붉혔다. 그냥 바라보는 것만으로 마음이 아려 왔다. 왠지 모르게 가슴 한편이 뭉클해졌다.

그때 갑자기 서왕모궁의 문이 활짝 열렸다.

펄렁!

그리고 문밖에서 불어온 한 줄기 바람에 곤륜하선도가 날아올랐다.

"헛!"

호연작이 놀라 재빨리 그림을 향해 손을 뻗었다. 특기 중 하나인 종학금룡수를 펼쳤으나 닿지 않았다. 그야말로 종이 한 장 차이로 그의 손을 빠져나가 문을 열고 들어선 구엽진인의 수중에 들어갔다.

펄렁!

그림을 가볍게 펼쳐 본 구엽진인이 눈살을 가볍게 찌푸려 보였다.

"역시 또 이런 짓을 하고 있었구나!"

"장문 사형……."

"본파의 존망이 걸린 상황이었거늘! 네놈이 그래도 본파의 장로이더냐!"

"……잘못했습니다."

호연작이 용서를 구하면서도 계속 구엽진인에게 뺏긴 그림에 시선을 던지고 있었다.

정말 힘들게 완성한 작품이다.

완성도는 둘째 치고, 그림에 들어간 재료가 정말 귀했다.

자칫 함부로 다뤘다가는 본래의 독창적인 색감이 크게 훼손될지도 몰랐다.

구엽진인이 그 같은 호연작의 내심을 모를 리 없다. 굳이 꾸짖고 싶지도 않았다.

'하긴 어미를 한 번도 본 적이 없으니 서왕모님에게 모성을 구하는 것도 어쩔 수 없는 일이겠지! 본파의 봉문이 오래 계속되어 이 깊은 산중에서 살아 있는 여인의 모습조차 한 번 본 적이 없으니까…….'

가엾다.

불쌍하다.

자신의 의지와는 관계없이 도가 문파의 마지막 제자가 된 호연작의 처지가 너무나 애처로웠다. 이곳에 오기 전 단단히 혼쭐을 내 주려던 마음 역시 크게 흔들렸다.

결국 수중의 그림을 도로 호연작에게 돌려준 구엽진인이 누그러진 목소리로 말했다.

"막내 사제, 그렇게 서왕모님이 좋더냐?"

"예, 장문 사형. 저는 세상에서 서왕모님이 가장 좋습니다! 보십시오! 얼마나 아름다우십니까?"

호연작이 살짝 흥분된 목소리로 주변을 손으로 가리켰다.

그러고 보니 서왕모궁에는 서왕모의 초상이 참 많았다. 중앙에 위치해 있는 서왕모 신상 외에도 천장과 벽 이곳저곳에 각양각색의 서왕모가 존재했다. 대부분 호연작이 그려서 붙여 놓은 것들이었다.

구엽진인이 새삼스런 표정으로 주변을 둘러보곤 천천히 고개를 끄덕여 보였다.

"그래, 서왕모님은 자비롭고 아름다우시지. 하나 막내 사제가 지나치게 서왕모님의 초상을 그리는 일에 골몰하는 건 옳다고 할 수 없다네."

"또 면벽 수련입니까?"

"면벽 수련이 싫은가?"

"그걸 누가 좋아하겠습니까? 하루 종일 씁쓸한 벽곡단만 먹으면서 갇혀 있어야 하는데……."

"하면 이번에는 다른 벌칙을 내려야겠구나."

"……다, 다른 벌칙이요?"

호연작이 찔끔한 표정이 되었다.

사실 그는 면벽 수련을 그리 싫어하지 않았다.

벽곡단을 먹는 게 좀 고역이긴 했으나 집요한 사형들의 눈을 벗어나 하루 종일 제멋대로 생활할 수 있었다. 지난번 백 일 면벽 때는 몰래 그림 도구를 소지하고 들어가 화도(畵道)에 용맹정진해서 실력이 일취월장했다. 오늘 완성한 곤륜하선도 역시 그때 얻은 심득이 잔뜩 녹아들어 간 작품이었다.

그래서 내심 다시 면벽 수련을 하는 것을 바라고 있었다. 이번에는 아예 새로운 화법 하나를 완성하고서야 출관할 작정까지 하고 있었다.

'그런데 다른 벌칙을 내리겠다니! 서, 설마 장문 사형이 그림 속에 숨겨진 비밀을 눈치채신 건 아닐 테지?'

등줄기로 소름이 돋았다.

손바닥에 땀도 송골거리며 맺히고 있었다.

그때 구엽진인이 화제를 바꿨다.

"막내 사제, 무당파의 도우에 대해 어찌 생각하는가?"

"소 도우요?"

"그래, 본파가 아닌 타 문파의 고수를 상대해 보니 어떻던가?"

"아직 어린 나이인데, 정말 대단하더군요. 제가 감히 상대가 되지 못했습니다."

"다시 상대해도 이길 자신이 없는가?"

"태허도룡검을 최소한 구성 이상 완성하지 않고선 힘들거라 생각합니다."

"다시 싸우길 포기한 건 아니로구나?"

"본래 승패는 병가지상사라 했습니다. 우리는 단지 절차탁마를 한 것뿐인데 어찌 한 번의 승패를 마음에 두겠습니까? 부단히 무공을 연마한 후 다시 도전해 볼 작정입니다."

"……."

구엽진인이 입을 다문 채 호연작을 바라봤다.

그는 날이 밝자마자 소진엽과 대결을 벌였던 장로들을 한 명도 빠짐없이 만났다. 전날 밤 소진엽과 만났을 때 느꼈던 기묘한 느낌이 뜻하는 바를 확인하기 위함이었다.

그러나 그들이 내놓은 의견은 눈앞의 호연작과 별반 다르지 않았다. 소진엽의 나이답지 않게 고강한 무공을 인정하고, 칭찬하는 한편, 전의를 불태우고 있었다. 언제가 됐든 다시 승부를 결하고 말겠다고 말이다.

'그렇다면 나만 그런 기이한 일을 경험했단 말인데……'

이해가 가지 않는 일이다.

아니다.

오히려 너무 잘 이해가 갔다. 생각하면 할수록 확신하게 되었다. 처음에 느꼈던 이상으로 소진엽의 무공이 현묘하고 대단하다는 것을 말이다.

'그는 아마도 사제들을 상대할 때 자신의 본신 무공을 사용한 게 아닐 것이다. 나한테만 살짝 본질을 드러낸 게야. 그렇게 생각하는 게 옳아.'

비약일 수도 있다.

그러나 구엽진인에겐 확신이 있었다. 그 자신과 사제들의 무공 성취 정도를 손바닥 보듯 알기에 내릴 수 있는 확신이었다. 결론이었다.

내심 생각을 정리한 구엽진인이 호연작을 바라봤다.

눈에 넣어도 아프지 않은 막내 사제다.

꼬물거리던 갓난쟁이일 때가 엊그제 같은데 벌써 수염이 거뭇거뭇한 중년의 나이가 되었다. 이제 조금만 더 지나면 얼굴에 주름이 지고 자신처럼 파삭 늙은 노도가 될 터였다.

'그럴 수는 없지! 그럴 수는 없어! 막내 사제만큼은 반드

시 본파 밖으로 나가게 해야 돼!'

구엽진인이 마음을 정하고 품에서 장문령을 꺼내 들었다.

"곤륜파 제자 호연작은 명을 받들라!"

"삼가 명을 받잡겠습니다!"

호연작이 바닥에 부복하자 구엽진인이 말을 이었다.

"호연작은 금일 이후 본파의 제자가 아니다!"

"헉! 장문 사형, 용서해 주십시오! 제가 정말 잘못했으니 파문만은 부디 용서해 주십시오!"

"파문이 아니다."

"예? 그, 그럼……."

"막내 사제에게 한 가지 밀명을 내리려 함이다. 그리고 그러기 위해선 한동안 막내 사제는 본파의 제자가 아니어야만 한다."

곤륜파 노도들이 총력을 다해 키워 낸 인재다. 빼어난 무공 재질을 지닌 기린아였다. 아둔한 머리를 타고났을 리 없었다. 바로 구엽진인이 한 말의 의미를 호연작은 눈치챘다.

"장문 사형께서는 염려하지 마십시오! 만약 임무 수행 중 본파의 제자인 걸 들통 날 위기에 처하면 차라리 자결하겠습니다!"

"그래선 안 되느니."

"하지만……."

"막내 사제는 누가 뭐라 해도 곤륜의 미래일세. 본파의 모든 제자가 죽는 일이 있어도 막내 사제만은 살아남아야 하네."

"……예, 그럼 어떤 상황이 닥친다 해도 죽지 않고 임무를 수행하겠습니다."

"그래, 그래야지."

만족한 듯 천천히 고개를 끄덕여 보인 구엽진인이 눈에 신광을 담은 채 본론에 들어갔다.

여태까지완 다르다.

상청무상신공을 일으켜 서왕모궁 내부에 강력한 강기막을 형성시켰다. 세상의 어떤 자도 두 사람의 대화를 엿들어선 안 되는 까닭이었다.

[지랄들 한다!]

담대광이 서왕모궁의 지붕에 앉아 심술궂은 표정을 지어 보였다.

구엽진인이 아주 큰 잘못을 했다.

상청무상신공을 일으킨 탓에 담대광이란 마신을 불러들였다. 그의 호기심을 자극해 두 사람의 대화를 엿듣게 만든 것이다.

물론 그의 상청무상신공은 아무런 힘도 발휘하지 못했다.

시공간을 초월하는 존재 앞에 강기막이 다 무슨 소용이 겠는가. 대자연기를 다룰 수 있을 정도의 초고수가 아닌 한 담대광의 행사를 절대 방해할 수 없었다.

담대광은 하나도 빠짐없이 두 사람의 대화를 들었다. 하지만 생각했던 것만큼 재미가 없었던 것이리라.

[크하함!]

문득 기지개를 펴며 하품을 늘어지게 한 담대광이 서왕모궁의 지붕을 떠났다. 그에겐 전날 소진엽과 접속했을 때 깨달은 태극무한신공의 새로운 공효 쪽이 훨씬 재밌었다. 너절한 사형제간의 대화를 엿듣는 것보다는 말이다.

'한동안 태극무한신공이나 좀 더 파고들어 볼까?'

평생 부친 태극무검선제에게 각을 세워 왔던 담대광이 그가 남긴 무공에 처음으로 관심을 느꼈다. 근원적인 원리를 파헤쳐 보고자 했다.

그게 어떤 결과로 돌아올 것인가?

아직 정해진 건 없었다. 그냥 기대가 될 뿐이다. 두근거리게 할 뿐이었다.

* * *

정오가 조금 지난 시각.

운룡정을 내려가는 험악한 잔도(棧道)에 평소와 다른 평복 차림을 한 호연작이 모습을 드러냈다.

검은색이 감도는 현의 무복.

등에 짊어진 가벼운 봇짐과 평범한 청강장검.

도복을 벗은 그에게서 곤륜파 도사의 흔적을 찾기란 결코 쉬운 노릇이 아니었다.

흥얼! 흥얼!

콧노래를 부르며 잔도를 내려가는 그의 손에는 지금 그림 한 점이 들려 있었다.

오늘 막 완성한 걸작 곤륜하선도였다!

한데 그림이 조금 이상하다.

분명 곤륜하선도가 분명한데, 안의 그려져 있는 서왕모가 완전히 딴판이었다. 화려한 채색이 돋보이는 선녀복이 감쪽같이 사라져 눈부신 나신을 그대로 드러내고 있었다.

춘화(春畵)!

그것도 굉장히 잘 그려진 여체도였다. 전반적으로 세밀한 부분이 모호한 게 아쉽긴 하나 확실히 야했다. 적어도 도문의 제자가 그려 놓고 희희낙락할 만한 그림은 아닌 것이다.

"흐흐, 오늘은 정말 기쁜 날이로구나! 다섯 번의 시도 끝에 서왕모의 옷을 벗기는 데 성공했는데, 놀랍게도 운룡정마저 벗어날 수 있게 되었으니 말이야!"

지난번 백 일 면벽 당시 얻은 심득 중 하나!

바로 특정한 온도를 가하면 감쪽같이 자취를 감추는 그림 재료의 사용 방법이었다. 그 심득을 이용해 꼬장꼬장한 사형들 몰래 춘화를 그리는 데 드디어 성공했다.

어머니에 대한 그리움?

열다섯부터 여자에 대한 호기심이 폭발한 호연작에겐 웃기는 소리였다. 그는 사형들 몰래 툭하면 약초를 캔다며 곤륜산맥 아래까지 내려가서 술을 사 먹고, 춘화도를 구해 보곤 했다. 그렇게 질풍노도 같은 사춘기 시절을 보냈다.

그러다 예술혼이 폭발한 게 근래!

직접 춘화도를 제작해 보고 싶어진 그는 온갖 심혈을 기울인 끝에 드디어 눈앞의 곤륜하선도를 완성했다. 사형들은 결코 이해하지 못할 예술의 길에 성큼 들어선 것이다.

"하지만 역시 세밀함과 생동감이 아쉬웠는데, 정말 좋은 기회를 잡았다! 반드시 이번 임무를 처리하는 동안 진짜 여인의 몸을 이 두 눈에 똑똑히 담고야 말 테다! 예술의 완성을 위해 절대적으로 이뤄야만 하는 과업이야!"

마음은 시궁창!

몸은 강제 동정남!

그것이 바로 현재의 호연작이었다. 서른이 넘은 나이에 예술혼을 불태우는 원동력이기도 했다.

그때 호연작의 눈이 이채를 발했다.

잔도의 저 아래!

먼저 삼청궁을 떠난 소진엽이 보였다. 길이 끊긴 부분을 만나 심히 난감해하고 있었다.

'흐흐, 역시 헤매고 있군. 운룡정의 천장 잔도에서 경공 따위는 쓸모가 없지. 길을 잘못 들면 저렇게 오도 가도 못하게 되는 거야.'

내심 소진엽을 비웃어 준 호연작이 조심스레 곤륜하선도를 접어서 품에 넣고 발을 재빨리 놀렸다. 소진엽이 다시 잘못된 길을 찾기 전에 따라잡기 위해서였다.

"이거 호 도장 덕분에 살았소."

"뭘 그런 걸 갖고. 곤륜산맥을 벗어날 동안 동행할 사이니 마음에 두지 마시오."

"정말 나와 싸운 것 때문에 곤륜파에서 파문당한 것이오?"

"뭐, 그것만으로 파문까지 당했겠소? 사실 나는 장문 사형의 눈 밖에 난 지 오래되었소. 그동안 말썽을 부린 게 한두 번이 아니라서……."

잠시 말끝을 흐린 호연작이 갑자기 품속에서 예의 호리병을 꺼내 들었다.

어느새 다시 술이 가득 채워져 있다.

역시 천일취다.

"……기분도 꿀꿀한데 한잔합시다. 오늘은 아까운 주정,

밖으로 버리지 마시오."

"그럽시다."

소진엽이 호쾌한 대답과 함께 호리병을 건네받았다.

혹독한 겨울이 시작된 곤륜산맥!

위험천만한 잔도에서 발을 옮길 때마다 칼바람이 몸을 때려 온다. 내공으로 막아도 한기가 드는 건 어쩔 수 없었다. 한서불침이 반드시 절대적인 건 아니기 때문이다.

이럴 때 독주 한잔은 꿀보다 달콤하다.

호리병에 담긴 천일취를 소진엽이 정말 맛있게 마셨다. 다른 건 몰라도 술을 마실 수 있게 된 건 아주 좋았다.

그때 호연작이 은근한 표정으로 말했다.

"소 도우, 중원에 나가면 예쁜 여자를 많이 볼 수 있겠지요?"

"크으! 딱히 그렇지도 않소."

"그렇지도 않아요?"

"중원이라고 다 같은 게 아니오. 커다란 성시 같은 곳에 가야 예쁜 여자를 볼 수 있는 것이오. 산간벽지 같은 곳을 돌아다녀 봐야 이곳 곤륜과 크게 다를 것도 없소."

"그럼 항주는 어떻소?"

"항주? 무림맹에 가려는 것이오?"

"그럴 작정이오. 내년 삼월 초하룻날 그곳에서 무림맹주를 뽑는 천무지회를 개최하니, 구경이라도 가야 하지 않겠소?"

"천무지회에 참가하려는 건 아니고?"

"하하, 내게 그런 자격이 있겠소? 하지만……."

말끝을 흐리고 소진엽에게 건네받은 호리병을 입에 가져간 호연작의 눈에서 언뜻 기광이 번뜩였다.

"……꿀꺽! 꿀꺽! 천무지회가 딱히 무림맹주만 뽑는 자리는 아닐 것이오. 어차피 황산에서 발호한 사교 천사련을 토벌하는 게 목적이라 하니, 내게도 기회가 있지 않겠소?"

"물론이오. 호 도장 정도면 무림맹에서도 꽤 높은 직위를 얻을 수 있을 것이오."

"하면 소 도우는 어떻소?"

"나요?"

"소 도우 실력이 보통이 아니던데, 나와 같이 무림맹에 가 보는 게 어떻겠소? 무당파나 곤륜파나 모두 힘든 처지긴 마찬가지 아니오? 나와 함께 천무지회에 참가해서 천하에 이름 한번 떨쳐 봅시다. 그러다 예쁜 항주 미녀라도 한 명 만날 수 있으면 그야말로 불감청이언정 고소원이 아니겠소?"

"어째 제사보다는 젯밥에 관심이 더 있는 것 같소만?"

"당연히 젯밥에 관심이 많지! 자랑은 아니지만 나는 이 나이가 되도록 여자 손목 한 번 잡아 보지 못했소. 파문까지 당한 판에 예쁜 여자를 만나서 장가는 가 봐야 하지 않겠소?"

"그거야말로 모든 사내들의 꿈이지요."

"그럼?"

"좋소. 갑시다! 나도 어차피 바로 무당산으로 돌아가고 싶진 않았으니까."

"역시 내가 사람 하나는 잘 본다니까. 크하하!"

말을 끝낸 후 크게 대소를 터뜨린 호연작이 다시 호리병을 소진엽에게 넘겨줬다.

어느새 얼굴이 발그스름하니 달아올라 있다.

술기운 때문인가, 여인 생각 때문인가. 지금으로선 당최 알 길이 없었다.

[제법 연기를 잘하잖아?]

평소와 같은 이죽거림이 깃든 담대광의 말에 소진엽이 단호하게 대답했다.

'연기 아닙니다!'

[연기가 아니다?]

'예, 절대 연기가 아닙니다! 연기면 이런 절박함이 나올 수 없거든요.'

[그럼 진짜 저놈이 파문당했다는 거냐?]

'그건 아니죠.'

[그러면?]

'파문을 당한 건 거짓말이고, 천무지회에 참가하는 목적

은 사실일 겁니다.'

[천하에 명성을 날리고 싶어서?]

'아뇨.'

[그게 아니면…… 여자 때문에?]

'예.'

[단지 여자 때문에 이렇게 절박하다는 거냐?]

'사부님이야 절대 이해하지 못하시겠지요. 평생 도화살로 고생하셨던 분이니까요.'

[이놈이!]

'부인하시려는 겁니까?'

[그건 부인하기 어려운 사실이지. 내가 좀 잘났잖아.]

'그, 그렇죠. 그러니 사부님은 여자와 평생 인연이 없거나 인기가 전혀 없는 사내들의 마음을 이해할 수 없는 겁니다. 그 절박함을요.'

[그거 이해해야 하냐?]

'뭐, 그럴 필요는 없습니다. 그러실 생각도 없잖습니까?'

[당연하지!]

뻔뻔스러울 만큼 당당한 담대광의 말에 소진엽이 고개를 가로젓고 입을 다물었다.

그때 호연작이 어느새 완전히 비어 버린 호리병을 가져가며 말했다.

"소 도우, 그럼 지금부터는 조금 빨리 걷도록 합시다. 해가 지기 전에 반드시 산을 세 개는 넘어야 하니까."

"그러죠."

소진엽이 대답과 함께 히죽 웃어 보였다.

하필이면 자신과 함께 무림맹에 가려 하다니!

단지 예쁜 여자를 만나서 장가를 가는 게 목표라 했던 말이 떠올라 왠지 마음이 짠했다. 자신과 얽힌 이상 어둡고 어두운 미래만이 기다리고 있을 게 뻔한 까닭이었다.

'함께하는 동안만이라도 잘해 줘야겠군.'

그렇게 시작되었다.

소진엽이 평생의 지음(知音)으로 여기게 된 곤륜화선(崑崙畵仙) 호연작과의 동행이.

*   *   *

항주.

새해가 밝고 얼마 지나지 않아 오대국의 도읍이었던 고도는 무수히 많은 무림인으로 북적이기 시작했다.

―천무지회!

오랫동안 공석이었던 무림맹주를 뽑는 비무대회에 참가

하기 위해 중원 각지에서 무림인들이 모여들었다.

그들은 각기 야심과 명예욕, 웅지를 가슴에 품고서 무림맹으로 향했다. 천무지회의 본선에 참가하기 위한 예비 심사에 이름을 올리기 위함이었다.

바야흐로 난세였다! 격동의 시대였다!

그리고 그 중심축은 이제 오랫동안 잊혀졌던 항주 무림맹으로 돌아와 있었다.

고대의 유물이 다시 부활하기라도 한 것처럼 화려하게 기지개를 펴고 있었다. 마치 처음부터 이렇게 되기로 약속되어져 있기라도 한 것처럼 말이다.

과연 그럴까?

조금 더 지켜봐야 할 터였다.

『절대검해』13권에 계속

트위터:http://twitter.com/machunru
팬 카페 광협(狂俠)!:http://cafe.daum.net/gocrazyhero
이메일:machunru3110@hotmail.com